El Hombre de La Guancha y otras historias

JOHN REID YOUNG

Ilustraciones por Annie Chapman

ISBN: 978-84-09-26074-4

Para ti, mi amor, que me hablaste a través de la luna.

CONTENIDO

Agradecimientos   i

1   El camión de plátanos   1

2   El sacristán saltarín   8

3   El hombre de La Guancha   17

4   El otro pasajero   42

5   Un tiburón en la bañera   50

6   El niño con la luna en la cabeza   68

7   Balines y guijarros   76

8   Dos brujas y una fortuna   83

9   Cuando pasa el agua   102

10   Un dolor de muelas   111

11   Inmigrante ilegal   120

12   El escocés canario   140

13   Fin de año en la montaña de Piazzi   150

14   Una llamada perdida   158

15   María, la pescadera   176

16   Fiesta   186

17   Debajo de la cascada   196

18   El Correíllo   217

19   El pitanguero   226

20   Té en el hotel   234

21   Sinvergüenza inocente   242

AGRADECIMIENTOS

Son tiempos extraños. La pandemia y tanta política nos envuelven en una telaraña incierta. Necesitamos reinventarnos, buscar otras formas de ganarnos la vida. Es lo que debería haber estado haciendo en vez de publicar este libro.

Por eso quiero agradecer sobre todo a mi querida esposa, Beatriz, y a mis hijos. Han sido muy pacientes conmigo y me han dejado pasar el tiempo escribiendo cuando lo más urgente era buscar maneras de poner alimentos en la mesa.

Agradezco, como siempre, a Annie Chapman por sus dibujos que dieron vida a lo que yo imaginaba.

Gracias también a Agustín Guimerá Ravina y a Irkus Gastañaga Kobeaga por sus comentarios y por animarme a publicar este libro.

También quiero agradecer a todos esos personajes imaginarios que han llenado este libro con sus aventuras e historias.

NOTA

Estas historias han sido traducidas y adaptadas de relatos ya publicados en inglés por el autor en anteriores libros. Todas son de ficción. Aunque algunos de los nombres pertenecen a miembros de la familia y de los antepasados del autor, otros personajes y nombres son interpretados de manera imaginaria. Cualquier parecido a personas reales, en vida o fallecidas, es pura coincidencia.

EL CAMIÓN DE PLÁTANOS

Cuando era niño, en la década de los sesenta, vivíamos en una pequeña casa al lado de una plantación de plátanos en el Valle de la Orotava. Mi mejor amigo vivía en la casa grande situada en medio de la plantación. Se llamaba Manolito.

Mi madre decía que, como español, le iba muy bien ese nombre porque era travieso, flacucho e increíblemente encantador. Nunca entendí esa lógica pero mi madre tenía razón casi siempre. Manolito a menudo estaba enfermo porque era asmático. Mi madre dijo que sentía pena por el chico porque había perdido a su madre cuando tenía solo cinco años.

Hasta que me enviaron a un colegio internado en Inglaterra cuando tenía nueve años pasé cada minuto del día con Manolito y nuestros pasatiempos favoritos fueron la caza de lagartos, me temo que con bastante crueldad, haciendo botes caseros para flotar en los grandes tanques de agua que regaban las plataneras y, también, ayudando a los hombres en la platanera. El padre de Manolito era un hombre muy importante en el valle y era el dueño de la plantación. La gente se refería a él como *el Conde*, así que supongo que debe haber sido un conde. Me gustaba porque jugaba al tenis con mi padre en el Club Británico y me dejaba ver la televisión con Manolito. Nosotros no teníamos televisión.

Manolito era mi mejor amigo durante la mayor parte del año. Cuando llegaba el verano, su padre siempre lo mandaba a la isla de Fuerteventura en el Correíllo, un tipo de buque destinado a las comunicaciones interinsulares de Canarias, transportando carga y pasaje además del correo. Mi amigo solía quedarse allí durante dos largos meses con la hermana menor de su madre, la tía Marina. Luego regresaba tostado como un castaño y sin rastro de asma, habiendo pasado cada hora del día en el mar o explorando las dunas de Jandía. Aparte de su adorado padre, Manolito amaba a su tía Marina más que a nadie en el mundo. Tenía un espíritu libre y una constante sonrisa. Contrastaba claramente con la estricta educación católica que padecía Manolito en Tenerife y con la depresión que parecía quitarle vida a su padre.

Marina era posiblemente una de las pocas hijas de familia aristocrática en la isla que demostraba abiertamente unos sentimientos bohemios o rebeldes. Para asombro de su familia en Tenerife y el deleite de las cotillas, se fue a vivir con un artista alemán a una casita de piedra amarilla en la península de Jandía, hasta que un día el hombre desapareció repentinamente.

Un día, después de la escuela y a finales de noviembre, Manolito y yo estábamos viendo almorzar, a la sombra de las jacarandas, a los peones que trabajaban en la platanera. Estaban hablando del trabajo que tenían que hacer por la tarde. Tenían que cortar las piñas y cargarlas en el camión para ser llevadas al barco al día siguiente. La mayoría de los plátanos del Conde eran enviados al continente europeo, especialmente a las fruterías de Inglaterra, a los mercados de Covent Garden en Londres y a Liverpool.

Antes de comenzar su labor después de almorzar, los hombres tuvieron tiempo para echarse una siesta pero no se inmutaron cuando, de repente, se escuchó la voz soprano de Celestina, la cocinera en la casa grande, que nos llamaba para almorzar también. Si no fuera por ella nos olvidaríamos de comer. Celestina nos puso una bandeja de arroz con huevos y plátanos fritos que compartimos con las criadas en la cocina. Mi madre siempre sabía que si no aparecía para almorzar en casa es que estaría comiendo con Manolito y la servidumbre de la casa grande.

"¿Oíste lo que dijo Vicente?" preguntó Manolito mientras bajábamos por la atarjea de agua hacia donde los hombres habían empezado a cortar las piñas.

"Dijo que el camión llevará los plátanos al barco en Santa Cruz".

Cuando Manolito me explicó su plan entendí porqué había estado tan inusualmente callado durante el almuerzo. Quería irse a la casa de la tía Marina en la península de Jandía. Si conseguía subirse a ese camión de plátanos éste lo llevaría al barco el cual, sin duda, iba a Fuerteventura. Me hizo jurar por mi madre que no diría ni una palabra, pero necesitaba mi ayuda. Era un plan atrevido y, como siempre cada vez que había la posibilidad de hacer algo prohibido, yo estaba dispuesto a participar.

Justo antes de la puesta de sol los hombres comenzaron a enrollar las piñas de plátanos, como de costumbre en las mantas de color gris azulado, para apilarlas con mucho cuidado en el viejo camión Dodge verde.

Era una estrategia simple y bien elaborada. Cuando estaba a punto de completarse la cuarta fila de piñas envueltas con mantas en la parte trasera del camión, cumplí mis órdenes. Rodé por la tierra en aparente agonía, gritando que me había picado un alacrán, una pequeña especie de escorpión negro. En tiempos antiguos era una criatura muy temida, probablemente porque a menudo los viejos contaban historias espantosas de lo peligrosa y dolorosa que podía ser una picadura. Pero en realidad son pocas las veces que recuerdo haber encontrado un alacrán, y eso que de niño siempre me interesaba en la naturaleza y me pasaba horas buscando debajo de las piedras y entre las plantas. Hace ya mucho tiempo de eso.

Los peones dejaron lo que estaban haciendo, corriendo espantados para ayudarme. Algunos gritaron consejos contradictorios y otros gesticularon con sus brazos al aire como si fuera una muestra de histeria colectiva. Otros competían entre sí dando un montón de órdenes aparentemente incomprensibles. Evidentemente mis habilidades como actor fueron suficientes para distraerles y para darle tiempo a Manolito a realizar su hazaña. Se deslizó hacia abajo por el tronco de una jacaranda y cayó sobre el remolque del camión desde una rama, tan suavemente como un gimnasta, tal como dijo que iba a hacer, como si fuera una serpiente en una película de Tarzán. Una vez subido al vehículo agarró una de las mantas, se la envolvió alrededor de su cuerpo y llenó el último espacio que quedaba en una fila incompleta de fruta. Estaba perfectamente disfrazado de una piña de plátanos recién cortada y lista para transportar. Corrí hacia mi casa agarrando mi inocente picadura y me olvidé de nuestra aventura hasta que sonó el timbre de la puerta de la entrada justo cuando estábamos cenando.

Era el padre de Manolito. Estaba usando un pañuelo azul para secar las gotas de sudor que caían en cascada por su frente. Su voz, generalmente calmada y mesurada, temblaba y recuerdo que su atractivo rostro se había vuelto de una especie de color gris y estaba contorsionado con ansiedad. Mi madre se quedó sin aliento cuando explicó que Manolito había desaparecido. Mi padre me fulminó con una de sus miradas penetrantes cuando me interrogaron.

¿Había jugado hoy con Manolito? ¿Dónde lo vi por última vez? ¿Jugamos en algún lugar cerca de los tanques de agua? ¿Habíamos estado cavando otro túnel bajo la platanera? Esa última pregunta era bastante lógica. A principios de año habíamos cavado un túnel bastante sofisticado. Empezamos con un hoyo vertical para penetrar un metro y medio de tierra y luego escarbamos horizontalmente abriendo un túnel de unos seis metros por el estrato de zahorra volcánica que había debajo de la tierra. No contamos con que la tierra se derrumbaría por las fuertes lluvias hundiendo en él dos o tres plataneras. Tuvimos suerte de no estar dentro del túnel cuando colapsó pero estuvimos castigados una semana. Ahora, siendo interrogado de esa manera, temía lo peor y supe que una vez más Manolito me había metido en un lio muy gordo. Confesé.

"Se fue a vivir con su tía Marina", dije, después de un largo y reflexivo silencio.

Le informé al Conde que Manolito quería volver a Fuerteventura con su tía y que se había subido al camión que lo llevaría al barco.

"Pero estos plátanos no van a Fuerteventura. ¡Van a Barcelona!", dijo el padre de Manolito, encontrando en mi ridícula explicación cierto alivio. Incluso se permitió lo que parecía ser una sonrisa comprensiva.

Lo que ni Manolito ni yo sabíamos era que, antes de enviarlos a cualquier destino, los plátanos se llevaban al almacén de empaquetado, cerca del Jardín Botánico. Ahí era donde se cortaban las manillas de plátanos, de entre quince y veinte plátanos verdes, y donde se metían cuidadosamente en cajas, protegidos con pinocha, para la exportación antes de llevarlos al muelle en el puerto de Santa Cruz.

Andrés, el chófer, llevó inmediatamente al Conde al empaquetado.

Encontraron a Manolito acurrucado en la cabina del camión bajo la misma manta con la que se había disfrazado. Tenía frío pero una sonrisa traicionaba una mezcla de placer y de travesura. Su padre solo podía castigarlo con un abrazo, largo y apretado.

Había por llegar mucha más felicidad. El siguiente verano, el Conde decidió tomarse unas vacaciones también y acompañó a Manolito a Fuerteventura.

Mientras mi mejor amigo exploraba las dunas y aprendía a pescar, su padre dio largos paseos por las playas de la península de Jandía con la hermana menor de su esposa fallecida. Evidentemente se enamoró de Marina, porque la trajo de vuelta al Valle de la Orotava y se casaron poco antes de Navidad.

EL SACRISTÁN SALTARÍN

Hacía un día de sol espléndido a principios de diciembre de 1932 y el puerto de Santa Cruz estaba muy concurrido, como casi siempre. En las pescaderías abundaban mujeres gritando y lanzando sus brazos en un frenesí de regateo con clientes que habían acudido a comprar lo mejor de la pesca de esa madrugada.

Hombres, ajenos como siempre a los deberes de la mujer, cargaban cientos de cajas de plátanos, envueltos con ternura, a bordo de uno de los barcos de la naviera Yeoward con destino a Liverpool. Un gordo buque alemán de la naviera Hugo Stinnes estaba descargando madera procedente de América Latina. Mientras tanto, un par de musculosos remolcadores empujaban un magnífico crucero de la Union Castle para aparcarlo suavemente contra el muelle sur.

Éste era el Carnarvon Castle, con el conocido casco color lavanda de la naviera Castle de Gran Bretaña. El crucero, procedente de Southampton en Inglaterra, hacía su viaje de costumbre al sur y al este de África. Uno de los pasajeros era el doctor Hugo Simpson, un excéntrico e irritable geólogo de Oxford. Le acompañaba Angus, un silencioso y joven asistente.

El objetivo de esta extraña pareja era permanecer en Tenerife durante un período de dos meses para investigar las formaciones de roca volcánica en la base del volcán Teide. Se rumoreaba que el doctor Simpson era propietario de una de las mayores colecciones privadas de muestras geológicas de todo el mundo y estaba particularmente ansioso por agregar a sus trofeos una de las joyas de Tenerife, ni más ni menos que la extraordinaria piedra azul, subvolcánica e hidrotérmica que se encuentra cerca del Teide y que domina la llanura sedimentaria conocida como el Llano de Ucanca.

Tenían previsto hospedarse y utilizar como base el Hotel Monopol del Puerto de la Cruz. Éste era anunciado en la guía para viajeros de Samler Brown como un hotel familiar de primera clase, con una hermosa vista hacia el pico del

Teide y el único hotel en el Valle de La Orotava con agua caliente, además de fría, en las habitaciones.

El Monopol era propiedad y estaba regentado por una pareja alemana, Andreas y Erna Gleixner, pero los visitantes británicos de la época siempre eran muy bienvenidos. Sus amplias y espaciosas habitaciones tenían vistas al mar y el bonito puerto pesquero de la ciudad estaba a tiro de piedra. Se servía té inglés en un patio español y tenía su propio jardín con terraza. Lo más importante para los caballeros británicos era que el hotel garantizaba buenos vinos y excelentes puros habanos y de La Palma.

Desgraciadamente, ya mostrando signos de su carácter fastidioso durante el desayuno, en el cual solo probó una tostada con mermelada inglesa, el doctor comenzó a sentirse muy indispuesto poco después de pisar tierra firme al bajar por la pasarela del buque. El estruendo del puerto, los gritos incesantes de los estibadores y el olor a pescado, aceite y sal añadieron combustible al estado de ánimo del pobre hombre.

De hecho, mientras esperaban a su trasporte en el muelle, empezó a ser evidente que no viajarían al Valle de la Orotava ese día. El joven asistente pidió ayuda y se les aconsejó hacer una breve parada en la ciudad de San Cristóbal de La Laguna. Un compañero de viaje, otro británico pero residente en la isla y que, debido únicamente al carácter del geólogo, no les invitó a pasar la noche en su casa de la capital, les informó que en la antigua ciudad de La Laguna residía un excelente médico que hablaba un inglés perfecto.

Cuando llegaron a San Cristóbal de La Laguna, en lo alto de una meseta a más de quinientos metros sobre el nivel del mar, el doctor Simpson se sentía tan mal que apenas podía moverse sin tener ganas de vomitar violentamente. El hombre también temblaba de frío.

Pidieron habitaciones en el Hotel Aguere, por recomendación de un tal *Mister* Hamilton, el agente de naviera que había subido a bordo para dar la bienvenida al Carnarvon Castle. En tiempos antiguos fue residencia del obispo de Tenerife antes de que un residente inglés-americano, Benjamin Renshaw, lo convirtiera en un cómodo hotel en el año 1885.

El médico español acudió casi de inmediato para atender al visitante inglés. Difícilmente podría haber sido más amable.

"Creo que está sufriendo una gastroenteritis bacteriana, doctor Simpson. Tal vez sea causada por la comida inglesa a bordo de su barco", bromeó el español.

La observación no divirtió en lo más mínimo al extranjero. No era dueño de un buen sentido del humor.

El amable canario, que se introdujo como doctor Valerio Luz, le sugirió que descansara unos días antes de reanudar su viaje, y que el geólogo debería beber litros de *Hierba Luisa* preparada con hojas recién cogidas en la huerta del Aguere. Ésta, como descubrieron muchos viajeros a las islas, es una infusión endulzada y preparada utilizando tres o cuatro hojas de esta hierba. En su día era un remedio muy común para calmar trastornos digestivos.

El cocinero del hotel también le envió media papaya durante la mañana siguiente. La fruta es bien conocida como un remedio para casi todos los males. Ya sea la hierba, o la papaya, o la generosa y amable atención que recibieron, lo cual era típico de los isleños, el doctor Simpson, y el mal genio con que le había dotado la naturaleza, se recuperaron por completo. Sin embargo tuvieron que permanecer en La Laguna durante cuatro días.

Mientras el doctor yacía en la cama, Angus lo acompañaba sentado junto a la ventana que daba a la calle. Simpson le pidió que le leyera extractos sobre la historia y las tradiciones de Tenerife, así como documentos escritos por científicos y exploradores extranjeros que habían venido a las Islas Canarias anteriormente, y de éstos ha habido muchos.

Aunque el joven asistente había empezado a considerar el carácter del geólogo como bastante pesado, el tiempo que tuvo que permanecer sentado en la ventana le permitió no solamente sentir el sol en la cara sino también observar un suceso muy pintoresco la tarde siguiente poco después del almuerzo, cuando la mayoría de la gente parecía estar disfrutando de una siesta.

Angus miraba por la ventana hacia la desierta calle adoquinada y disfrutaba de los colores y de las bonitas ventanas de los edificios cuando, de repente, advirtió un caballero de aspecto bastante delgado, vistiendo traje negro y también un sombrero negro de ala ancha. Salió a la calle por una puerta verde y caminaba en dirección al Hotel Aguere.

Lo que llamó la atención del joven asistente inglés fue que el caminar del hombre de negro no era normal. El hombre no se movía en línea recta. Tampoco caminaba a un ritmo constante.

Todo lo contrario. Zigzagueaba por la calle, a menudo se paraba y saltaba de repente hacia adelante, hacia un lado o incluso hacia atrás, como para evitar un charco. Pero no había llovido. Luego, justo al pasar directamente por debajo de su ventana del Hotel Aguere, el hombre delgado con el sombrero negro se detuvo abruptamente.

Fue, como diría un inglés, un espectáculo extraordinario. Allí, como si fuera un soldado en la plaza de armas, hizo un giro brusco a la derecha. Entonces miró hacia el cielo y luego otra vez a los adoquines antes de dar brincos al otro lado de la calle a toda velocidad.

Una paloma que había estado picoteando migajas en los adoquines hizo un vuelo igualmente errático a una percha en el tejado de enfrente y miró hacia abajo con indignación. Angus se inclinó lo más que pudo hacia delante, tratando de no levantar las sospechas del geólogo de que podría haber algo más interesante fuera de la habitación. Lo que observó le parecía más increíble cada segundo.

El caballero solitario procedió a caminar vigorosamente en línea recta durante al menos treinta metros antes de saltar y zigzaguear nuevamente hacia la iglesia Nuestra Señora de la Concepción. Como se pueden imaginar, este episodio mejoró en gran medida el estado de ánimo del joven asistente Angus y no pudo evitar encontrarle la gracia a lo que la calle le estaba ofreciendo. Su carcajada, sin embargo, no logró divertir ni mucho menos al doctor Hugo Simpson. El último deseo del científico era que él, y especialmente su asistente, encontraran algo que fuera mínimamente divertido.

Poco después del almuerzo de la tarde siguiente, mientras el geólogo todavía gruñía de mala gana en la cama, Angus se sentó de nuevo junto a la ventana. Vio al hombre con el sombrero negro salir por la misma puerta y caminar por la calle hacia el hotel y luego hacia la iglesia. Por supuesto, en lugar de caminar como lo haría cualquier persona normal y corriente, zigzagueaba y brincaba de la manera más excéntrica hasta la iglesia, siguiendo más o menos un patrón idéntico al que había hecho la tarde anterior. Angus no quería volver a molestar al médico, así que guardó su sonrisa y la recién encontrada alegría para sí mismo y siguió leyendo. En realidad, era evidente que el hombre con el sombrero negro había preocupado al joven Angus y, como cualquier científico aprendiz, decidió interesarse por la causa del extraño caminar de ese hombre vestido de negro.

La necesidad de descubrir la razón de tal excentricidad se hizo aún más imperiosa cuando vio al hombre de negro caminando por la calle de nuevo, ésta vez a la mañana siguiente cuando estaba llena de personas que realizaban sus actividades rutinarias. Además, en esta ocasión, aunque el caballero se dirigió nuevamente hacia la iglesia, tomó una ruta completamente diferente. Saltó y giró casi exactamente debajo de los mismos edificios pero en el lado opuesto de la calle donde lo había hecho en las dos tranquilas tardes anteriores. Si fuera posible, el extraño comportamiento parecía aún más adecuado para la investigación científica por el hecho de que el hombre con el sombrero negro era saludado amablemente por casi todos los transeúntes y él les devolvía cortésmente el saludo levantándoles el sombrero e inmediatamente saltando a gran velocidad como si fuera una gacela por encima de algún objeto invisible.

A la mañana siguiente, un doctor Simpson completamente recuperado y su asistente debían partir al Puerto de la Cruz. Desayunaron temprano. Después de otra generosa ración de fruta, pan y magníficos quesos y mieles, mientras Angus estaba en la habitación del doctor asegurándose de que el equipaje estuviera completo, decidió mirar una vez más por la ventana. Vio que había empezado a llover bastante. Sin embargo, había llegado justo a tiempo para ver al hombre con el sombrero negro salir, como de costumbre, de la puerta verde. Esta vez, claro está, abrió un paraguas negro para protegerse del diluvio. Angus esperó a ver qué pasaría, como si fuera otro capítulo de una novela misteriosa.

Pues el hombre de negro le sorprendió. De hecho, Angus se quedó bastante decepcionado. Su excéntrico caballero caminó enérgicamente por la calle hacia la iglesia en una línea perfectamente recta. Ni siquiera brincó ni dio saltitos cuando lo saludaron los transeúntes.

El excelente doctor Luz llegó al Hotel Aguere, también con su paraguas negro pero con evidencia de que la lluvia le había cogido por sorpresa o, por lo menos, que de camino había atravesado unos charcos en la calle. Sin embargo, a pesar de la lluvia, había querido despedirse personalmente del científico inglés y de su asistente. Angus decidió tomarse la libertad de preguntar sobre el hombrecito con el sombrero negro.

"¡Hombre!", respondió el médico con una sonrisa tranquilizadora. "Ese será Antoñito, nuestro querido sacristán de la iglesia de Nuestra Señora de la Concepción. Ha sido asistente en la iglesia desde que era un niño", explicó.

"Como ha observado, él es todo un personaje", siguió el doctor Luz. "Para ser preciso, nos gusta creer que el hombre es muy artístico. Brinca y da saltitos para evitar pisar las sombras que caen sobre la calle a diferentes horas del día. Verá, se supone que el sacristán no quiere, diremos, destruir la expresión perfecta de cada sombra. Para él, cuando brilla el Sol, cada sombra en la calle es un ejemplo del arte producido por el efecto de la naturaleza en la tierra y sobre la industria del hombre. Antoñito cree que cada sombra es una obra de arte de Dios y que no se le puede pisar. Se lo toma muy en serio, como ha podido comprobar".

Por un instante, el doctor Simpson miró fijamente al amable médico español. La suya fue una mirada perdida y parecía incapaz de pronunciar una palabra. Angus no estaba muy seguro de si su jefe había sido perturbado por su joven atrevimiento e impertinencia o por la explicación muy poco científica del médico canario. La verdad es que, de repente, a Angus le dio igual. Le impresionó mil veces más la lógica fascinante del médico que las investigaciones geológicas que iba a realizar con el científico de Oxford.

De hecho, ya sea que tuviera algo que ver con el sorprendente sacristán saltarín o no, el joven Angus se ordenó como sacerdote pocos años después de regresar a su amado condado de Somerset en Inglaterra.

EL HOMBRE DE LA GUANCHA

No es usual encontrar turistas jóvenes en las Islas Canarias muy lejos de la piscina, en sus magníficos hoteles todo incluido o prefiriendo hacer otra cosa que no sea broncearse en la playa. Algunos solo se sienten como en su casa si no se alejan demasiado del ambiente de los pubs que parecen ocupar cada esquina de los centros turísticos, especialmente durante el *happy hour*.

Pero en verdad sí que existe una raza diferente, más aventurera. Les gusta devorar las delicias de la cocina típica canaria. Exploran los encantos ocultos en los lugares más remotos de las islas. Quieren bañarse en charcas volcánicas y perseguir las puestas de Sol entre los pinares y a través de los paisajes volcánicos. Descubren la idiosincrasia de los caseríos de monte. Aunque sin los riesgos que corrían los aventureros del pasado, hacen más o menos lo que hubieran hecho sus antepasados antes de la invención del turismo moderno.

Uno de ellos es Alex Marriot y en septiembre de 2016 decidió llevar a su nueva y encantadora novia a pasar una semana de vacaciones en la isla de Tenerife.

Alex, americano de nacimiento, había decidido quedarse a vivir en Inglaterra, la tierra de sus antepasados y en la campiña inglesa, después de un período estudiando arqueología y antropología en la Universidad de Oxford. Era un estudiante brillante y le habían ofrecido un contrato como arqueólogo de campo en la universidad rival, la de Cambridge. Su objetivo, sin embargo, era empezar a trabajar en serio para un doctorado poco después de estas cortas vacaciones en la isla de Tenerife.

Mientras buscaba opciones de posibles temas para el doctorado, encontró un artículo sobre una antigua nación prehispánica que habitaba las Islas Canarias. Lo que leyó, aunque era muy ambiguo, llamó la atención de su imaginación antropológica.

Unas vacaciones en Tenerife tenían sentido. Estaba a poca distancia en avión, tenía buenas playas y prometía sol. Parecía poseer una cultura interesante y una historia única que podría investigar. Era también el destino favorito de todos los tour operadores europeos. Sin embargo, en lugar de lanzarse a la búsqueda de un magnífico y lujoso hotel pegado a una playa de arena blanca, Alex y Sophie eligieron algo más exótico. Lo encontraron navegando por las redes informáticas y las páginas web. Ofrecía alojamiento lejos de la muchedumbre.

No se decepcionaron cuando su coche de alquiler y el GPS, no sin dificultad, finalmente los llevó a una dirección lindando con una plantación de plataneras. La llave de la verja estaba debajo de una maceta de terracota volcada cerca del tronco de una buganvilla, donde el hombre le había dicho que estaría, y aún había bastante luz del atardecer para que encontraran el camino a la pequeña sala de recepción. Ahí encontraron otra llave, la de su habitación, e instrucciones esperándoles sobre una mesa antigua que estaba adornada con un jarrón de lavanda silvestre.

La Hacienda de Las Cuatro Ventanas era ese tipo de lugar y sus dueños eran ese tipo de gente. La casa canaria del siglo XVII, situada al lado de las plataneras, había sido bellamente restaurada para proporcionar alojamiento *self-service* a los viajeros más aventureros o a los que simplemente buscaban privacidad. Sus anchos muros de piedra estaban escondidos debajo de la carretera principal del noroeste, protegidos de escarpados acantilados, y justo encima de una playa de arena negra conocida como El Socorro. Se ofrecían habitaciones de lujo y se describía como una propiedad diseñada para respetar el rico patrimonio natural e histórico de la antigua vida colonial.

Se podía disfrutar del amanecer y del atardecer con unas maravillosas vistas al océano a través de los helechos y de los mangos. Como compañía tenían a dos parejas de alemanes que iban y venían tan silenciosamente como los murciélagos que salían una vez puesto el sol. El único sonido era el del agua gorgoteando por una atarjea que iba a regar las plataneras, el de los perenquenes riéndose el uno del otro durante la noche o el de los cernícalos reclamando mientras se cernían en busca de lagartijas o ratones.

El plan era explorar la isla lo más que pudieran pero Alex le había prometido a Sophie un primer día de descanso en la playa. A media mañana ya estaban viendo a los primeros surfistas coquetear con las gigantes olas de El Socorro.

El chiringuito justo debajo del acantilado era un estupendo lugar para refugiarse del sol a mediodía, para probar mariscos y una cerveza Dorada bien fría.

"¡Vaya, mira eso!" dijo Alex, señalando hacia el cielo.

Había tres parapentes; amarillo, azul y rosa, que giraban sobre las crestas de las olas antes de planear, como pardelas gigantes, y luego exhibirse con perfectos aterrizajes sobre la arena.

Alex entonces empezó a desear que no los hubieran visto. Uno de ellos llevaba dos personas, un instructor y un pasajero.

"Oye, eso sí me encantaría probarlo. ¿Podemos?", suplicó Sophie con entusiasmo.

Ella era todo lo contrario a su paciente y lento amante antropológico. Sophie tenía mucha marcha. Era una ávida esquiadora y se unía a un grupo de amigos en los Alpes una vez al año. Los fines de semana iba a escalar cuando no jugaba en el equipo de hockey de la universidad. Pero nada la animaba más que intentar algo nuevo, peligroso y a veces inesperado. Incluso como amante era la exploradora entusiasta mientras que Alex era el prudente. Para el almuerzo había querido probar unas lapas asadas recién cogidas de las rocas. Alex Marriot fue menos valiente y optó por lo que consideró más seguro, una sama con papas arrugadas.

El nombre en la furgoneta gris y plateada ponía *Ibrafly*. Pertenecía a Ibrahim, un maestro del cielo de Tenerife y un experimentado instructor quien ha volado y girado en el cielo con los mejores parapentistas de Europa. Como tantos profesionales que tienen una misión que cumplir, y que se encuentran en plena faena, Ibrahim no fue muy hablador. Le dio a Alex una tarjeta y le dijo que podía reservar en línea.

"Sophie, tenemos un cambio de planes para esta tarde. Vamos. Tenemos que seguir a una furgoneta".

Alex podía ser un tipo amable y prudente pero cuando algo se le metía en la cabeza salía al galope como un caballo llevando anteojeras. Haría cualquier cosa por su chica. De todos modos, el sol estaba picón y sus pieles blancas del norte pedían a gritos un descanso. Perseguir a la furgoneta de Ibrafly a la plataforma de despegue parecía una idea genial.

El paseo los llevó por un camino sinuoso a través de terrazas agrícolas. Muchas habían sido abandonadas años atrás porque la gente encontraba otros trabajos más lucrativos en la industria turística. Pero otras mostraban señales de una actividad renovada, nacida de la primera crisis económica del siglo XXI y las estaban sembrando con una variedad de cultivos, incluyendo maíz, papas o viñedos.

El camino a lo largo de la escarpada cresta de Tigaiga era impresionante y con vistas increíbles del mar y del valle. Justo antes de doblar hacia el oeste, por una cerrada curva en la carretera, se fijaron en una enorme estatua de un hombre desnudo y con un considerable falo que colgaba hacia el precipicio. Pero la obra no fue esculpida para promover el interés en la sexualidad. El escultor retrató el grito desesperado de un hombre a sus dioses. Era Bentor, un joven rey prehispánico que, según una leyenda popular, se precipitó por el acantilado a finales del siglo XV para no ser esclavizado por los conquistadores españoles.

Solo unos cien o doscientos metros más arriba los parapentistas tenían una plataforma de despegue y ellos también se turnaban para lanzarse desde el acantilado. Ver a los hombres y a las mujeres hacer una mínima carrera, antes de despegar desde una pequeña cuesta especialmente preparada para tomar el vuelo, era tan fascinante como aterrador. Más aún cuando casi saltaban hacia lo desconocido, con una repentina y espesa nube tragándose en segundos a los valientes pilotos. Alex y Sophie decidieron dejar esa aventura para el final de sus vacaciones, si es que les daba tiempo.

Fue a media tarde cuando empezaron a bajar desde el punto de la cordillera conocida como La Corona y debieron perderse por la espesa niebla que se había formado porque, cuando Alex se dio cuenta de que tenían un pinchazo, acababan de pasar una iglesia en un pueblo llamado Icod el Alto. Alex no estaba seguro de si había conducido en esa dirección u otra cuando seguían a la furgoneta de Ibrahim, pero no tenía más remedio que detenerse para cambiar la rueda.

"¡Mierda!" dijo Alex cuando finalmente sacó la rueda de repuesto. "¡Esta maldita rueda está pinchada también!".

No se veía ni un alma en la calle y la niebla empezaba a escupir una ligera llovizna. Alex se sentó en el coche y sacó un papel que estaba en la guantera con el contrato de la agencia. Solo había una mínima señal en su teléfono móvil pero marcó el número que había en el papel, preparado para darle a alguien una bronca americana. Sonaba pero no hubo respuesta. Lo intentó una y otra vez. Nada de nada. ¡Maldita suerte!

Alex le dijo a su novia, que había envuelto una toalla de playa alrededor de sus rodillas por el frío que hacía de repente, que le esperara en el coche mientras él iba a buscar ayuda. Al otro lado de la carretera había lo que parecía ser una tienda y la puerta, en lo alto de unos escalones de cemento, estaba media abierta. Al acercarse vio que había un gran letrero encima de la puerta. Le sugería que el local era una ferretería, propiedad de alguien llamado Hermógenes.

Alex iba a necesitar tener paciencia. Un cliente estaba ayudando al hombre detrás del mostrador a separar una cantidad infinita de tuercas y tornillos. Contarlos parecía ser un proceso muy lento que requería una gran concentración. La era del autoservicio y de las largas colas en las gigantescas tiendas multinacionales no habían llegado aún a este minorista en los montes de Tenerife. Mientras Alex chancleteaba de un lado a otro en la puerta, como si tuviera un tic nervioso, estos dos caballeros toqueteaban las pequeñas tuercas y sus correspondientes tornillos con deliberación, aparentemente sin darse cuenta de su presencia, como si jugaran un partido de damas.

Cuando ambos ya estaban satisfechos de haber contado el número exacto de tuercas y tornillos, el señor que estaba detrás del mostrador, el propio Hermógenes, giró la cabeza y echó una mirada soñolienta al americano.

Lo que sucedió inmediatamente después pudo haber salido de una escena de una película antigua, de esas cómicas en blanco y negro. Hermógenes saltó hacia atrás como si hubiera recibido una descarga eléctrica de un cable suelto bajo el viejo mostrador.

"¡Dios Santo, Dios Todopoderoso!" exclamó, haciendo la señal de la cruz varias veces como si hubiera visto al mismo diablo. Enseguida enfatizó su aparente espanto con un amplio surtido de palabrotas.

El cliente que había estado ayudando a Hermógenes con el recuento de las tuercas y tornillos se dio la vuelta e inmediatamente hizo su propio uso del colorido idioma español, pronunciando un discurso similar al del ferretero. También se persignó repetidas veces mientras inspeccionaba a Alex de arriba a abajo.

Antes de que el asunto se descontrolara, y Alex estando más interesado en arreglar la rueda y que Sophie regresara sana y salva a la Hacienda de las Cuatro Ventanas, señaló por la ventana hacia la calle en donde estaba el coche con el neumático pinchado.

Su explicación con alguna que otra palabra que Alex pensaba que podría ser en español y con gestos de manos y brazos, que podrían orgullecer a cualquier director de orquesta, quedó todo más o menos claro, al menos por un instante.

El joven americano se dio cuenta de que su apariencia fue lo que había provocado que esos dos caballeros reaccionaran de esa manera tan extraordinaria. Fácilmente podría describirse como con terror. Sin embargo, los dos canarios, respondiendo al generoso carácter isleño, dejaron al lado el recuento de tuercas y tornillos y empezaron a discutir qué hacer para ayudar al hombre que llevaba chanclas en los pies, un traje de baño a rayas rojas y blancas y una camisa que parecía un helado tutti frutti.

Con un neumático pinchado, y la goma de repuesto también, necesitarían una grúa para remolcar el vehículo por la carretera hacia arriba hasta el taller de Paco el mecánico.

Mientras Hermógenes hacía la llamada a ver si Paco podía acercarse, un viejo con bastón entró en la tienda seguido por un perrito negro. El perrito parecía necesitar un dentista para que le pusiera unos aparatos. El viejo sonreía de oreja a oreja, como orgulloso de que él sí lucía nueva dentadura, y saludó a Alex como si fuera un miembro de la familia. De hecho, se refirió a cómo iba vestido, con esos llamativos cortos y la camisa que llevaba.

"Muchacho, un poco pronto para carnavales, ¿no?".

Alex sonrió y se encogió de hombros sin entender ni una palabra.

"¿Qué vino tomaste esta vez?", insistió el viejo, obviamente dirigiendo otra pregunta a Alex.

"No es Esteban. No es Esteban, hombre", dijo Hermógenes, intentando ayudar al pobre americano después de colgar el teléfono.

"¿No ves que es un extranjero? El inglés tiene un problema con una rueda del coche y Paco va a bajar con la grúa".

El viejo canario, que por cierto se llamaba Gregorio, siguió sonriéndole. Pero tenía una mirada como vacía y de repente parecía olvidar por qué había entrado en la tienda. De hecho, alguien abrió la puerta a empujones detrás de él. Era una mujer de mediana edad que en su cabeza llevaba un ancho sombrero de paja decorado con un pañuelo azul.

"Está peor cada día", se disculpó con Hermógenes con una voz bronca. "Es la maldita memoria".

La mujer era Dolores y el viejo amigo con el chucho era su padre. No hacía falta que se disculpara. Todo el mundo quería a Gregorio y su visita por las tardes a la ferretería era ya parte de la rutina. Dolores escuchó la breve introducción del ferretero a la farsa y siguió el gesto que hizo Hermógenes con la cabeza hacia al extranjero. Cuando se percató del americano su reacción fue inmediata y similar a la de los hombres.

"¡Coño!" gritó, casi arrancándole el brazo a Gregorio.

"¡Que susto, madre de Dios! ¡Ay, mi madre!".

"¡Pero es igualito, igualito!" exclamó, tirando de la mano de su padre para sacarlo de la tienda corriendo.

"Ave María Purísima... ¡Santa María, madre de Dios!" añadió, dejando que la puerta se cerrara tras ella.

Hermógenes logró pronunciar unas palabras erráticas en un dialecto frecuentemente utilizado por los isleños cuando hablan con un extranjero, creyendo que de esa forma un extranjero puede entenderlos y, milagrosamente, así fue. Aunque ya se lo había imaginado, la explicación fue suficiente para que Alex lo entendiera. Por lo visto, le habían confundido con otro, con un tal Esteban, el nieto de Isabelita, la mayor de las siete hermanas de Gregorio, el del perrito.

"Usted ser como espejo. Pelo rubio, muy rubio. Tener barba roja como zanahoria. Los ojos. Es igual que él", dijo Hermógenes.

"Esperar aquí. Enseguida viene grúa. Paco arreglará rueda en taller", le aseguró.

El americano cruzó la calle y volvió a donde estaba el coche para explicarle a su novia lo que estaba pasando. En verdad no estaba del todo muy seguro. Tampoco fue capaz de hacerle entender lo del pelo rubio, la barba de zanahoria y todo eso de un carnaval. Así que fue un alivio cuando se detuvo frente a ellos el remolque.

Paco se bajó a inspeccionar el coche de alquiler. Él también se persignó religiosamente al verle la cara a Alex.

El americano estaba abriendo el maletero del coche para mostrarle al mecánico que la rueda de repuesto estaba pinchada también cuando se percató que una fila de gente estaba bajando por la carretera hacia ellos. Había empezado a lloviznar con fuerza y había algunos paraguas. Todos habían venido a ver al americano, que se parecía a Esteban vestido de turista, y todos hicieron la señal de la cruz al verle la cara mientras los susurros y el murmullo de las voces casi ahogaba el sonido de la llovizna que caía en la calle.

Éste no era el final del primer día de vacaciones que Alex deseaba. De hecho, el extraño fervor religioso dirigido hacia él y a su inocente novia les hizo temblar a ambos, enfriando sus corazones más que la llovizna en el monte de Tenerife. Eso fue hasta que algún tipo de explicación hizo entender a Alex porqué la gente reaccionaba de esa manera.

Para acortar una larga historia, Paco necesitaba remolcar el coche hasta su garaje. Era una distancia corta pero le dio suficiente tiempo al mecánico para explicarle a Alex que él era la viva imagen del joven llamado Esteban. El mecánico también le hizo entender que el joven Esteban estaba muerto. Había sufrido un accidente de moto después de una fiesta hacía un año. Su cuerpo y el metal retorcido de su motocicleta fueron descubiertos de casualidad por un granjero que atendía sus terrazas de papas en lo más profundo de un barranco. Estaba cerca del pueblo de La Guancha, donde Esteban se había mudado a un piso. Lo había estado arreglando antes de pedirle a su novia que se casara con él.

Pasó más gente por el taller, mientras arreglaban los neumáticos, para poder echar un vistazo al extranjero. Otros hicieron correr la voz. Como todos los canarios que Alex y Sophie conocieron durante sus pocos días de vacaciones en Tenerife, fueron amables, hospitalarios y muy curiosos. Pero las personas de Icod el Alto que se encontraron cara a cara con Alex eran más que curiosas. Habían visto un fantasma.

Una de las mujeres que vino al taller de Paco fue Dolores. Había acompañado a su padre, Gregorio, hasta su casa y llegó de nuevo al garaje justo cuando Alex y Sophie estaban a punto de irse. Había venido para decirle a Alex que Isabelita, su tía, quería conocerlo. Había tiempo, por supuesto, pero los neumáticos estaban ya reparados y Alex pudo ver lo incómoda que se sentía Sophie, por lo que decidió que ya había tenido suficientes emociones por un día.

"Otro día", dijo. "Otro día. Gracias. Ahora debemos irnos. Lo siento".

Dolores pareció entenderlo y, cuando Alex iba a arrancar el coche, metió la mano en el bolsillo de su delantal, sacó un sobre y se lo entregó al americano a través de la ventana del vehículo.

□□□□□□□□□

Una semana de vacaciones para un turista aventurero en Tenerife nunca es suficiente. ¡Hay tanto que explorar! Es un verdadero continente en miniatura. Casi todos los valles tienen su propio microclima y la variedad de paisajes y flora evoca una visión de lo que, sin duda, era un paraíso mucho antes de que una feroz industria de la construcción comenzara a atraer el turismo moderno, especialmente a lo largo de la costa en el sur de la isla. De hecho, debió ser el auténtico paraíso para los reinos prehispánicos, el de los Guanches.

No mucho después de sus románticas vacaciones en Tenerife, Sophie decidió dejar a su tierno antropólogo. Él era quizás demasiado parecido a un dinosaurio de movimientos lentos aunque, para ser justos, ella había empezado a sentir que era solo una más en su colección de novias.

Alex se apuntó a clases de español y empezó a investigar los orígenes del pueblo Guanche de las Islas Canarias. La mayoría de las teorías sugerían que los pueblos prehispánicos provenían de la antigua región berebere de Numidia en el norte de África y que pudieron haber sido traídos a las islas por los fenicios o romanos, tal vez como esclavos, posiblemente en busca de tinturas como la Púrpura de Tiro, elaborada del molusco conocido por el murex o de la orchilla.

Pero al joven investigador le llamó mucho más la atención, una noche ya de madrugada, lo que descubrió en un artículo bien documentado. Afirmaba, aunque de forma extravagante, que pudo haber habido una conexión entre una tribu de Guanches en las Islas Canarias, cuyos miembros eran altos y de piel blanca, y un antiguo pueblo egipcio o del extremo oriental del Mediterráneo. Era la señal que buscaba y cualquier intención de buscar un reemplazo para Sophie se puso inmediatamente en la bandeja de asuntos pendientes. Alex se lanzó a hacer un doctorado en antropología.

Sonrió cuando recordó el encuentro con los isleños en Icod el Alto y decidió darle un nombre a su proyecto. Su doctorado se llamaría *"Los Reinos Guanches de las Islas Canarias, el Pasado y el Presente"*.

En la primavera de 2017 las investigaciones de Alex lo

llevaron de nuevo a las Islas Canarias. Esta vez iba a ser una estancia prolongada y alquiló un apartamento en la ciudad universitaria de La Laguna. Ya había intercambiado correspondencia con el profesor Fernando Domínguez de la Facultad de Antropología e Historia Antigua de la Universidad. El amable profesor estaba dispuesto a ayudarle e introdujo a Alex a otros miembros de la facultad. La ciudad, que es Patrimonio de la Humanidad, estaba convenientemente situada cerca del aeropuerto del norte, desde donde podía desplazarse en vuelos muy cortos para sus investigaciones en otras islas. Pero la primera parada en su agenda fue el Museo de la Naturaleza y el Hombre en Santa Cruz, hogar de numerosas momias guanches y otros artefactos arqueológicos. El tranvía lo dejó justo frente al magnífico edificio.

Lo segundo en su lista de cosas importantes para hacer era ir a Icod el Alto y visitar a Hermógenes. Dentro del sobre que Dolores le había entregado a través de la ventanilla del coche, en el garaje de Paco hacía ya un año, había una fotografía. Alex nunca se la mostró a Sophie pero le había intrigado y preocupado. Necesitaba saber más y esperaba que la anciana llamada Isabelita, la que había querido conocerle entonces, siguiera estando ahí para verlo.

La fotografía del sobre era de Esteban, el hombre de La Guancha, y se le parecía tanto que le quitaba el sueño. El pelo rubio, esa sonrisa traviesa, una mirada segura de sí mismo en los ojos, la barba rojiza. Esa fue la razón por la que Alex se afeitó la barba poco después de volver a Inglaterra con Sophie. La imagen de su doble muerto lo perseguía desde entonces.

Decidió que iba a tratar este asunto como una

investigación aparte y personal. También le puso un nombre. A su manera era un pequeño y excéntrico homenaje a Cervantes. Lo llamaría *El Hombre de la Guancha*.

Hermógenes saludó a Alex como a un amigo de toda la vida y a mediodía del primer sábado, después de volver a la isla de Tenerife, Alex caminaba con Dolores por un camino de cabras al borde de un barranco. Iba a conocer a Isabelita.

El joven Esteban había vivido con su abuela durante muchos años antes de encontrar al amor de su vida. Su madre, y única hija de Isabelita, había muerto a la edad de treinta y seis años después de una horrible lucha contra un cáncer. Nadie, excepto su madre, supo nunca quién era su padre. Esteban se había aficionado a la bebida y a las drogas y eso pudo haber sido la causa principal de su accidente de moto en las oscuras horas de la noche.

Isabelita tenía ahora noventa años y su piel, como la de una papa arrugada cultivada en los bancales alrededor de su sencilla casa de piedra, delataba muchos años de duro trabajo en el campo y en el clima de la montaña. Sin embargo, su voz era la de una vigorosa soprano y poseía una mirada feroz en sus ojos. Cuando sonreían, sin embargo, eran del azul más hermoso que Alex había visto jamás, e Isabelita sonreía mucho. Tal vez ella descendía de uno de esos grandes reyes guanches de piel pálida.

Alex pasó más de un día con Isabelita. Había aprendido suficiente español como para pasar largas horas conversando y escuchando a la encantadora isleña. Lo que tuvieron fue mucho más que simples conversaciones. Hubo un profundo entendimiento y se abrieron el uno al otro. También había más fotografías.

Una en particular, una foto en blanco y negro ligeramente

descolorida, mostraba a una chica sentada con su espalda apoyada contra una roca en la playa. Tenía los brazos cruzados sobre sus rodillas y la sonrisa de una quinceañera enamorada. A su lado, tendido en la arena, había un joven guapo y de largas piernas, probablemente de unos veinte años. No parecía español.

"¿Quiénes son?", preguntó Alex.

"Esa soy yo. Es de cuando era solo una niña. El hombre es el padre de mi hija, Amparo, que descanse en paz. ¡Que descansen en paz los dos!".

"Aquí, tengo otra. Puedes quedártela. No sé porqué la tengo todavía".

Por un momento Isabelita dudó, como si se arrepintiera de deshacerse de un viejo amigo, y sus ojos miraron profundamente a los de Alex como si quisieran transmitir un pensamiento.

Esa fotografía mostraba a un joven delgado y apuesto. Estaba apoyado contra un pino y tenía los pantalones arremangados y los pies descalzos. Era del mismo hombre que estaba en la playa junto a Isabelita cuando ella era joven. Alex nunca estuvo seguro de qué le hizo aceptarla, pero lo hizo. La metió en la pequeña libreta que siempre llevaba en el bolsillo de la chaqueta.

En su tercera visita Isabelita le regaló a Alex una cesta llena de pequeñas uvas negras de su propio viñedo. Era a finales de septiembre y en Icod el Alto estaban todos ocupados con la vendimia.

Isabelita le ofreció también una jarra con vino tinto fresco. Era de su propia cosecha y sorprendentemente bueno. Después de un ligero sabor inicial a azufre, descubrió en el vino unos tonos terrosos a mora y pronto bajaba muy fácilmente. La vieja Isabelita era una gran entendida en vinos.

"Nos gusta beber este vino cuando es joven y fresco, un poco como yo", agregó, riéndose después de que otro pequeño vaso siguiera al primero.

El brebaje, enfriado ligeramente, les hizo pasar un buen rato y compartieron una tabla con queso fresco de cabra e higos secos. Un vaso de vino tras otro sosegaron a Isabelita y sus pensamientos y recuerdos comenzaron a fluir como el mismo caldo.

"Creo que lo amé. ¡Espero que sí!" añadió con un brillo en su ojos azules.

Cuando Isabelita era una niña, la mandaron al Valle de la Orotava para aprender el delicado arte del calado en la fábrica de un rico mercader británico. La amarga guerra civil española había sido seguida inmediatamente por la Segunda Guerra Mundial y los tiempos eran extremadamente difíciles. Algunas familias encontraron imposible alimentar a todo su rebaño.

Era el año 1942. Mientras que para miles de personas resultaba más fácil arriesgar sus vidas emigrando a través del Atlántico en busca de un futuro, otros simplemente no podían. Cualquier oferta de un trabajo seguro en la isla era mil veces mejor para una joven que trabajar en los bancales arriba en el monte.

Abajo, en el Valle de la Orotava, a Isabelita le daban una cama, comida y un pequeño sueldo. Se le enseñaba a coser y a bordar también. A cambio, ella ayudaba con las tareas de la casa. Podía tener los domingos libres para hacer lo que quisiera, aunque, eso sí, se esperaba que acompañara a los demás empleados a misa. Todo el mundo iba a misa.

Una de las oraciones más frecuentes del sacerdote en el

Puerto de la Cruz era que Dios ayudara al General Franco a mantener a España como un estado neutral mientras Alemania hacía de lo suyo. Esto era porque se habían filtrado noticias, que habían llegado incluso a las clases más humildes, diciendo que el dictador y vencedor de la guerra civil se había entrevistado con Adolf Hitler. Habían discutido sobre los planes que tenía Alemania de capturar a Gibraltar para así controlar la entrada al Mediterráneo.

El comercio entre las islas y el resto del mundo ya había sido seriamente interrumpido y cualquier contacto entre las Islas Británicas y las Islas Canarias había prácticamente cesado ya que los submarinos alemanes atacaban a cualquier barco aliado que navegase entre las islas y la costa africana además de en el Atlántico. Muchos de los buques fueron hundidos dentro o no lejos de aguas Canarias.

El convoy británico SL-125 con destino a Manchester desde la costa este de África, y que había hecho escalas en Durban y Freetown, había progresado sin incidentes hasta que sus barcos navegaban entre las islas el 28 de octubre de 1942.

Poco después de las diez de la noche el submarino alemán U-509, capitaneado por Werner Witte, lanzó cinco torpedos hacia el convoy. Dos de los torpedos alcanzaron objetivos aleatorios. Un buque llamado el Hopecastle fue dañado y más tarde rematado por otro submarino alemán. No hubo supervivientes. El otro barco alcanzado fue el Nagpore. Era propiedad de la P&O Steam Navigation Company. Llevaba 7.000 toneladas de carga, incluyendo 1.500 toneladas de cobre para las fábricas de armamento en Inglaterra. Veinte miembros de su tripulación, incluyendo al capitán del barco, perdieron la vida. La fragata HMS Crocus pudo salvar a veintitrés supervivientes del agua. Otros dieciocho pasaron catorce días a la deriva en un bote salvavidas antes de ser remolcados a tierra por una falúa de pescadores del Puerto de la Cruz, un pueblo costero en el Valle de la Orotava.

Los marineros estaban en un estado lamentable, extremadamente deshidratados y fritos por el sol y la sal. Pero habían sobrevivido. Se encontraría un barco neutral que los llevaría a otro puerto seguro o a un estado neutral. Finalmente fue un barco español con destino a Centroamérica el que los llevó primero a Brasil y luego a Panamá. Desde allí fueron rumbo a los EE.UU. para volver a casa, a Inglaterra, en otro convoy.

Previamente, mientras esperaban a que el consulado británico y las autoridades españolas les encontraran un buque, los marineros mercantes permanecieron algunas semanas en el Valle de la Orotava. La mayoría se dispersaron entre familias españolas quienes, muy compasivas, les alimentaron y los trataron como si fueran sus propios hijos. Dos o tres fueron entregados al viceconsulado británico en el Puerto de la Cruz y, por consiguiente, colocados a cargo de residentes británicos cuyos propios jóvenes cumplían con sus deberes combatiendo, y tal vez muriendo por su patria, en algún lugar del mundo.

Uno de estos marineros era un joven de veintiún años, el de la fotografía que Isabelita le había regalado a Alex Marriot. Lo único que sabía Isabelita era que se llamaba Giles, aunque le resultaba difícil pronunciar el nombre. Se convirtió en el invitado náufrago en la casa de la familia para la que trabajaba y cosía Isabelita. Se le dio la habitación de uno de los hijos que se había marchado a la guerra aunque tomaba sus comidas en la cocina con la servidumbre.

Giles se recuperó rápidamente de su terrible experiencia y estaba dispuesto a ayudar en todo lo que pudiera para mostrar su agradecimiento. En pocos días ya estaba ayudando a los peones cargando piñas de plátanos en el camión de la finca y haciendo un sinfín de recados. Incluso aprendió a despellejar conejos y a ordeñar vacas.

La primera vez que se fijó en Isabelita ella estaba en la cocina con otras criadas. Estaban desayunando, como casi siempre un tazón de café con leche así como bolas de gofio amasado con plátanos, azúcar y jugo de limón. Ella le miró disimuladamente cuando entró por la puerta de vaivén con dos lecheras rebosando de leche fresca y caliente del establo. Cuando los ojos de Giles se encontraron con los de Isabelita, que brillaban como dos joyas de azul profundo, ella enseguida bajó la mirada como si la hubieran descubierto haciendo algo prohibido.

La verdad es que Isabelita sí sintió que había hecho algo terminantemente prohibido después de haber escuchado cómo las otras chicas hablaban entre risas del guapo marinero, con sus rizos rubios, desteñidos por el sol y el salitre y con ese cuerpo delgado y tan musculoso.

La próxima vez que Giles e Isabelita hicieron contacto visual fue cuando él bajaba corriendo por la escalera principal que llevaba al patio. Ella cerraba la puerta del cuarto de costura que formaba parte de los aposentos de la servidumbre y que daba al mismo patio. Evidentemente, Dios le había dicho en sus oraciones que no le estaba prohibido hablar con el guapo extranjero y, en esta ocasión, estaba completamente segura de sí misma, quizá demasiado.

"¡Buenos días inglés!" saludó, burlándose de él con una pícara sonrisa antes de cerrar la puerta tras ella.

Otros breves encuentros similares ocurrieron durante los días siguientes y las miradas furtivas, a través del pasillo de la iglesia y entre los bancos el siguiente domingo, confirmaron el interés mutuo.

Alex escuchaba atentamente lo que le contaba Isabelita.

"La gente decía que yo era solo una niña inocente y supongo que lo debería haber sido", suspiró Isabelita.

"Pero me temo que no lo fui. A menudo intento justificarlo todo, asegurándome de que estaba realmente enamorada. Era tan guapo, fuerte y al mismo tiempo tan tierno conmigo...Pero, ay señor, jugué con fuego igual que mi hija Amparo jugó a no sé qué con su hombre".

"Giles era irresistible y le provoqué sin saber a lo que jugaba", confesó Isabelita. En efecto, así es como fue. El joven marinero inglés se dejó seducir y él no entendía de límites.

"Hablábamos un idioma diferente pero nuestros ojos se entendieron y nuestros cuerpos respondieron".

La primera vez que ocurrió fue en una charca volcánica entre los riscos de una playa conocida como *El Bollullo*. En aquellos lejanos días aún no se había convertido en la popular bahía que es hoy en día y para llegar a ella había que caminar bastante por las plataneras, cruzar un barranco y luego jugarse la vida en la cima del acantilado por una pista utilizada por los pescadores. La expedición fue organizada por los hombres y mujeres que trabajaban para los jefes británicos de Isabelita. A menudo hacían excursiones a la costa o a las montañas.

Un almuerzo de papas, pescado salado, fruta, gofio, quesos y vino les llevó a todos a inventarse divertidos juegos en la arena negra volcánica de la playa hasta que se desplomaron, reventados, para descansar debajo de improvisadas marquesinas hechas con hojas de palmera y viejas sábanas atadas a palos.

Había otra reunión en la playa, la de una familia entera, muy conocida en el Puerto de la Cruz. Entre ellos estaba un joven, Imeldo Baeza, nieto de uno de los más importantes artistas de la isla. Imeldo nunca estaba sin una cámara en la mano y se convirtió en uno de los fotógrafos más reconocidos de Tenerife. Se entretenía a sí mismo, y a todos los demás en la playa, con una serie de sesiones fotográficas. Fue él quien tomó la fotografía de Isabelita y Giles en la playa, la primera que Isabelita le había mostrado a Alex.

Poco después de que se sacara esa fotografía, cuando el aire bochornoso, el vino y las olas acariciando la arena invitaron a que la gente se durmiera una siesta, fue cuando Giles e Isabelita dieron su paseo. Subieron a un montículo de rocas hacia el oeste de la playa y, de vez en cuando, miraban hacia atrás para asegurarse de que nadie los seguía. Justo más allá de las rocas descubrieron el santuario privado de su charca volcánica entre las rocas.

Era inevitable y natural. De vez en cuando una ola refrescaba la charca con agua salada y fresca, cubriendo su desnudez con espuma, e Isabelita envolvía sus piernas alrededor del apasionado cuerpo de Alex.

El marinero inglés y la costurera aprendiz canaria fueron amantes secretos en muchas ocasiones, especialmente sobre el incómodo lecho de pinocha que alfombraba el establo de las vacas. Una vez, durante una excursión a los encantadores pinares de Aguamansa, por poco les descubren.

Entonces, de repente un día, unas cinco semanas después de que Giles e Isabelita se convirtieran en amantes, todo llegó a su fin. Era de madrugada cuando un pequeño camión de aspecto militar llegó a la finca por el camino entre las plataneras. Giles reconoció a algunos de sus compañeros sentados en filas en la parte de atrás. Se le dijo que había llegado el momento y que cogiera sus pertenencias inmediatamente. Se marchó sin dar las gracias ni despedirse de sus anfitriones. Tampoco hubo tiempo, ni tal vez un deseo, para susurrarle un adiós a su amante quinceañera. Giles y sus compañeros tendrían que trabajar a bordo como marineros en un buque que se les había encontrado con destino a Brasil.

Cuando se descubrió que estaba embarazada, a Isabelita la mandaron de vuelta con su familia en las montañas. Nadie en la isla volvió a saber nada más de Giles, el marinero inglés.

Una discreta lágrima en los ojos de la vieja Isabelita le dijo a Alex Marriot que era hora de volver a sus otras investigaciones antropológicas en La Laguna.

□□□□□□□□□

Un mes después de regresar a Cambridge, Alex recibió la noticia de que su madre, Joyce, había fallecido inesperadamente en los Estados Unidos. Se le dio permiso para dejar a un lado sus estudios de campo para la universidad y poder así llegar a tiempo al entierro de su madre. Le sorprendió ver a su padre, Jim, entre los dolientes porque el divorcio de sus padres había sido brutal y manchado con amargas acusaciones. El reencuentro dio a padre e hijo, en cierto modo, la oportunidad de reconciliarse.

Jim Marriot le contó a su hijo que después de que él, Alex, decidiera hacer su vida en Inglaterra, ellos se habían

39

esforzado para perdonarse mutuamente. Jim le informó también que su madre había deseado que se quedara con su casa en San Diego, California. No era nada del otro mundo pero era suya si la quería, además de todos los trastos que había en el interior. Casi ceremoniosamente Jim Marriot le entregó las llaves de la casa a Alex delante de la tumba de su madre.

La madre de Alex Marriot, después del divorcio en 2011, había vuelto a usar su apellido de soltera. Por eso el nombre en el buzón de madera a la entrada del jardín era el de Joyce Agnew.

La casa tenía poco de interés en el interior, solo unos pocos cuadros baratos, un viejo y bonito gramófono que Alex decidió conservar y algunos muebles bastante viejos. Su madre parecía haber llevado una vida solitaria y, por desgracia, había pruebas de que bebía. Las botellas vacías de bourbon habían encontrado su espacio en diferentes armarios de la vivienda. Eso entristeció mucho a Alex.

Había algunos libros y revistas viejas en el estante encima de la vitrina donde se guardaban los licores y en un extremo del mueble encontró lo que parecía ser un libro de contabilidad mucho más pesado. Por curiosidad, Alex lo bajó y casi se ahoga con el polvo.

Para su sorpresa, era un viejo álbum de fotos encuadernado en cuero. Las descoloridas letras de tinta en el cuero le dijeron que era el álbum de fotos del día de la boda de Giles y Ernestine Agnew. Cuando pasó la primera página no podía creer lo que veía.

Allí estaba Giles, el mismo joven guapo con los pantalones arremangados y los pies descalzos apoyándose contra un pino en la fotografía que la vieja Isabelita le había regalado. Esta vez llevaba un elegante esmoquin de color marfil. Su nombre completo era Giles Hamish Agnew y se había ido a vivir a los Estados Unidos después de la guerra. El álbum de fotos era de la boda de Giles con la abuela de Alex, Ernestine Zenker.

Alex Marriot se sentó y cerró los ojos cuando la historia empezó a tener sentido. Giles, el marino mercante inglés, el amante de Isabelita de quince años en una charca volcánica en las Islas Canarias era Giles Agnew, su abuelo materno. Él, Alex el antropólogo y Esteban, el hombre de La Guancha, habían sido medio primos.

EL OTRO PASAJERO

A finales de febrero de 1936, una brisa húmeda que soplaba del noroeste llegó de nuevo para refrescar las calles del Puerto de la Cruz. Prometía más lluvias.

El vicecónsul británico, Thomas Reid, disfrutaba jugando un partido de bolos, como de costumbre, antes de tomar el té en el Club Británico cuando recibió un mensaje. Le informaba que había un asunto urgente que debía atender.

De hecho, Siverio, el chófer de la Casa Reid y por lo tanto del viceconsulado en el Puerto, lo estaba esperando en el aparcamiento del club. Le entregó un pequeño sobre marrón que llevaba el sello del Consulado en Santa Cruz. Dentro había una nota escrita a mano y que le mandaba *Mister* Patterson, el cónsul de Su Majestad en la capital de Tenerife. Lo que decía la nota era muy conciso: *"Parece que nos mandan a Franco. Por favor, manténgase atento a cualquier novedad"*.

Don Thomas estaba al tanto de los problemas en la

Península, donde el jefe de las fuerzas armadas, el General Franco, había intentado presionar al gobierno provisional para que anulara los resultados de las elecciones y declarara la ley marcial. Pero la información más reciente, recibida muy pronto por la Oficina de Relaciones Exteriores en Londres, y transmitida a Reid por el Cónsul, era interesante y posiblemente mala. Significaba que a las islas iba a llegar un posible alborotador y con ello una fuente de problemas. Sin embargo, éstos eran tiempos difíciles y las batallas ideológicas en Madrid, en Barcelona y en otras capitales españolas, con un poco de ayuda de los comunistas rusos según la inteligencia británica, también estaban siendo vigiladas de cerca por una red de espías contratados por el MI6 en España.

A principios de ese mismo mes, Franco había enviado un comunicado a todos los jefes militares diciendo que ahora estaban en estado de guerra. Lo que quería decir él y otros generales más enérgicos era que, por el bien de España, deberían evitar que los rojos se afianzaran en el país. En otras palabras, el general era uno de los que estaban convencidos de que tal vez deberían llevar a cabo un golpe militar. Según la inteligencia británica, una de las razones por la que fracasó la primera propuesta de tomar las riendas era porque la Guardia Civil se negó a declararse en contra del gobierno elegido.

Poco después, Manuel Azaña juró como presidente de la nueva República y, plenamente consciente de la trama, decidió alejar a los generales conspiradores de las regiones militares más sensibles, como Zaragoza, Valencia y Oviedo. La información de la inteligencia británica también sugería que el general Franco estaba siendo enviado a las Islas

Canarias como Comandante General de las fuerzas en las islas, alejándolo de esa manera de sus tropas.

Habiendo perdido su puesto como Jefe de Estado Mayor y tras recibir órdenes de trasladarse a las Islas Canarias de inmediato, el general comprendió, claro está, que estaba siendo exiliado. Por lo tanto, rápidamente se organizó una reunión secreta con otros generales, incluidos los generales Mola y Goded antes de partir hacia Canarias. Acordaron que deberían preparar un golpe de estado para ser capitaneados, tan pronto como todo estuviera preparado, por el general Sanjurjo, quien en ese momento estaba refugiado en Portugal.

Por costumbre, y necesariamente en estas circunstancias, el general Franco no soltaba prenda y luego, según documentos de la inteligencia británica, pareció casi demasiado cauteloso desde su sede en las Islas Canarias. Sin descartar su participación en futuras conspiraciones, parecía que Franco no se quería comprometer. O tal vez eso era lo que se quería aparentar. De todas formas, comunicaciones entre el general y la cúpula republicana indicaban que quería primero darle una oportunidad a la política aunque en la Península los extremistas de la izquierda hacían arder iglesias y eran culpables de asesinatos a sangre fría de mucha gente inocente.

El vicecónsul británico en Puerto de la Cruz, Thomas Reid, era un caballero muy discreto. Sin embargo, estaba muy bien conectado. La empresa familiar daba trabajo a muchos isleños y tanto él como su padre, habían desarrollado una relación muy especial a lo largo de los años, desde la fundación de la empresa, T. M. Reid y Compañía en los años sesenta del siglo XIX, con gente importante. Era un hombre muy respetado y querido. También la familia tenía vínculos estrechos con las clases pudientes y aristocráticas de la comunidad española en la isla, muchos de los cuales fueron socios del *British Club*, una institución muy colonial en su apogeo, y la mayoría de ellos eran amigos íntimos de los Reid. Por lo tanto, estaba bien situado para enterarse de cualquier novedad.

Durante las siguientes semanas el vicecónsul no notificó nada inusual. La gente en la calle parecía estar ajena a las maniobras en las esferas más altas de la clase política. Permanecieron tan tranquilos como siempre, aunque en verdad tenían la esperanza de que llegarían esas mejores condiciones que el nuevo gobierno de izquierdas le había prometido al pueblo. Eso sí, hubo una creciente y comprensible sensación de alarma entre los terratenientes por la perspectiva de que la política de la izquierda radical cobrara fuerza en España, y los mismos socialistas empezaban a sentirse incómodos por las acciones y palabras de sus aliados comunistas y anarquistas.

Pero a finales de junio de 1936, el levantamiento estaba prácticamente listo y el general Franco debió estar convencido porque la inteligencia británica informó que se habían celebrado negociaciones secretas de alto nivel para el alquiler de un avión que se utilizaría para transportar clandestinamente a Franco desde Gran Canaria a Marruecos, donde se alzaría el golpe militar. El corresponsal en Londres de ABC, el diario español, recibió instrucciones para que contratase un avión, un De Havilland DH 89 Dragon Rapide que, de hecho, había pertenecido a un miembro de la Familia Real Británica.

El avión bimotor iba a volar a Biarritz, en Francia.

Desde allí se dirigiría a Lisboa y luego repostaría en Casablanca antes de cruzar el mar hasta las Islas Canarias. Para no despertar sospechas a su llegada al aeropuerto de Gando en Las Palmas, el avión transportaría a tres pasajeros; el Señor Hugh Pollard, un comandante británico retirado y ex agente del Servicio Secreto, su hija Diana y una amiga de ésta llamada Dorothy Watson. A cambio de asumir el riesgo y de transmitir a un médico isleño un misterioso mensaje encriptado, *"Galicia saluda a Francia"*, se les ofrecieron unas vacaciones gratis en el Puerto de la Cruz. El viejo puerto se había convertido en un destino de lujo y muy atractivo para viajeros británicos de alta sociedad.

Sin embargo, según información descubierta en un antiguo diario, escrito por una fuente en el Valle de La Orotava, en ese avión podría haber viajado un otro pasajero.

Según el diario, a principios de julio de 1936, apenas cinco meses después de recibir esa breve nota inicial desde el consulado sobre el traslado de Franco a las islas, el vicecónsul británico en el Puerto de la Cruz pudo haber recibido más instrucciones, esta vez no por medio de los contactos consulares habituales. Es posible que se le hubiera pedido al señor Reid que proporcionase alojamiento temporal al otro pasajero y además, que no hiciera preguntas. Desde entonces todo parece haber ocurrido muy rápidamente.

Un caballero con aspecto español pero con nombre inglés llegó a la residencia de don Thomas Reid. Llevaba un maletín de viaje de cuero marrón bastante abultado y el vicecónsul en persona le enseñó su habitación.

Era ya la noche del 15 de julio. El Dragon Rapide había aterrizado en Las Palmas el día 14, el mismo día en que asesinaron en Madrid al principal político monárquico, José

Calvo Sotelo, lo que provocó que el general Franco se uniera definitivamente a la rebelión y que aceptara encabezar un intento más decidido y apresurado para llevar a cabo un golpe militar. En la mañana del día 16, el misterioso invitado partió temprano, poco después de que le sirvieran el desayuno e incluso antes de que Lisette, la esposa del vicecónsul, saliera a pasear por el jardín como acostumbraba.

Dejando el maletín de cuero marrón a los pies de la cama, le informó a la señora Lisette que iba a jugar al golf en el Club de Golf del Peñón en Tacoronte y que, por supuesto, estaría encantado de cenar con ellos esa noche. El Peñón, hoy en día conocido como el Real Club de Golf de Tenerife, entonces era un club con un aire muy británico y se había fundado cuatro años antes, en 1932. En ese momento de la historia era solo el segundo campo de golf en toda España.

El otro pasajero, probablemente el caballero de aspecto español con el nombre inglés, nunca regresó a cenar. De hecho simplemente desapareció.

Unos meses más tarde, si no hubiera sido por el maletín de cuero marrón que la esposa del vicecónsul había guardado en un trastero detrás del gallinero, era casi como si el otro pasajero nunca hubiese existido y hubiera sido un producto de la imaginación de alguien. Nadie preguntó por él y el vicecónsul llevó a cabo las instrucciones que había recibido al pie de la letra. No hizo preguntas. Sin embargo, hubo mucho jaleo, especialmente cuando comenzó la rebelión militar, y se enteró de rumores sobre un incidente que involucraba al general Franco en el club de golf el mismo día que se suponía que el otro pasajero estaba jugando al golf.

De hecho, rumores contradictorios y que nunca fueron confirmados, sugirieron que el general había mantenido una reunión de alto nivel con otros comandantes militares y civiles a puerta cerrada en la casa del club. Durante la reunión se informó que Franco partiría de inmediato a Las Palmas para asistir al funeral de otro general, Amado Balmes, a quien le habían disparado en el estómago en circunstancias misteriosas. Algunos historiadores sospechan que el futuro dictador utilizó el incidente como pretexto para ir a Las Palmas donde tomaría el vuelo en el De Havilland Dragon Rapide que lo llevaría a Marruecos para el inicio de la contienda.

La reunión en el club de golf había sido organizada para dar los últimos toques regionales a la conspiración. Había sido interrumpida brevemente por un episodio ruidoso que involucraba a un caballero extranjero sospechoso de ser un espía. La palabra oficial fue que creían, muy equivocadamente, que el hombre había estado actuando en nombre de los republicanos. De hecho, si era el mismo caballero de aspecto español con el nombre inglés y el maletín de cuero marrón, lo más probable es que la inteligencia británica lo había enviado con la misión de vigilar de cerca las preparaciones para la rebelión en las islas. Cómo fue descubierto el hombre, si es que lo fue, nadie lo sabrá nunca. Tal vez cometió un error. Pudo haber sido pura mala suerte. Todo el mundo estaba nervioso y enseguida se sospechaba que alguien en el lugar equivocado en el momento equivocado pertenecía al otro bando. Habría sido detenido, interrogado cruelmente y posiblemente fusilado.

La guerra civil española comenzó a la tarde del día siguiente al proclamarse la revuelta militar en África. Rumores apuntaban a que los generales rebeldes estaban a punto de ser arrestados y esto les obligó a actuar apresuradamente.

Al general Franco, a la espera de noticias en Las Palmas, lo despertaron a primera hora el 18 de julio. Le dijeron que el levantamiento había sido un éxito y que los cuarteles en las colonias del norte de África en Tetuán, Ceuta y Melilla eran suyas. Inmediatamente embarcó a su esposa e hija en un barco con destino a Francia para luego subirse al Dragon Rapide que lo llevó al norte de África para liderar el golpe de estado.

UN TIBURÓN EN LA BAÑERA

Mi querida madre estaba disfrutando de la playa, sentada en su destartalada silla playera y leyendo un libro de cocina de Marguerite Patten. Imagino que estaba buscando una receta sorpresa para una de las muchas cenas que ofrecía en casa.

Mi padre había asumido más deberes diplomáticos de su hermano enfermo, que era vicecónsul británico en el Puerto de la Cruz. La vida era una gran fiesta. En realidad, mi padre no era un hombre de fiestas y prefería la libertad de la gente del campo, sin inhibiciones y a menudo hacía lo posible por escapar a las áridas tierras del sur de Tenerife. Su excusa era hacer negocios con los cultivadores de tomate. Pero a mi madre le encantaba tener la casa llena de gente y consideraba que ofrecer cenas era una parte importante de sus deberes como miembro de una de las familias británicas más antiguas en las Islas Canarias.

Mi padre se había marchado del hotel al amanecer en nuestro viejo Land Rover hasta el pueblo de Arafo. Iba a ver a su amigo, Eduardo Curbelo, un terrateniente sureño que cultivaba viñas, tomates y cebollas. Cuando regresó de África, a principios de los años 1950, empezó a comprar los famosos tomates canarios, que Curbelo y otros tomateros sacaban de la tierra, para un comerciante de frutas en Glasgow, Escocia, que se llamaba Ian Mcleod. Papá se uniría a nosotros más tarde para un picnic en la playa cuando terminara su excursión por los bancales sureños. Con un poco de suerte conseguiría que Cipriano, el pescador, nos llevara a dar una vuelta en la falúa a primera hora de la tarde para pescar algo.

Los negocios y el placer iban de la mano. Tenerife en los años sesenta era todavía una isla soñolienta con una vida sin prisas y mi padre había decidido llevarnos con él esta vez. Eso significaba faltar a la escuela durante dos o tres días y hacer travesuras inocentes en la playa.

Mamá podía haber sido confundida fácilmente con una famosa actriz de Hollywood dada su elegante postura junto a la marea que subía suavemente por la arena. De hecho, su forma de ser, viva y alegre como una actriz, escondía a una persona que amaba más que nada las cosas simples de la vida. Esto a menudo chocaba con cómo parecía gustarle una buena fiesta pero era la persona más cariñosa y generosa que jamás he conocido. Siempre era demasiado amable e inocente, pensaba yo a veces, cuando reconocía con una deliciosa sonrisa, los halagos de algún que otro caballero.

Ella había estado tomando el sol a media mañana bajo un amplio sombrero de paja que siempre adornaba con gloriosos pañuelos de seda a juego con su traje de baño o toalla de playa. Su hermosa piel estaba descubriendo un tono más sensual y aceitunado y sus ojos turquesa brillaban aún más que el reluciente mar.

Así que quizás debería haber sido más comprensivo con unos admiradores de sangre latina. Creo que fui bastante maleducado con ellos haciendo unos gestos aprendidos de los niños mayores en el colegio. Mi madre fingió no darse cuenta de lo que yo hice. Supongo que sabía que yo pretendía protegerla, o quizás defender lo que era mío.

Pronto me sumergí de nuevo en el mar y me olvidé de todo lo que era mío. De todos modos, mi madre se había puesto a hablar de forma muy animada con una familia de Santa Cruz y, por lo tanto, ya estaba a salvo.

La familia española también se alojaba, durante dos o tres días, en el Hotel El Médano. Había sido el primer hotel de verdad en la costa sur de Tenerife, el lado de la isla que en unos pocos años se convertiría en un vasto imperio turístico.

Pero estábamos en el año 1964 y el hotel solo llevaba un año abierto. Con una nueva carretera que llegaba a la mayor parte de la costa sur de Tenerife, se convirtió rápidamente en el lugar donde la gente adinerada de Santa Cruz y de los pueblos del norte de Tenerife podía escaparse por unos días. Se construyó donde en su día había un antiguo empaquetado de tomates. De hecho, el pequeño puerto pesquero de El Médano había crecido como resultado de la necesidad de transportar por mar los tomates a otras partes de la isla mucho antes de que las carreteras originales se convirtieran en algo más que caminos polvorientos.

A pesar de tener la playa una vasta extensión de arena, nuestros vecinos se habían colocado a solo unos metros de nosotros. Éste es un fenómeno bastante natural y el procedimiento estándar en lugares donde la cultura promueve el ser sociable y lo más ruidoso posible en vez de reservado e intolerante. Uno podría fácilmente creer que tenían miedo de grandes espacios abiertos. Pero la costumbre, extraña como a veces puede parecerle al visitante recién llegado del norte de Europa, refleja una característica que no se debe despreciar. Es un signo de generosidad y amistad.

Este grupo de urbanitas, a nuestro lado en la playa, lo formaban; un anciano caballero con un bastón y un sombrero gris que cubría una cabeza calva, tres señoras y una niña flacucha. Las damas, todas ellas de grandes proporciones, se habían sentado, no sin dificultad y sin despojarse de sus vestidos, debajo de una tienda improvisada. Consistía en una sábana colgada con cuerdas, trabas para tender la ropa y palos de madera. Mientras el viejo caballero se apoyaba en su bastón y enterraba los dedos de los pies en la arena, las damas tejían, se pintaban las uñas y se turnaban para comentar algo sobre cualquier otra persona que captara su imaginación.

Un momento parecían estar indignadas por los sinvergüenzas; esos pillos insolentes que pasaban cerca de la playa y molestaban a la señora extranjera, o sea, a mi madre. Un segundo más tarde, y con un brusco giro de cuello, dirigían su atención a una joven escandinava que se convertía en el próximo objetivo de esos hambrientos ojos masculinos. Enseñaba más cuerpo que mi madre y, ciertamente, más de lo que las isleñas estaban acostumbradas a mostrar. Había poco más que hacer en la playa.

Acompañando a las damas estaba la nieta, esa niña flacucha. Era a la que mi madre se refería como a "una dulce niña de mi edad", pero que yo me negaba a considerar como una fuente alternativa de interés. La niña pudo haber sido una razón por la que yo me refugiara durante tanto tiempo en el mar.

Carmen, nuestra *muchacha*, con la que yo compartía habitación en el hotel, acababa de hacer un enorme esfuerzo para cruzar por la arena con la cesta de picnic. Mi madre me llamó, señaló donde estaba nuestro cubo y me dijo que lo llenara con agua de mar. Era para mantener fría la cerveza de mi padre. El recipiente era bastante grande y pesado, hecho de zinc, y se había usado en su día para ordeñar las dos vacas que teníamos. Cuando arreglamos la cuadra, hasta convertirla en un bonito rincón para barbacoas en el jardín, mi padre vendió a Flaca y a Pepita a un vecino, así que el cubo ahora tenía otros usos. También era útil cuando los chicos como yo iban a la caza de inocentes cangrejos y cabosos en las charcas volcánicas.

El agua del mar, a principios de noviembre, estaba bastante fresquita después de que las primeras lluvias de la temporada habían llegado con un frente atlántico hacía unos días. El Teide brillaba con su primer blanco abrigo de invierno y el viento, que tan a menudo añade arena a los ingredientes de un picnic y hace de El Médano un paraíso para los windsurfistas de hoy en día, se mantenía alejado de la costa.

Era una bendición para un niño de siete años como yo. Todo lo que necesitaba ahora era que Emilio, un amigo local con quien había hecho migas el día anterior, terminara sus clases matinales. Yo estaba muy ansioso de continuar con nuestra inocente exploración de los bajíos que nos mantuvo tan ocupados poco después del desayuno. Esa mañana, mientras mi madre disfrutaba del desayuno en la terraza del hotel, una especie de plataforma apoyada en zancos de madera sobre la arena y el mar, Emilio y yo habíamos empezado a inventarnos alguna travesura.

Cuando regresé con el cubo medio lleno de agua, y me tumbé en la arena al lado de mi madre, todavía era media mañana pero la arena amarilla bajo mi cuerpo ya estaba deliciosamente cálida a pesar de que una nube alta y fina tapaba el Sol. Así que usé mis brazos, como una tortuga, para abrigarme los costados con los finos granos de El Médano.

Sentí cómo Carmen me cubría la espalda y los hombros con una toalla. Como la mayoría de los canarios, ella era atenta y a la vez agradecida. La verdad es que era más amiga que sirvienta y la considerábamos casi como otro miembro de la familia. En poco tiempo mis ojos se cerraron y me fui perdiendo en lo que imagino debe haber sido un sueño.

Yo era Lawrence de Arabia, el héroe de mi infancia. Mi padre me había llevado a ver la magnífica película de David Lean sobre la vida de T.E. Lawrence y sus aventuras en la Península Arábiga. El excéntrico heroísmo del inglés me impresionó profundamente.

Mi mejilla izquierda se anidaba en la cálida arena y la playa era mi desierto en la región de El Hiyaz. Escuchaba el sonido de un tren acercándose desde la lejanía. Transportaba armas y municiones turcas. En el horizonte, más allá de las arenas del desierto y hacia Medina, el Hotel El Médano podía haber sido los montes de Sarawat. El batir de las olas era como las pezuñas acolchadas de un camello que se acercaba desde el horizonte. Era un espejismo que jugaba con mi sueño. O tal vez no lo era.

Mis ojos medio cerrados se centraron en el avance del enemigo. Lo que vieron en la calima no era a Omar Sharif, el Sherif Ali en la película, acercándose en camello al bebedero de su propiedad, sino una figura larguirucha que se apresuraba hacia nosotros a través de la arena. Era un hombre alto, delgado y llevaba un traje oscuro. El caballero tenía una zancada larga y un brazo izquierdo que oscilaba erráticamente, como si fuera un suplemento descontrolado utilizado para equilibrar una furiosa discusión interna. Me parece recordar que estaba hablando solo o ensayando un discurso.

El hombre con la zancada larga y el brazo errático era el gerente del hotel, don Faustino. No era una persona playera. Una nariz puntiaguda, pequeños ojos grises y una cara increíblemente pálida le daban un aspecto mortífero.

Se detuvo, al igual que el espejismo de mi imaginación, y le ofreció a mi madre un cortés pero tenso, *"buenos días, señora"*.

"Buenos días", respondió alegremente sobre sus bonitas gafas de sol aladas.

"¡Hay un tiburón en la bañera!" exclamó don Faustino con una voz bastante aguda y aparentemente desesperada. Esa era, obviamente, la frase que había estado ensayando mientras se acercaba a nuestro campamento en la playa.

No puedo ni imaginar lo que el pobre hombre debió sentir por la forma en la que reaccionó mi madre porque estoy seguro de que esperaba un estado de shock inmediato, disculpas abrumadoras o incluso comprensión.

En cambio, mi querida madre comenzó a reírse de la manera más alegre y divertida. La última vez que la oí reír de esa manera fue cuando me llevó a ver una producción amateur de la comedia *"Arsénico por Compasión"* en el Club Británico del Puerto de la Cruz. Supongo que fue lo absurdo de lo que anunció el hombre lo que le provocó la carcajada.

Ahora que lo pienso, tengo que admitir que la reacción inicial de mi madre fue de esperar. Por un instante tal vez ella pensaba que el pobre don Faustino tenía sentido del humor. ¿Un tiburón en una bañera? ¡Qué absurdo!

Naturalmente, para el director del hotel, no había nada en absoluto gracioso y podía fácilmente haberle dado la espalda a mi madre, marchándose disgustado. *¿Cómo es posible que la joven señora inglesa no estuviera horrorizada y pidiendo disculpas inmediatamente ante tan grave situación?*

Don Faustino no se rindió, por supuesto. Hizo todo lo contrario y abrió otro frente. Dirigió su atención al malvado niño, a mí.

Como una anguila me deslicé por la arena hacia el agua. No había nada heroico, como Lorenzo de Arabia, en mi retirada. Me di cuenta, de repente, de que me había metido en arenas movedizas y que tenía el agua hasta el cuello, un problema muy gordo. Me temo que tengo que admitir que hice algo que mi padre siempre decía que nunca debería hacer. Le di la espalda al enemigo.

Me esperaba lo peor. El viejo Land Rover gris se detuvo formando un remolino de polvo justo por encima de la playa. Era mi padre y no estaba solo. Con él, de pasajeros, iban dos Guardias Civiles. Los vi desempolvar vigorosamente sus uniformes verde azulado. Cuando mi padre señaló en nuestra dirección, enderezaron sus extraordinarios tricornios y parecía que estaban mirando directamente hacia donde yo estaba. No tuve duda alguna. Me iban a arrestar.

Estaba temblando. No me acuerdo si era por lo fría que estaba el agua o por el miedo. Sin embargo, decidí dejar la seguridad de mi refugio, el mar, y me envolví de nuevo en otra cálida duna, esta vez a una distancia segura de nuestro campamento en la playa. Espié, como un miembro de una tribu beduina, por encima del montículo de arena que mis brazos habían creado rápidamente como barricada protectora.

Recuerdo que los acontecimientos se desarrollaban a una velocidad implacable, especialmente para alguien que se enfrentaba a un castigo.

Sin embargo, me di cuenta de que había un rayo de esperanza cuando los hombres de la Benemérita saludaron a mi padre y desaparecieron por la entrada de "Casa Pepe", el bar de la plaza.

Mi padre caminó hacia donde estaba mi madre con la familia santacrucera y le ofreció una enorme sonrisa. Ella le saludó con una mano mientras don Faustino le miró con una expresión de alivio. *Por fin había llegado alguien que tomaría en serio la situación.*

"¡Hola, cariño!, ¡Ah, don Faustino, buenos días!" saludó mi padre, deshaciéndose de la corbata y mirando hacia el mar con ganas de darse un chapoteo.

Caminar por las plantaciones de tomate, hablar con las mujeres que trabajaban en las fincas y comprobar la calidad del producto eran siempre sus pasatiempos favoritos, pero cada vez volvía cubierto de polvo o barro, según la temporada.

"¡Buenos días, don Noel!", dijo el director del hotel algo nervioso.

"Lo siento mucho señor, pero tenemos un gran, gran problema".

"¡Sí, tengo calor y necesito un baño y una cerveza ya!", respondió mi padre alegremente. Para alguien que había luchado y sido herido varias veces en batallas de las dos guerras mundiales cualquier problema podía esperar y arreglarse con una sonrisa.

Pero esperó educadamente para conocer cuál era ese problema y buscó dentro de los ojos ansiosos de don Faustino.

"¡Hay un tiburón en la bañera!", repitió el gerente del hotel con un repentino y brusco movimiento de ese brazo izquierdo, el que antes me pareció ver oscilar erráticamente como si fuera un suplemento descontrolado.

"¿Qué?" respondió mi padre, mirando de reojo a mi madre buscando algún tipo de complicidad.

"En el baño, señor. ¡Hay un tiburón en la bañera!".

"¿Eh? No sea ridículo. ¿De qué diablos está hablando, hombre?".

Creo recordar que mi padre parecía muy impaciente. Entonces, después de decidir estudiar más de cerca el rostro de don Faustino, debió haber llegado a la conclusión más natural.

"¿Dónde está John?" gruñó, mirando a su alrededor hasta que vio una conocida cabeza amarilla disfrazada detrás del búnker de arena.

"¡Ven aquí!".

El tono requería atención inmediata y en segundos estaba yo de pie y posicionado ligeramente detrás de mi querida madre.

Instintivamente esperaba su protección maternal. Pero mi madre no era esa clase de *querida madre*. Había sido criada con tres hermanos en los montes de África y esperaba que sus hijos se valieran por sí mismos a una edad muy temprana.

Era evidente que el gerente del hotel, a pesar de su amenazante traje oscuro y picuda nariz que apuntaba directamente hacia mí, mostraba un respeto miedoso, como una hiena, por mi padre. Todavía recuerdo como don Faustino daba vueltas a una distancia segura para que mi padre terminara conmigo.

Entonces, cuando ya creía que la bestia más poderosa había terminado, el gerente se acercó para abrir la sesión de lo que parecía un juicio. Era como un tribunal en la playa, mi padre siendo el juez.

Fue en la habitación 66 donde sucedió todo.

Aparentemente, la nueva camarera de piso asignada a arreglar la habitación 66, una joven llamada Inmaculada y del pueblo de Arico, había entrado a limpiar el baño de la habitación. Era una habitación que daba a las montañas y que yo compartía con Carmen. Era justo antes de las once de la mañana.

A Inmaculada, que jamás había olido el aire del mar antes de venir a trabajar al Hotel El Médano, le habían dicho que arreglara los baños antes de hacer las camas. En todos los demás baños que había limpiado esa mañana había evidencia normal de que alguien se había duchado esa mañana o la noche anterior y, en algunos casos, había arena de la playa introducida descuidadamente por pies humanos. La fina arena de esta playa en particular tenía la facilidad de viajar en los pies, en toallas, de meterse en los sándwiches y en cualquier otra cosa que se hubiera llevado a la orilla del mar. En la habitación 66 no solamente había arena. Alguien había colocado cuidadosamente las toallas blancas de hotel en el suelo alrededor de la bañera y ésta, según había informado Inmaculada, estaba llena a rebosar de agua.

Pero lo que hizo que Inmaculada saliera corriendo de la habitación 66 fue lo que vio en la bañera, algo alargado y de color marrón grisáceo que yacía inmóvil en el fondo. Parece ser que la pobre chica entró en pánico y no consideró prudente una inspección más de cerca para descubrir lo que podía ser. De lo que estaba absolutamente segura era de que aquello no era ningún juguete, ni un pez de goma.

Era un tiburón. Había un tiburón en la bañera. Un tiburón muerto. Pudo haber estado vivo dos horas antes pero, como la mayoría de las criaturas de su especie, sería intolerante al agua dulce. Necesitaría moverse constantemente para proporcionar un suministro de agua de mar oxigenada para sobrevivir. A diferencia de los peces normales, no se daría la vuelta ni flotaría. Se hundiría, derecho, hasta el fondo.

Éste era un joven tiburón, de los que pescadores de las Islas Canarias llaman cazón. Un adulto puede llegar a medir hasta dos metros pero el pobre ejemplar en la bañera de la habitación 66 medía no más de cincuenta centímetros, incluyendo su larga y heterocerca aleta caudal. Pero seguía siendo un tiburón. Esta especie se encuentra merodeando por las profundidades arenosas en manadas. El tiburón en la bañera pudo haberse desorientado y perdido en las aguas poco profundas del litoral pero lo más seguro es que se hirió de alguna manera, tal vez por la red de una lancha pesquera.

Por muy inusual que fuera encontrar un tiburón en las aguas poco profundas de la playa, éste había encontrado un camino hacia mis manos. Yo me encontraba explorando los charcos y los bancos de arena con mi nuevo amigo, Emilio. Estábamos chapoteando en el agua, persiguiendo un cardumen de pequeñas lisas grises y plateadas, cuando Emilio gritó.

"¡Coñoooo!, ¡Corre, sal del agua!".

Era demasiado tarde. El cazón me había alcanzado, lo sentí y lo vi pasar entre mis piernas. No estaba persiguiendo a las lisas ni tampoco arrancó una muestra de mi carne. Instintivamente supe que el animal tenía algún tipo de problema y, cuando una pequeña ola hizo rodar a la criatura hasta darle la vuelta, me di cuenta de que este tiburón necesitaba ayuda.

Sin pensarlo, puse mis manos bajo el tiburón y, acordándome de cómo me habían enseñado a hacerle cosquillas a las truchas en los pequeños arroyos de Escocia para capturarlas, hice lo mismo con el cazón y, con mucho cuidado, lo saqué suavemente del mar.

"Vamos, vamos", le grité a Emilio mientras corría a coger mi toalla.

"Muchacho, ¿qué vas a hacer?", me preguntó cuando me alcanzó.

"Toma, moja la toalla. Me lo voy a llevar a casa", le respondí con urgencia.

"¡Hombre!, ¡Estás como una cabra!", insistió Emilio.

Pero Emilio no lo entendía. Si él hubiera tenido el valor de atraparlo, sin duda se habría llevado el animal a su casa para que su madre lo cocinara. El Médano era un pueblo pesquero. Todo lo que se sacaba del mar terminaba en una olla o en la parrilla. Yo, sin embargo, había sido criado con lecturas de la Enciclopedia Británica y con los relatos de Gerald Durrell. Por lo tanto, si no lo había enganchado con mi propia caña y si estaba herido, como un pájaro con un ala rota, tenía que ayudarlo. Evidentemente, pensé también que quedaría espléndido en el estanque del jardín. Con la emoción de la cacería matutina ni se me ocurrió que el agua dulce era solo para peces de agua dulce.

Pero, como un brillante estratega, lo tuve todo resuelto en un instante. La toalla mojada tenía dos objetivos. El primero era mantener al tiburón húmedo. El otro era meterlo a escondidas en el hotel, dentro del moderno ascensor en el que estaba prohibido entrar sin un adulto, y en la habitación 66.

Misión cumplida. Habiendo llenado la bañera con agua fría, y dejado allí el tiburón, Emilio y yo volvimos a nuestros plácidos cotos de caza a la orilla del mar del Médano. Un grito y un silbido indicaron que era la hora para que mi amigo fuera a la escuela. Hasta que no apareció el gerente del hotel en la playa me había olvidado por completo de nuestro tiburón en la bañera.

Recuerdo que habíamos sido invitados todos para ir esa misma noche, la de mi aventura con el tiburón, a cenar en la casa de los Curbelo en Arafo. Un día muy largo se convirtió también en una noche de viernes muy larga, pero mi padre siempre cumplía con sus promesas. Al día siguiente, de madrugada, me despertó para ir a pescar con Cipriano en su barca. Así pues, mis aventuras en la playa con mi amigo Emilio pronto se perdieron en la memoria y el cansancio.

El domingo nos íbamos a casa. Así que, con la promesa de que podría ir a jugar una última vez con Emilio por la mañana temprano, como a cualquier buen niño inglés de los años 60, me bañaron, me dieron de cenar y me acostaron poco después de la puesta de sol.

Sabiendo que Carmen me mantendría alejado de nuevas travesuras en la habitación 66, mis queridos padres se pusieron guapos para ir a cenar y fueron a reunirse con otros huéspedes en la terraza del hotel. Era todo muy chic y mi madre se sentía muy romántica y atrevidamente exótica. El cielo aún brillaba con un glorioso tono naranja después de la puesta de sol y los camareros iban y venían ansiosos por complacer y con bandejas de estupendos aperitivos.

Mi padre, que se veía muy elegante según mi madre, pidió la recomendación del chef después de que se les mostrara su mesa.

"Tollos señor. Preparados de maravilla por nuestro cocinero y servidos con patatas arrugadas", fue la propuesta susurrada por el jefe de camareros, a sabiendas de que no figuraban en el menú.

"¡Excelente! Por favor, tráiganos un Mateus Rosé", respondió mi padre al tiempo que las olas empezaban a dejar que sus crestas coquetearan con la luz de la Luna.

A mi padre le encantaban los tollos pero no es un plato que le gusta a todo el mundo. Mi madre, que nunca fue muy aficionada a adquirir nuevos gustos, pidió lenguado. Como muchas recetas de pescado, los tollos de mi padre habían sido preparados en trozos, salados y secados al sol durante uno o dos días. Los cortes habían sido marinados durante horas y guisados suavemente con ajo, cebolla, pimiento y tomate. Este manjar puede encontrarse a veces en los menús de algunos restaurantes cuando hay tiburón disponible.

Por supuesto, ese no era mi tiburón, el que estaba en la bañera. No hubieran tenido tiempo para prepararlo. Sin embargo, mi padre no era tan ingenuo como para darle esta información a mi querida madre.

Si lo hubiera hecho, cualquier promesa de una noche romántica y exótica se hubiese perdido para siempre en el mar.

EL NIÑO CON LA LUNA

EN LA CABEZA

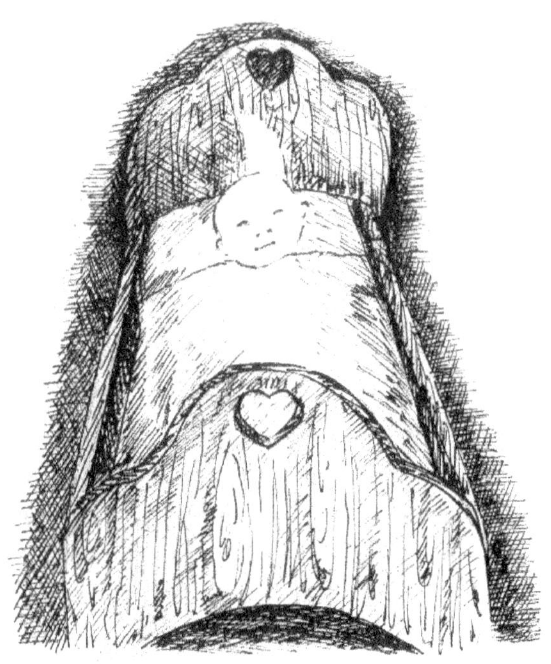

Fue difícil encontrar el camino sin tener un guía que le señalara los mejores senderos por los que andaban los campesinos y sus animales de carga a través del monte verde y en los pinares, pero Hugo Stratton estaba decidido. Quería llegar a San José de los Llanos antes del atardecer. Le habían informado que muy cerca de allí, desde los campos al noroeste de la aldea, habría una magnífica vista hacia el volcán Teide, iluminado por el Sol anaranjado del atardecer. A Stratton le interesaba agregar otra perspectiva del gran volcán a su creciente colección de bocetos.

Río Reid, el hijo del vicecónsul británico en Puerto de la Cruz, le había prestado una yegua y Stratton, al que le encantaba explorar, ya la había montado en otras ocasiones para descubrir los rincones más escondidos en los montes de la isla. De hecho, había disfrutado de una verdadera tela de araña de senderos, que conectaban a las pequeñas aldeas campesinas, y pasó noches solitarias bajo las estrellas desde que llegó a la isla de Tenerife en noviembre de 1927. Un médico le había recomendado pasar un invierno en la isla para recuperarse de una enfermedad pulmonar. Contrajo la enfermedad cuando estaba en las trincheras, durante la cruenta batalla de Ypres, en la Primera Guerra Mundial. Ahí fue donde luchó junto al hermano mayor de Río, el capitán Noel Reid, a quien describió en sus diarios como un hombre espléndido, absolutamente intrépido y que siempre demostró ser el alma más alegre del batallón.

Hugo, quien a menudo recordaba por qué su valiente amigo había sido condecorado tantas veces, había sido igualmente intrépido y audaz en batalla, aunque, como otros tantos valientes, jamás habló de ello. Por lo tanto, no le preocupaba lo más mínimo perderse en las montañas de una pequeña isla. Mucho más preocupado estaba por tener que cruzar por El Llano de los Hermanos, donde se decía que siete frailes habían muerto de frío y no se supo nada de ellos hasta que alguien se encontró con los cuerpos congelados. Había algo en esa historia que le despertaba horribles recuerdos de los cadáveres congelados en las trincheras en el frente.

Pero cuando llegó a El Llano, justo después de alcanzar el monte y el pinar, quedó tan sorprendido por la increíble vista de varios pequeños volcanes entre donde se encontraba y el gran volcán Teide, incluido el Chinyero, el último en esculpir el paisaje en 1909, que se olvidó completamente de los fantasmas de los pobres frailes, muertos y congelados.

Llegó a San José a última hora de la tarde, pero con tiempo de sobra antes de la puesta de sol, e instaló su vieja tienda de campaña de color verde oliva en una pequeña llanura justo al oeste de la aldea. No era más que un conjunto de aproximadamente veinte casas de piedra. Acababa de instalarse cuando pasaron caminando un grupo de hombres y mujeres al otro lado de un pequeño muro pegado a donde puso la caseta. Regresaban a sus hogares después de un día de trabajo en los bancales. Saludaron cordialmente, pero también con cierto asombro. La noticia llegó rápido al resto de la comunidad porque muy pronto se aproximaron unos niños medio desnudos. Era evidente que jamás habían visto una tienda de campaña y tampoco a un extranjero porque le observaron durante lo que le pareció una eternidad.

Stratton se había acostumbrado a la curiosidad de los niños cuando exploraba las zonas rurales, las más lejanas de la civilización moderna, y siempre recurría al mismo truco para romper el hielo. Recogió unas veinte piedras lo más lisas posible y las colocó en la hierba cerca de la tienda. Luego, convencido de que era el centro de atención, se echó en el suelo y comenzó a ver cuántas piedras podía apilar una encima de la otra antes de que se derrumbara la torre. Era un juego entretenido que había aprendido en las trincheras. Durante esos pocos momentos de calma que había entre los combates y los bombardeos, los soldados siempre encontraban alguna distracción para ayudarles a olvidar y a pasar el tiempo.

Después de un tercer intento, la pequeña audiencia estaba aplaudiendo, riendo y saltando y muy pronto los niños se unieron al juego hasta que, con gritos y silbos, las madres les avisaban de que ya era hora de dejar en paz al inglés.

De repente, se quedó solo y después del último canto de los pájaros únicamente se escuchaba el silencio del monte, el susurro de los pinos en la brisa y el correteo de algún ratón entre la hierba. Incluso la yegua se dio cuenta de que ya era hora de dejar de mover sus inquietos cascos. Pero de pronto, justo cuando una enorme lechuza le sorprendió cruzando por encima de la tienda de campaña bajo la luz de la Luna, un hombre gritó y comenzó a correr.

De manera instintiva, Stratton alcanzó el revólver que siempre llevaba en la alforja y brincó desde la tienda de campaña para esconderse en la sombra del muro de piedra. Estos isleños eran gente buena y amigable, pero la guerra le había enseñado a estar preparado, a siempre tomar precauciones.

Al grito del hombre le siguieron muchos más y desde todas las direcciones. Después, un parloteo animado de mujeres y, finalmente, carcajadas. El inglés sonrió y salió de su escondite en la sombra. Decidió disfrutar de la Luna. Parecía sonreírle desde lo alto de un pino. Colocó su arma en la alforja, encendió un pequeño fuego dentro de un círculo de piedras y se preparó una taza de té. Por lo visto, no se le iba a permitir descansar, así que llenó su pipa con tabaco y se sentó a fumar en el tronco de un árbol cubierto de musgo que estaba al lado de su campamento. Escuchó y observó.

Hugo Stratton había pensado que él y todos los aldeanos tenían que estar bien dormidos a estas horas. Sin embargo, una media hora más tarde, alguien había encendido una magnífica hoguera por fuera de una de las pequeñas casitas que estaba rodeada por otro muro de piedra. Era la más cercana a su campamento. Alrededor de la hoguera se había congregado un montón de gente y era evidente que una de las mujeres daba órdenes, mientras que las otras llevaban lo que parecían calderos y cestas de un lado para otro. Los hombres, mientras tanto, hablaban y bebían alrededor del fuego. Una noche normalmente tranquila en una aldea de alta montaña se había convertido en una fiesta espontánea.

Ninguno de los aldeanos quería perdérsela y no tardó en llenarse la noche con el sonido de música y voces encantadoras acompañando el chisporroteo de las llamas que devoraban la madera en la hoguera. Algunos empezaron a tocar timples, esos pequeños instrumentos tradicionales de las Islas Canarias. Otros se unieron con tambores fabricados con mimbrera, piel de baifo y otros instrumentos artesanales. Cantaron, bailaron y muchos entraban y salían por la puerta de la casita cogidos de la mano. Poco después, Stratton se puso de pie cuando escuchó unos pasos pesados que se acercaban por la tierra seca y rocosa.

El hombre le había traído un vaso de vino y, con una sonrisa pícara, más o menos le ordenó a Stratton que bebiera. El inglés tomó un sorbo del amargo líquido de color burdeos y sintió que se le quemaba la garganta al tragar, pero casi inmediatamente después de ese primer trago le sorprendió una sensación cálida y agradable. No dudó ni un instante cuando el hombre le indicó que lo siguiera. Por fuera de la casita, otro hombre más joven le quitó el vaso y se lo llenó de nuevo. Momentos más tarde el mismo joven le indicó que le siguiera por la entrada de la casita que tenía una cubierta de vigas de madera y paja de cebada.

Tenía una sola habitación donde la joven familia cocinaba, comía y dormía. El suelo no era más que la tierra, fría y dura. La cocina era una estructura hecha con barro y piedra y una chimenea rudimentaria conducía a un agujero en el techo. La habitación estaba llena de gente. Había cuatro sillas sencillas, algunos taburetes de madera de pino y parte de un viejo tronco de árbol. Sobre éstos estaban sentadas algunas de las mujeres más ancianas haciendo un círculo alrededor de una cama. En comparación con el resto de las pertenencias, la cama era notablemente sofisticada. Al lado, en el suelo, había una cuna de madera bellamente tallada. Sobre la cuna había una simple manta gris y azul y una pequeña almohada blanca. Una joven mujer estaba acostada en la cama cubierta por una almazuela. Tenía el rostro contorsionado y estaba dejando escapar unos tímidos llantos. Una mujer vestida de negro le frotaba la frente con un paño mojado.

"¡María!, ¡aquí está el inglés!", gritó otra, presentando a un incómodo Stratton.

Era el inocente invitado de honor en lo que parecía ser la ceremonia de parto de una campesina y, al salir de la habitación, el inglés se dio cuenta de que tendría que participar en la fiesta tanto si lo deseaba como si no.

Era costumbre, de la que se enteró mucho más tarde, que los partos en algunos rincones, especialmente en las zonas rurales de Canarias, se celebraran con bailes, música, juegos y una gran cantidad de vino y comida. Algunas veces podían durar varios días y la futura madre a menudo organizaba y animaba su propia fiesta. A Hugo Stratton se le ocurrió que esta tradición era para que el momento de dar a luz fuera menos doloroso. Tuvo suerte en esta ocasión porque las contracciones que sufrió la joven María y el parto duraron poco.

Unos días después, de nuevo entre la gente más privilegiada de los valles y de la costa, el inglés recordaría la dignidad en la sonrisa que la joven logró ofrecerle entre sus contracciones. También recordaría su sorpresa inicial e incredulidad por la ceremonia. Luego se dio cuenta de que había algo precioso y noble en la costumbre que había presenciado en el monte tinerfeño. Mostraba un sentido de comunidad que un día casi desaparecería a medida que la gente del campo buscaba mejores sueldos en las grandes ciudades y en los centros turísticos.

Poco después de la medianoche, Hugo Stratton se unió a los vecinos de San José con una gran ovación por fuera de la casita cuando una mujer regordeta interrumpió la música con la buena nueva de que María había dado a luz. La celebración continuó hasta altas horas de la madrugada y uno por uno, hombres y mujeres fueron invitados a ver a la madre y al niño recién nacido. El inglés se sintió increíblemente honrado de que estos campesinos hubieran querido compartir tal evento con él, un completo desconocido. De hecho, nunca olvidaría éste y otros ejemplos de generosidad y desinhibida amabilidad que le ofrecieron una y otra vez los isleños.

Era un niño hermoso y la preciosa sonrisa que le brindó María al inglés en esta ocasión fue prolongada.

El niño estaba dormido y totalmente ajeno al habitual dolor, al agotamiento y a la celebración. Pero un rayo de luz con forma de Luna creciente caía por un pequeño agujero en

el techo de paja y tocaba la cabeza del niño. Hugo siempre
lo describió como una señal que le acompañó el resto de su
vida, recordándole que había tenido la suerte de participar en
algo tan único y sagrado.

BALINES Y GUIJARROS

Éste es un breve relato de dos cuentos que coinciden. Uno de ellos tuvo lugar en el corazón de Edimburgo en el año 1972. El otro comienza en 1903, con vistas desde un balcón hacia una bonita calle en el antiguo Puerto de la Cruz, un pueblo costero de la isla de Tenerife. Son casi idénticos en espíritu y ambos ocurrieron en el mes de diciembre. Lo más asombroso es que, sin quererlo, involucraron a diferentes generaciones de una misma familia.

Jenny, cuyo nombre completo preferiría no revelar, tenía diecinueve años y era muy guapa. Su casa era una granja a la orilla del río Tweed, cerca de la cuidad de Peebles en la parte sur de Escocia pero, como la mayoría de sus amigos, se independizó en cuanto se fue a la universidad y compartió un pequeño apartamento en el tercer piso de una casa en pleno centro de Edimburgo. Un día, sola y ordenando un poco el piso antes de regresar a la granja para pasar las Navidades con la familia, descubrió que uno de los tablones de madera del suelo estaba suelto cuando pasaba la aspiradora por debajo de una estantería.

Para su sorpresa, cuando levantó el tablón de madera desencajado, descubrió que escondía una antigua caja negra de metal. Se puso de rodillas, levantó la tabla y sacó la caja con mucho cuidado. Por el peso era evidente que contenía algo. La colocó sobre la mesa redonda de época y de roble que llenaba el centro de la habitación y la abrió.

Cuando levantó la tapa encontró en su interior un par de viejas botas de cricket, una bola de cricket bien usada, una gorra de colegial y una pistola de aire comprimido además de una lata llena de balines de plomo. Cosas de chicos.

Habiendo crecido en una granja, Jenny sabía todo lo relativo a armas de fuego y estaba encantada. Si la pistola no pertenecía a nadie se la daría a su hermano pequeño como regalo de Navidad. No tenía ningún interés en las cosas de cricket, aunque metió una mano dentro de las botas para ver si había algo más oculto dentro de ellas.

Al día siguiente las campanas de la iglesia sonaban magníficamente y tenía las ventanas abiertas. Era una hermosa y fresca mañana de domingo en Edimburgo y el terraplén del castillo llevaba una capa de escarcha prometedora. Jenny se había hecho una taza de café y estaba sentada, un poco dejando pasar el tiempo, junto a la ventana y jugando ociosamente con su nuevo juguete cuando se le ocurrió una idea muy traviesa. Como dije, ella sabía todo acerca de las armas y era muy consciente de que un balín de una pistola de aire comprimido de ese calibre no mataría ni siquiera a un pequeño conejo a menos que estuviera muy cerca. Tampoco pensaba en las palomas de Edimburgo. Pero si un balín bien dirigido accidentalmente le diera a una persona, por ejemplo en una pierna del pantalón o en el trasero de un hombre, haría saltar a la pobre víctima, pero poco más.

Por lo tanto, pensó que sería tremendamente divertido si pudiera atraer la atención de cualquier joven apuesto que estuviera caminando por calle, allí abajo, si le apuntara al trasero. Eso fue lo que Jenny hizo.

Obviamente tuvo mucha puntería y antes de mediodía ya había atraído a siete guapos chicos, muy encantadores por cierto, incluyendo a un joven de dieciocho años que llevaba falda escocesa. Todos subieron al piso y Jenny no tuvo más remedio que invitarlos a todos a almorzar *fish and chips* que mandaron a pedir al puesto de comidas que estaba al lado del pub en la calle colindante. Fue el que vestía falda y estaba con el uniforme de una escuela privada, y supuestamente había obtenido permiso para salir del internado ese domingo para almorzar con un tío, quien tuvo la amabilidad de ir a comprar una cantidad considerable de latas de cerveza escocesa.

La consecuencia de todo esto fue que lo que había empezado como una mera distracción se le fue de las manos a Jenny y los seis chicos empezaron a turnarse el arma para dispararles a las inocentes palomas que descansaban tranquilamente sobre los típicos alféizares grises de las ventanas de Edimburgo. Milagrosamente no se rompió ningún cristal y todas las palomas sobrevivieron al salvaje ataque. Sin embargo, alguien informó a la policía de un tiroteo y poco después tocaron a la puerta.

Desafortunadamente para él, el joven oficial vestido de

uniforme azul que llamó para investigar el asunto no solo era muy alto sino increíblemente apuesto y Jenny no tuvo el menor problema en derretirse cuando le abrió la puerta. Por un instante la expresión en la cara de la universitaria cogió desprevenido al policía y se le escapó una ligera sonrisa.

Rebosante de encanto, la señorita Jenny le invitó a la fiesta, ofreciéndole la sonrisa más deliciosa y seductiva que pudo encontrar. Además, cuando el oficial recuperó la compostura y preguntó quién era el responsable del terrible crimen de disparar a las palomas, ella levantó la mano muy inocentemente. Por supuesto, a juzgar por el barullo de los jóvenes que le sonreían irreverentemente detrás de la chica no se creyó ni una palabra y apuntó al objeto que estaba sobre la mesa redonda que ocupaba en centro de la habitación.

"A ver, caballeros. Voy a hacer la pregunta una sola vez. ¿A quién de ustedes pertenece este arma? ".

"¡Es mía!", respondió Jenny de nuevo, muy honestamente esta vez, deseando que el bellísimo policía la arrestara.

"No, no oficial, de hecho, es mía", mintió uno de los siete encantadores invitados. Trataba de salvarle el cuello a su nueva amiga y lo hizo con una expresión asombrosamente seria a pesar de su habla ligeramente piripi.

"¡Ah, no! Ni hablar, no es cierto. En verdad, el arma en cuestión me pertenece", dijo otro con un tono muy superior.

Los otros jóvenes, casi tambaleándose entre ellos, incluyendo el de la falda escocesa que aparentaba haber bebido más cerveza que nadie, contaron la misma historia. Todos los chicos se responsabilizaron de lo ocurrido, admitiendo su culpabilidad para salvar a su heroína. Lo mismo hizo Jenny, la protagonista, una vez más, suplicándole al apuesto policía que la esposara.

El guardia tenía dos opciones. Podía arrestarlos a todos o ceder a sus encantos. Sin embargo, hizo lo que cualquier policía decente, firme y bien entrenado de Edimburgo hubiera hecho en esas circunstancias. Confiscó el arma, anotó todos sus nombres y direcciones y les deseó a todos un buen día.

◻◻◻◻◻◻◻◻◻

Un par de días antes de Navidad, un joven realmente alto y apuesto apareció por la granja que estaba a la orilla del río Tweed y preguntó si podía hablar con Jenny. Como podrán imaginar, era su policía y le había traído un regalo de Navidad envuelto con mucho cariño. Cuando Jenny abrió el regalo encontró su pistola de aire comprimido y también los inicios de una tierna historia de amor que permanece intacta hasta el día de hoy.

Pero ahí es donde comienza el segundo cuento y fue la abuela de Jenny, después del almuerzo de Navidad, quien reveló una asombrosa coincidencia.

"Tu bisabuela pintó ese cuadro", le dijo a Jenny, señalando una pequeña y encantadora acuarela que colgaba al lado del reloj en el recibidor. Estaba firmado con las iniciales *M.F.W.* y había sido pintado en 1903. Mostraba las paredes blancas de un pueblo en otro país y una torre de iglesia de piedra gris oscuro en el fondo. Había un par de palmeras muy altas junto a la iglesia y una buganvilla de color borgoña que caía en cascada sobre las paredes.

"Lo pintó un día soleado de diciembre durante un

80

picnic en un bancal a las afueras de un pueblo llamado La Orotava, en la isla de Tenerife.

Pasó dos meses en la isla en 1903 acompañando a mi tía Florence, que había viajado a la isla para recuperarse de una neumonía. A mamá le encantó la isla. Pintó dos o tres más como ésta, pero no tengo ni idea de a dónde fueron a parar. La verdad es que, aunque solo viajó una vez a las Islas Canarias, quedaron en su corazón para siempre. Verás, ahí fue donde se enamoró de tu bisabuelo, James.

Por lo que puedo recordar, y hace mucho tiempo que me contó la historia, tu bisabuela estaba algo aburrida una tarde e hizo algo insensato pero muy típico de ella. Había llenado una pequeña cesta con pequeños guijarros que recogió de una playa y decidió tirar las piedritas una por una a la calle desde el balcón de su pequeño hotel. Su ridícula idea era atraer la atención de los jóvenes españoles, tan guapos y elegantes, mientras paseaban por la calle. El truco funcionó bastante bien porque el gerente del hotel muy pronto informó a la tía Florence de que un joven quería invitarla a ella y a su sobrina a un baile en el magnífico Gran Hotel Taoro, que estaba situado en la cima de un pequeño montículo que dominaba el Puerto de La Cruz.

Lo que sorprendió a tu bisabuela fue que el joven no era español, sino un escocés igualmente apuesto y de cabello oscuro. Se llamaba James. Uno de los guijarros que ella había lanzado a la calle le había golpeado dolorosamente en la cabeza y cuando él se giró, furioso, observó que desde un balcón le miraba una chica. No era una chica cualquiera, está claro. Tu bisabuela era muy atractiva y desde su santuario en el balcón le ofreció una pícara sonrisa. El apuesto joven decidió vengarse.

Así es, querida, como se conocieron y se enamoraron tus bisabuelos y, si no me equivoco, tú has perdido el apetito desde que tu policía llamó a la puerta antes de ayer".

DOS BRUJAS Y UNA FORTUNA

El aire, si es que había, estaba quieto. Las hojas de las plataneras al fondo del jardín estaban inmóviles. Los pájaros se habían vuelto extrañamente silenciosos. El perro estaba tendido debajo de la ventana, en el piso de madera del pasillo, y jadeaba sin parar. La joven esposa de su amo, Rose, estaba estirada en la vieja mecedora que estaba en la sombra de la terraza.

A Rose le encantaban los días cálidos de Tenerife. Era una de las razones por las que era tan feliz viviendo a las afueras del Puerto de la Cruz, en el Valle de la Orotava. Pero el calor de mayo de 1952 era agobiante. Había llegado hacía unos días empujado hacia las Islas Canarias por una tormenta que estaba más al sur, por la costa africana. El ambiente era húmedo e inusualmente tropical. Rose se sentía apática y se preguntaba si algún día tendría la suficiente energía como para moverse de nuevo. Y así permaneció durante la mayor parte del día, de vez en cuando tomando sorbos de zumo de parchita llenos de hielo granulado.

De repente, el perro levantó una oreja mientras el eco de pasos en el suelo anunciaba que se acercaba Encarnación. Encarnación, a quien todo el mundo conocía por Encarna, era la empleada que hacía de todo en la casa; la que limpiaba, cocinaba y asesoraba a su señora en asuntos del barrio.

"Señora, hay dos viejas en la puerta trasera. Dicen que quieren verla. Vienen de muy lejos, señora. Dicen que vienen caminando desde Santa Úrsula. Están locas", aconsejó Encarna.

"Estoy segura de que no están locas, Encarna. Pero deben tener sed y hambre".

"No. Quizás no estén locas, señora. Pero con este calor…… ¡Y tienen pinta de ser brujas!".

"Iré en un minuto, Encarna. Por favor, haz un poco de jugo de parchita para las pobres mujeres".

"Sí, señora".

Encarnación se había acostumbrado a la generosidad que su joven ama inglesa demostraba con todo tipo de extraños que llamaban a la puerta y sus pies volvieron a resonar de vuelta a la cocina por el pasillo.

"Va a ser otro de esos días" murmuró en voz baja, hablando sola. "Y eso que estas dos son brujas de verdad".

No eran brujas, por supuesto, y Rose estaba acostumbrada a que Encarna llamara bruja a cualquiera que no le gustara. Pero en verdad podrían haber pasado por dos de las descarriadas brujas de Shakespeare. Las dos mujeres que estaban esperando en el patio trasero, por fuera de la cocina, eran viejas, arrugadas, estaban descalzas y sucias. Olían como si tuvieran mil años.

Cuando vieron a la inglesa le ofrecieron unas sonrisas sin dientes y le presentaron dos pequeñas ristras de ajo. Era su ofrenda y, por un instante, Rose sintió que su sentido común cristiano se desmoronaba.

¿Y si son brujas? pensó.

Las dos mujeres eran hermanas y vivían en el campo, en las afueras del pueblo de Santa Úrsula. Habían oído hablar de la señora inglesa, de su amabilidad y querían pedirle un favor.

Había dos bancos de madera, bajo los papayos en una esquina de la huerta, y Rose las llevó hasta allí donde las invitó a sentarse. Estaba bastante lejos de la cocina y de Encarna y, de todos modos, no podía dejar que entrara el olor que acompañaba a las dos mujeres en la casa, ni siquiera en los aposentos de la servidumbre.

Los favores de la inglesa normalmente implicaban dar a los pobres una cesta con comida, zapatos viejos, camisas y pantalones que no se usaban o hacer que el vecino, un conocido médico, atendiera una evidente enfermedad. El doctor Isidoro Luz era también el alcalde del Puerto de la Cruz, pero siempre tenía tiempo para atender a los enfermos y a los pobres. A veces, un favor podía significar prestar unas pesetas que no se volverían a ver nunca más. Pero el favor que le pedían estas mujeres, sin embargo, estaba fuera de lo común.

"Señora, usted es inglesa, ¿no?" comenzó una de las hermanas.

"Sí".

"Hay un banco en Inglaterra con mucho dinero", interrumpió la segunda hermana, yendo al grano con bastante entusiasmo.

"¡Nos pertenece!".

Esos arrugados y antiguos labios se turnaron para explicarlo todo mientras que Rose escuchaba. En verdad no paró el relato porque se había quedado sin palabras.

"Nuestra madre, que en paz descanse, nos contó antes de morir lo del hermano de su madre. Era un sacerdote en Brasil. Tenía un millón de pesetas pero ya murió. Ese dinero se lo dejó a mi madre. El dinero está en un banco de Inglaterra".

Rose definitivamente les dio la impresión de que no tenía ni idea de a dónde conducía todo esto, o sea, el favor.

"Vaya a buscar nuestro dinero, señora. Quédese con la mitad".

Tiene que ser el calor. Seguramente, debe ser este opresivo calor, pensó Rose, que solo pudo responderles con una sonrisa incrédula.

"Señora. Escúchenos. El hombre era un sacerdote con grandes posesiones. Tierras, lanchas de pesca, oro y plata. Ahora ese dinero está en un banco de Inglaterra. Mi hermana y yo tenemos que heredarlo todo".

La historia no encontró sitio en la imaginación de Rose. Era como un sueño surrealista. Allí estaba hablando con dos viejas vestidas con harapos, un reflejo de la pobreza extrema, y ellas le hablaban de tanta riqueza como si fuesen asesores legales. Lo extravagante del sueño era seguramente provocado por el sofocante aire africano. Rose tendría que poner fin a la ilusión de estas pobres. El que pedían no era el tipo de favor que podía conceder.

"Lo siento mucho. No deberían haber venido por esto. No puedo ayudarles".

"¿Quiere más de la mitad? Le daremos más pero vaya a por nuestro dinero".

"No", protestó Rose. "No puedo ayudarles. No voy a ir a Inglaterra. Deberían ir a ver al cura de su iglesia o quizás a un abogado. Pueden mostrarle los documentos ¿Quieren que les ponga en contacto con un abogado? Conozco a uno muy bueno", dijo Rose con optimismo. Por supuesto que no había documentos.

Las dos ancianas se marcharon sin recibir el favor que pedían, pero no antes de ser alimentadas con un buen tazón de sopa espesada con gofio. Una ligera brisa fresca empezó a mover las hojas de las plataneras cuando desaparecieron por el camino y Rose sintió un tremendo alivio. Ese calor opresivo había desaparecido de repente, como si se hubiera ido con las dos hermanas. Incluso el perro dejó de jadear. *¿Serían brujas?*

A media tarde Rose pensó que por fin podría ponerse al día escribiendo algunas cartas y cogió una pluma y papel para sentarse a la mesa que había bajo la pérgola en el jardín.

Pero no iba a ser tan fácil. La historia que habían contado las dos ancianas no se iba a ir con ellas. De hecho, volvió cuando Encarna entró de nuevo en escena con la bandeja de té para su señora.

"Si me permite decirlo, señora, hizo bien en no ayudar a

esas brujas". La criada seguía insistiendo en llamarlas brujas.

"¡Pobrecitas!".

"Son brujas avariciosas. Están celosas la una de la otra. Tienen dinero bajo el colchón. Solo fingen ser pobres", insistió Encarna.

"Por supuesto que no tienen dinero bajo el colchón, Encarna. No sea usted tan mala. ¿No vio cómo vestían, y esos pies descalzos y sucios? No voy a tolerar que diga cosas malas de la gente. Ahora, por favor, vaya a casa de Maximino y pídale que nos traiga cebollas rojas, papas y fruta".

En circunstancias normales, Encarna obedecería la orden inmediatamente. Le gustaba ir a la venta de Maximino. Él siempre le contaba un montón de chismes. Pero Encarna parecía estar en medio de un trance y volvió al tema del banco inglés. Ese aire africano volvió también.

"¡El dinero de Inglaterra es nuestro!", exclamó de repente Encarnación.

"¿Qué?".

"Mi madre es descendiente directa de ese cura en Brasil".

□□□□□□□□□

Fue, ese pegajoso día de mayo, cuando Rose escuchó por primera vez la intrigante historia sobre el sacerdote y su fortuna. Pero no fue la última. La historia creció y creció a medida que la primavera se convirtió en verano y el calor se intensificaba. Se le conocía como el padre Plácido y pronto se convirtió en la comidilla del pueblo. La prensa tampoco pudo resistirse a publicar un artículo saturado de implicaciones de gran alcance e ideas que hacían correr todavía más rumores. El dinero estaba escondido debajo del piso de madera en una mansión de Londres. *¿Cómo pudo el sacerdote amontonar tal fortuna? ¿Cómo podía un cura de fe católica, prometido al celibato eterno, tener tantos descendientes?*

Encarna y las dos brujas no eran las únicas que reclamaban la fortuna. Asesorías, bancos y alguna que otra iglesia recibieron la visita de esperanzados herederos. También recibió más visitas la simpática dama inglesa llamada Rose. Llegaron de todo tipo y contando cantidad de versiones, desde mujeres con ojos calculadores y colgantes de plástico, hasta peones de las plataneras con los pantalones manchados y lonas en los pies.

Al final, todo se redujo a los documentos. Nadie tenía documento alguno que probara sus afirmaciones y había tantas que ningún asesor legal podía molestarse en hacer el esfuerzo a menos que estuviera seguro de recibir una gran bonificación. Una o dos reclamaciones llegaron desde lugares tan lejanos como México y la Guinea Española, donde se creía que el padre Plácido podía estar enterrado.

El largo y caluroso verano llegó a su fin y la brisa marina en septiembre purificó el aire. Con ella, las historias y afirmaciones sobre la fortuna del padre Plácido parecían desaparecer.

ロロロロロロロロ

La misma brisa del amanecer hacía que las cortinas del dormitorio se mecieran como bailarinas rusas. Sandy sonrió cariñosamente. Qué suerte tenía de tener a esta hermosa rosa inglesa como esposa.

Sus pequeños y pálidos pechos se movían arriba y abajo y un pezón se asomaba de forma tentadora desde debajo de su camisón de seda. Un día, pronto, sabía que se llenarían para su primer hijo. Rose había perfumado la bañera con pétalos del jardín y espuma y compartieron la botella de Dom Pérignon que él había traído a casa para celebrar su aniversario. Había sido una noche juguetona y sintió que la deseaba una vez más. Rose también lo deseaba al sentir como se le crecía contra su nalga. La madrugada era su momento favorito para hacer el amor. Su cuerpo estaba tierno y su deseo se rendía ante el aroma de su hombre. No era el amor impaciente de la noche oscura, sino el amor prolongado y sensual de dos jóvenes que exploraban los límites mientras las cortinas jugaban con la luz del día.

El olor a tostadas y café subía por la escalera y el desayuno era una llamada a un tipo de acción diferente.

"Es un buen día para ir a explorar. Pensaba ir a Granadilla. ¿Te gustaría venir, mi amor?".

Significaba libertad. Libertad de la casa. Libertad del aburrimiento que tan a menudo acompañaba a las jóvenes esposas en un país extranjero. Libertad de Encarna. ¡Por supuesto que a Rose le gustaría ir!

"Mañana voy a ver a alguien sobre un tema de agua. Tardaré bastante así que tendrás que esperarme un buen rato mientras esté reunido. Pero pensé que podríamos pasar la noche bajo las estrellas allí arriba en algún lugar de Las Cañadas".

"¡Qué divertido, cariño! Prepararé un picnic".

Rose estaba tan emocionada como una niña pequeña y muy enamorada, desbordante de amor.

Al atardecer el Land Rover atravesaba a toda velocidad la llanura de Ucanca, en la base del volcán Teide. Los fantásticos paisajes marcianos, dentro de lo que los isleños llaman Las Cañadas, son como de otro planeta, muy diferentes de las exuberantes y verdes tierras en el Valle de la Orotava. A su derecha, mientras se adentraban en la llanura sedimentaria desértica donde antiguos flujos de lava amenazaban con enterrar toda evidencia de una caldera, estaba el gran volcán. El Teide, como todo lo que le rodeaba, parecía sediento de nieve.

Grandes peñascos, acantilados, estratos, rocas y diques hacen de este un paraíso para estudiantes de geología. La luz anaranjada del sol al final del día convierte los tonos negros, marrones, amarillos, turquesas, rojos y bronces del paisaje en un territorio aún más fascinante y artístico. El tiempo todavía no ha hecho a esta tierra fértil. Ríos de fría y color púrpura lava petrificada hacen que parezcan como si fluyeron ayer. Sin embargo, hay vida abundante en forma de escarabajos lentos, de lagartos que toman el sol, de conejos flacuchos, de una especie única de abeja, de los tímidos alcaudones y de algún que otro cernícalo o aguililla. Pudo haber sido la altitud que jugaba con su mente, pero el desolado paisaje hizo que Rose sintiera que realmente había un Dios mirando desde allí arriba, o un diablo tentando al destino en lo profundo de esos cráteres.

Ciertamente había algo satánico en el material negro que el agrietado volcán vomitó durante la última erupción del Pico Viejo en 1798 y, de repente, era casi un alivio dejar atrás a esos desiertos y a las llanuras volcánicas.

Sandy tomó el camino a Vilaflor y comenzaron a buscar su desvío en la cima de los pinares del sur. Era su lugar de acampada habitual en un pequeño balcón de tierra con vistas al precipicio de un profundo barranco. Estaba bien escondido de la carretera y lo suficientemente lejos como para ser completamente privado. El Land Rover no tuvo problemas para encontrar el camino, zigzagueando a través de las rocas, entre las retamas y las hierbas pajoneras hasta que se detuvo a la sombra de tres o cuatro pinos gordos. Una roca basáltica de forma perfectamente plana podía pasar por una estupenda mesa de comedor y las piedras que usaban como sillas no se habían movido desde la última vez que acamparon en ese escondite.

Rose comenzó a sacar un sinfín de cosas de la cesta de picnic mientras Sandy preparaba la cama dentro de una pared hecha con las mismas piedras que los habían protegido del viento en otras ocasiones. La cama consistía en un colchón de pinocha cubierto por una vieja lona. Era un trozo de lo que en su día había sido una tienda de campaña, de cuando Sandy estaba en el ejército. Las almohadas, de color púrpura, eran cojines prestados de la hamaca del jardín y una selección de fieles mantas de tartán escocés para taparse hizo muy acogedor este pequeño campamento en las montañas.

Lo mejor de este rincón bajo los pinos, en lo alto de las montañas del sur, era la increíble vista hacia las islas de La Gomera, La Palma y, a veces, hasta de El Hierro en el horizonte. Las verdes montañas de esas otras islas se asomaban a través de un mar de nubes como barcos fantasmas y el tono anaranjado del sol, que se hundía rápidamente, creaba un cuadro constantemente cambiante en las montañas y entre los peñascos volcánicos. Cuando el Sol decidió acurrucarse entre los dos pechos de La Palma el momento era tan hipnótico como el crepitar de una chimenea en una casa de la campiña inglesa y el aire, junto a una o dos copas de vino blanco fresco, evocaban otra tentadora y romántica velada. Sin embargo, una manía femenina a las arañas y a los escarabajos hizo que Rose no se quitara sus pantalones de montar y la desnudez de Sandy bajo la luna se convirtió en una oportunidad perdida.

◻◻◻◻◻◻◻◻

A las nueve de la mañana siguiente, Sandy había aparcado el Land Rover en una calle empedrada a las afueras de Granadilla de Abona, una de las principales ciudades de la vertiente sur de Tenerife. El Reino Guanche de Abona fue uno de los últimos en someterse al dominio español y comenzó a ser habitado por los españoles conquistadores en el año 1503. Tan pronto como se silenció el ronroneo del motor del Land Rover, las persianas a lo largo de todo el callejón comenzaron a abrirse, asomándose cabezas interesadas en la novedad.

Sandy desapareció con dos caballeros. Iban a inspeccionar una galería de agua en la que Sandy estaba interesado para comprar acciones. En las montañas de Tenerife existen más de mil galerías de agua, o perforaciones horizontales dentro de las colinas. Fueron excavadas en busca del agua que se filtra a través del suelo poroso, después de las fuertes nevadas del invierno, y siguen siendo hoy en día propiedad de accionistas. En esos tiempos hubo una constante y creciente demanda de agua de galería y, por lo tanto, ser dueño de una o dos acciones era muy importante.

Sandy le había advertido a Rose. Acompañarle a Granadilla significaría estarlo esperando un buen rato.

Sin embargo, el escenario en que se encontró la inglesa, en una calle de un lugar desconocido, era como abrir un libro pintoresco; esas cabezas que seguían echándole vistazos

93

desde las persianas verdes, marrones y azules, lagartos que se asomaban por los agujeros de las paredes de piedra, un par de cuervos de aspecto malhumorado que pasaban volando entre los almendros que había encima del pueblo y hombres, mujeres y niños que empezaban a hacer sus tareas diarias.

Todas las mujeres parecían tener mucho que hacer y se apuraban de aquí para allá. El caminar de los hombres, sin embargo, era más lánguido. Rose se había dado cuenta de que la mayoría de los hombres de la isla nunca tenían prisa y hacían todo con movimientos lentos, como si temieran que el sol agotara toda su energía si caminaran más rápido. Algunos no parecían estar interesados en caminar hacia ninguna parte; o se pasaban el día sentados en la sombra o pateaban la rueda de un camión por aburrimiento o ponían sus brazos sobre los hombros del otro y charlaban, moviendo un cigarrillo de un lado a otro de la boca como si fuera una parte importante del dialecto isleño.

Una o dos veces un hombre emprendedor subió por el callejón tirando de una mula cargada con caña o garrafones. Un ciego con un palo encontró su percha contra la pared por fuera del bar de la esquina y empezó a vender lotería. Las mujeres comenzaron a saludarse a gritos desde las azoteas mientras tendían la ropa. Una o dos de ellas competían con canciones sobre el amor y la esperanza. Rose se fijó en una niña pequeña que salió por una puerta justo al otro lado de la calle y se sentó en el escalón de la misma.

Después de lo que parecía una eternidad, observando fijamente al Land Rover y a la señora inglesa que estaba dentro del vehículo, la niña se acercó a la ventanilla junto a donde Rose había empezado a leer una de las revistas de National Geographic de su marido.

Rose le ofreció una galleta que la niña aceptó sin pensárselo y corrió otra vez hasta la puerta de su casa. Inmediatamente una mujer, probablemente la madre de la niña, le arrebató la galleta de las manos, empujó a la niña al interior y cerró la puerta. Rose estaba intentando digerir el incidente, sin tiempo para encontrar una explicación a la reacción de la madre, cuando se dio cuenta de que todos, excepto el vendedor ciego de lotería, habían abandonado la tranquila calle. Simplemente se dispersaron como hojas en una repentina ráfaga de viento.

"Buenos días", dijo la voz grave.

"Buenos días", respondió Rose sin levantar la vista de un artículo sobre monjes tibetanos.

"¿Es usted inglesa?". La pregunta le hizo girar la cabeza hacia donde venía la voz, en la misma ventanilla del coche. Se encontró con los ojos de un Guardia Civil, uno de esos que llevaban uniforme verde con tricornio negro cubriendo la cabeza.

Sin esperar una respuesta, el guardia dio una vuelta al Land Rover, examinando su contenido a través de cada polvorienta ventanilla. Se detuvo en la parte trasera y mantuvo una mirada fija en los cojines de color púrpura y en las mantas escocesas enrolladas. Rose pudo explicar lo del tartán de Abercrombie pero…… *¿Cómo podía explicar lo de los cojines de color púrpura?*

Le entró un abrumador remordimiento de conciencia por cualquier crimen que pudiera haber cometido pero se recompuso cuando la cara del guardia se asomó de nuevo a la ventanilla.

"¿Quiere una galleta inglesa?", preguntó Rose. *El ataque es siempre la mejor forma de defensa.*

La táctica funcionó. El guardia la aceptó. Sonrió y la verdad es que fue muy cortés en su agradecimiento. El provocar miedo era parte de su deber. Pero solo era un hombre y también humano. Probablemente tenía una dulce esposa e hijos y seguramente era un ángel fuera de ese uniforme. Para mantener la ley y el orden en una dictadura, sin embargo, la costumbre era hacerse temer. Su siguiente pregunta la hizo casi pidiendo disculpas.

"Tengo que preguntarle algo, señora. No estará vendiendo nada, ¿verdad?".

Volvió a dirigir sus ojos a la parte trasera del Land Rover y a esos cojines de color púrpura y a las mantas de tartán.

"¡No, por supuesto que no!", respondió Rose con dulzura aunque también fingió estar indignada. Estaba claro que el guardia sospechaba que bajo las inocentes mantas escocesas se escondía contrabando o artículos para el mercado negro.

"No. He venido con mi marido. Ha ido con unos señores a ver una galería de agua. ¿Quiere que le abra la parte trasera del vehículo?". Una vez más, el ataque era la mejor forma de defensa.

"Gracias, señora. No será necesario. Pero tenemos problemas con unas personas indeseables que vienen de Tetuán vendiendo seda, alfombras y, a veces, grifa. Ayer mismo dos hippies alemanes fueron descubiertos en Alcalá comprando grifa a un marroquí".

"¿Qué es grifa?" preguntó Rose, sabiendo perfectamente que era la palabra que se usaba coloquialmente para el hachís importado de las montañas del Rif en Marruecos. Su amigo, el guardia, debió pensar que la pregunta era demasiado difícil de contestar porque le hizo el saludo y siguió su camino.

Las puertas y las persianas empezaron a abrirse de nuevo

al irse el guardia, la calle volvió a reflejar una rutina sosegada y a la niña de la galleta se le permitió sentarse de nuevo en el escalón de la puerta. Incluso los lagartos empezaron a asomarse desde sus agujeros en las paredes para ver si ya era seguro volver a solearse.

Rose decidió que ya estaba un poco harta de esperar a su marido y que guardias, madres e hijas la encontrasen tan interesante así que se bajó del vehículo. Saludó a uno o dos transeúntes al caminar calle abajo y se refugió en la única tienda de la calle, entrando a través de una cortina de cuentas.

Era una típica tienda de pueblo; con un escalón por encima del nivel de los adoquines y luego dos más que bajaban a un piso de cemento en el interior de lo que parecía ser la venta general. Se veían ollas de barro y cacharros, que hacían formaciones abstractas en las esquinas, y una exhibición de cestería tradicional hecha con hojas de palmera y de caña. Sombreros de sauce adornaban las paredes, algunas encaladas y otras con los bloques de cemento a la vista. Botellas de cerveza Dorada, de la Compañía Cervecera de Canarias, y otras botellas verdes, que disfrazaban el verdadero color del vino de Chio o de Arafo, compartían estantes con latas de atún y de sardinas. Sacos de maíz, de judías y garbanzas sostenían un cartel de la Coca Cola que esperaba ser clavada en la pared. Zapatos de lona, para los trabajadores de la finca, estaban amontonados junto a calabazas y bubangos y escuadrones de moscas revoloteaban entre ristras de ajo y cebolla colgados del techo. Varios quesos blancos y otros más amarillentos competían por espacio con encajes, botones y otros artículos en el mostrador de madera y una pesa de color verde pálido esperaba al siguiente cliente. Al lado de la pesa un gato se había puesto cómodo, acurrucado encima de una caja de pescado salado.

Una mujer vestida de luto entró por una puerta y desapareció detrás de otra. Hablaba animadamente consigo misma. *Se parece mucho a una de las brujas de Encarna*, pensó Rose antes de regañarse rápidamente por haber tenido tal idea.

El hombre detrás del mostrador estaba usando una pala de madera para llenar con gofio la bolsa de tela blanca de un cliente.

"Buenos días, señor", dijo Rose una vez que el cliente había pagado y se marchaba después de hacerle una respetuosa reverencia a la extranjera. Compraría pan, queso y una de las macetas de barro que le habían llamado la atención. Pensó que quedaría muy bien en la terraza con algunas flores secas.

"Buenos días. En seguida le atiendo, señora", respondió el hombre en un inglés casi perfecto antes de que sus ojos se encontraran con la expresión de asombro que tenía Rose.

"Dios mío. ¿Dónde aprendió ese inglés?", le preguntó, también en inglés. Lo último que esperaba escuchar en una pequeña calle en las afueras de Granadilla era un inglés tan fluido y bien pronunciado. El hombre tenía aspecto agradable pero, después de todo, su forma de vestir era muy de campesino canario.

"Por todo el mundo".

"Qué interesante. ¿Ha viajado mucho?".

"Sí, supongo que sí", dijo, poniendo la pala en una caja debajo el mostrador.

"Brasil, Venezuela, las Bahamas, África, Irlanda, Liverpool, Londres. Muchos países. Durante muchos años trabajé en el yate de un inglés, navegando por todas partes y cuando no estaba en el barco me buscaba la vida haciendo de todo".

"¡Qué fascinante!". Rose estaba muy impresionada y supo enseguida que podía pasar el resto del día en la venta del pueblo, escuchando las historias y aventuras de ese marinero.

"Llevo tiempo en la tienda ayudando a mi hermana. Se quedó viuda el año pasado y ahora está mal de la cabeza".

"Esa debe haber sido la mujer de negro que vi cuando entré en la tienda", pensó Rose.

"Pero tan pronto que pueda me iré a Londres. ¿En qué puedo servirle, señora?".

"A ver, un poco de ese queso, por favor. Tiene una pinta estupenda, y dos barras de pan. ¿Va a Londres por negocios?".

"¿Queso de cabra o de oveja? Ese de ahí es de Güímar. De oveja. Está muy rico. Este otro queso es fresco, de cabra, y lo hacemos nosotros mismos. Sí, en cierto modo. Supongo que haré algún tipo de negocio en Londres. Voy a reclamar una herencia".

"¿Ah, sí?".

Rose sintió un hormigueo repentino en la parte posterior de su cuello. Su boca trató de pronunciar otra pregunta pero no le salió porque su garganta se le había quedado muy seca. También se imploró a sí misma que no profundizara en los asuntos del hombre, por si acaso. Así que miró fijamente a las moscas, que seguían haciendo maniobras aéreas acrobáticas por encima del mostrador, hasta que el hombre levantó la vista y dijo las palabras fatídicas.

"¡Tengo una fortuna esperándome en un banco de Londres!".

¡Era la misma historia de siempre! Rose debería haberle

pagado al hombre por el queso de Güímar y haber salido de la venta inmediatamente. Pero era una mujer.

"Esto…supongo que no ha heredado el dinero del padre Plácido, ¿verdad?".

Las cejas del hombre se despegaron prácticamente de su frente y sus ojos se abrieron de par en par con evidentes signos de asombro y de expectación.

"¡Vaya! Pues sí. Pero esto es increíble, señora. ¿Cómo lo sabe? ¿Sabe usted algo de él?".

"No, no. Solo que me dijeron que dejó dinero en un banco de Inglaterra".

"¿Quién se lo dijo? ¿Vendría a Inglaterra conmigo? Le dejaría la mitad del dinero".

Una vez más Rose trató de ser prudente, pero una naturaleza inquisitiva y el tener que esperar y esperar mientras su marido disfrutaba su aventura con los hombres del agua pudieron con ella.

"Dos señoras de Santa Úrsula. Me contaron lo mismo que usted".

"¡Bah! ¡Malditas brujas!". El canario tan simpático que hablaba el inglés tan perfecto de repente estalló con una serie de palabrotas impronunciables. Salieron escupidas de su boca como un veneno espantoso. El gato, el que había estado acurrucado felizmente encima de la caja de pescado salado, dio un brinco y cayó al suelo, deslizándose hacia la oscuridad de la parte trasera de la venta.

Rose hizo más o menos lo mismo, aunque con más gracia. Pagó por el queso y el pan, le dio las gracias al hombre y salió de puntillas al abrigo de la calle. El hombre salió como un toro de detrás del mostrador, siguiéndola mientras ella huía con toda la dignidad posible por los adoquines de la calle hacia donde estaba el Land Rover. Tan tranquila e inocente antes de entrar en la venta, la calle se convirtió de repente en un lugar bastante aterrador y Rose medio esperaba sentir piedras volando sobre su cabeza. Pero no llegó a tanto. El hombre de la fortuna se había quedado por fuera de la pequeña tienda y Rose solo escuchó cómo gritaba dando una explicación que se oyó hasta el final de la calle pero que nadie, excepto ella, entendió.

"Son mis otras hermanas. Están locas. ¡Son brujas asquerosas!".

CUANDO PASA EL AGUA

Cuando era niño había una atarjea de agua al fondo del jardín. No sabía de dónde venía el agua pero cada vez que aparecía, aproximadamente una vez a la semana durante los meses de verano y más a menudo durante el invierno, jugaba a ver lo que tardaba una ramita o una hoja en llegar desde donde entraba el canal en el jardín hasta donde desaparecía el agua por una tanquilla hacia la primera terraza de plataneras que tenía la finca del vecino. El agua entonces era lo más valioso del mundo para los agricultores. Lo es aún más hoy en día por la tremenda demanda de agua en una isla superpoblada y una masiva urbanización a consecuencia del imperio turístico.

Mis hijos ya no pueden disfrutar del mismo juego. Hace años que una enorme tubería de PVC relegó el canal a la antigüedad y las plantaciones donde una vez hubo plataneras, insectos, ranas y cantidad de pájaros se han convertido en urbanizaciones de lujo. El agua, que aún fluye por el tubo con la misma frecuencia que lo hacía antes, va a suministrar grandes depósitos para abastecer a la creciente población municipal, para mantener artificialmente verdes los jardines de los hoteles o para llenar alguna piscina.

Cuando mi padre trajo a mi madre a la isla de Tenerife a principios de los años cincuenta, ella era tan inocente con respecto al agua como yo lo fui de niño. Lo sé por cómo describió su primer tutorial sobre las leyes que regían el suministro de agua en la isla.

"¡La señora es inocente!", dijo un anciano que, sin nada mejor que hacer con su tiempo, la había estado observando como un cernícalo. Mi madre era tan inocente que les lanzó una mirada desafiante a los hombres que seguían señalando en su dirección con gestos acusadores.

"¡Es extranjera!", contradijo uno de los peones que trabajaban en el bancal colindante.

Ese era el tipo de comentario que más enfadaba a mi madre y estaba a punto de defenderse con las pocas palabras en español que había aprendido. Pero, de repente, se lo pensó mejor. En vez de demostrar con quien se habían metido, decidió fingir una indiferencia superior y se concentró de nuevo en lo que estaba haciendo.

En ese mismo instante, Basilio, el jardinero recién empleado, hizo acto de presencia en la escena. Por la expresión en su rostro, él también estaba igual de asombrado por lo que estaba haciendo mi madre y de pronto parecía estar al borde de un ataque de nervios. Mi madre pensó que tal vez se había visto afectado por ver a una mujer regando los inicios de un jardín, especialmente porque él debería haber comenzado a trabajar en el jardín al menos una hora antes.

Por un instante, mi madre imaginó que ella había ofendido ese tipo de orgullo que a menudo se le pega a un español más que su propia sombra. Pero enseguida se le ocurrió que tal vez el jardinero consideraba que el torrente de agua, que ella había desviado hacia el cantero desde la atarjea que corría a lo largo de la pared que separaba su propiedad del bancal de plataneras, era demasiado fuerte para las flores. Ahora era el turno de mi madre de estar preocupada.

Basilio, que era bizco, se acercó a mi madre y la miró a los ojos lo más derecho que pudo. Sus labios temblaban de emoción mientras que mi madre no sabía a cuál de sus ojos debería enfocar. El jardinero se tapó uno de sus ojos con una mano como si hubiese entendido el problema e interrogó a la mujer de su jefe.

"¿Por qué no esperó la señora hasta la noche?", siseó como una serpiente.

Mi inocente madre no pudo entender la lógica de la pregunta y le dijo que las plantas se estaban muriendo por falta de agua y que no podían esperar a la noche. Ella también hizo todo lo posible para hacerle saber que no estaba nada contenta.

Mi madre había crecido en una granja de África y muchas veces había escuchado a mi abuela negociar con los jardineros en la colonia británica. Supuso, pues, que podía intentar tácticas similares con Basilio, una mezcla de encanto, severidad y razonamiento para hacerle realizar tareas sencillas. En otras palabras, debía asegurarse de que los empleados sabían quién era la jefa sin alentar resentimiento.

Sin embargo, descubrió que las cosas eran diferentes en una isla española en medio del Atlántico.

Basilio se quitó la mano del ojo y se giró hacia la creciente multitud de trabajadores de la finca. Era evidente que éstos estaban pasando un rato sumamente divertido a expensas del jardinero y de la extranjera.

Se encogió de hombros y catapultó su labio inferior hacia afuera para indicar que no sabía, ni le importaba un pepino lo que mi madre estaba haciendo. Fue y se sentó sobre uno de los muros de piedra que dividía los bancales, se cruzó las piernas, encendió un cigarrillo y la miró despectivamente.

Mi madre estaba indignada. No podía tolerar esta impertinencia. Tampoco le gustaba la sensación de que ella era el objeto de entretenimiento. Además, había dedicado mucho tiempo, energía e ingenio conteniendo el agua en la atarjea con un trozo de tronco de platanera.

Había aprendido ese truco observando cómo los peones hacían lo mismo o cómo cortaban una parte de la planta para insertar en la atarjea y de esa manera desviar el agua para que inundara una parte de la terraza de plataneras.

¿Cómo se atrevía el hombre a quien ella pagaba para

cuidar el jardín a sentarse allí y no hacer nada mientras ella hacía todo el trabajo?

El mismo anciano que unos minutos antes la había defendido se acercó hasta el borde del jardín.

"Tal vez sea mejor que llame usted a su marido, señora", sugirió. Eso es lo que mi madre, que era bastante sensata la mayor parte del tiempo, decidió que el viejo había dicho y caminó hacia la casa con la mayor dignidad que podía mostrar.

"Debemos darle un reloj a Basilio", dijo, interrumpiendo la contabilidad de mi padre.

"¿Por qué?"

"Riega las zinnias y luego se acerca a la puerta trasera para saber la hora. Unos minutos más tarde recorre la mitad del jardín y le pregunta la hora de nuevo a la cocinera. Después se olvida de barrer el resto de la entrada, limpia parte de la rosaleda y viene a preguntarme si es la hora de almorzar. Escúchame, amor mío, estoy tratando de regar el jardín y necesito tu ayuda".

"No habrás llevado las regaderas cuando pasaba la *guagua*, ¿no?".

Que hiciera ese comentario sorprendió a mi madre. Habían sido las *muchachas*, siempre más atentas al decoro de *la señora*, quienes habían establecido la única norma inquebrantable: que sería una verdadera vergüenza si a la señora de la casa se la veía realizando trabajos manuales en público, especialmente cuando pasaba la *guagua*.

"No, querido. Mi método es mucho más eficiente que eso. He bloqueado la atarjea y el jardín se está inundando espléndidamente, pero el jardinero se niega a ayudar".

Con la velocidad y el sonido de un corcho saliendo de

una botella de champán, mi padre se despegó de su silla, dejándola girando como un trompo y salió al jardín como un toro enfurecido. Cuando mi madre lo siguió, a un paso más tranquilo, descubrió una masa de manos y brazos gesticulando en todas direcciones. Delante de mi padre, toda la brigada de peones que trabajaban en las plataneras le estaban dando todo tipo de explicaciones lógicas y no tan lógicas del porqué el agua fluía tan libremente al jardín de mi madre.

"Es el agua de don Salvador…el canalero estará furioso…alguien ya fue a informarle…es una extranjera…".

Mi padre arrancó de la atarjea el tronco de la platanera y lo tiró por encima de su hombro. Inmediatamente, como una ola perfecta, el agua retomó su curso natural por el canal. Basilio se deshizo de su eterno cigarrillo, tirando lo que le quedaba a la platanera y la multitud de peones, mostrando una serie de bondadosas sonrisas, se dispersaron para retomar sus labores en los bancales.

"¿Supongo que sabes que has estado robando agua?", preguntó mi padre con severidad y con cierta incredulidad.

¿Cuánto tiempo llevas haciendo esto?

Según los hombres, has cogido al menos media hora. El jardinero sabrá por el canalero cuando nos toca agua. ¡Has estado robando parte de lo que le tocaba a don Salvador para sus plátanos!".

"¿Qué quieres decir con que he estado robando? Pero esta atarjea atraviesa nuestro jardín. ¿De quién es el agua?".

Mi madre, de repente, sintió cómo un rubor de vergüenza atravesaba sus mejillas y miró en todas las direcciones buscando una respuesta. ¿Por qué nadie se lo había dicho? ¿Por qué no se les ocurrió a ninguno de esos valientes hombres explicarle que se estaba aprovechando del agua de otro en lugar de quedarse ahí observando a la inocente mujer extranjera como si fuera un acto en una obra de teatro?

Esa vergüenza y su sentimiento de culpabilidad de pronto se convirtieron de nuevo en uno de indignación al acercarse Basilio como si fuera un gato cautivador. Se colocó una mano sobre el ojo izquierdo pero enseguida se la cambió al ojo derecho, como si el ojo con el que la iba a enfocar dependiera de la hora del día. El ojo descubierto se le giró como una aguja hacia el norte magnético y parecía una invitación para que mi madre concentrase la mirada en éste. Por alguna razón mi madre siempre recordaba que era un ojo muy bonito, de color azul y no negro ni marrón como los de la mayoría de la gente.

"Señora, le dije que esperara hasta la noche. Entonces nadie se habría enterado".

Ese fue el día en que mi madre se enteró de que el agua en las Islas Canarias es un bien tan poderoso como lo es el oro para los gobiernos. Descubrió que del agua se habla constantemente. La calidad del agua se compara de un valle a otro, y que se codician mucho las acciones en las compañías o galerías de agua. En esos tiempos todavía había rincones en la isla que carecían de agua o donde el agua para riegos aún no estaba canalizada, por lo que mi madre pronto se dio cuenta del valor que tenía el agua entre los isleños. De hecho, ella cayó también bajo el hechizo del agua y compró media acción en una galería que producía un agua maravillosa.

En este caso, como en muchos otros, el agua que fluía por la atarjea a través del jardín una o dos veces por semana pertenecía a otros accionistas e inquilinos que mantenían reglas estrictas y honestas sobre cómo desviar el agua de riego hacia sus propiedades solo cuando era su turno para coger el agua.

La distribución del agua de riego era, y sigue siendo, controlada por las comunidades de agua y por los hombres del agua, conocidos como canaleros. Estrictamente hablando, aquellos que no están conectados a la redes de aguas municipales y que tienen acciones en alguna galería, tienen que coger su cuota de agua cuando pasa. Si fluye por la noche y uno tiene que coger el agua que le toca entre las dos y las cuatro de la madrugada, no queda más remedio que madrugar y cogerla. De lo contrario se pierde la cuota de agua.

Sin embargo, como la mayoría de la gente en Tenerife, el canalero es un hombre razonable y trata de adaptar los flujos de agua para satisfacer las necesidades individuales. Por ejemplo, los grandes depósitos de agua de riego agrícola pueden llenarse durante la noche sin riesgo de desbordamiento, pero no es tan fácil para los pequeños accionistas que todavía tienen la suerte de poder utilizar agua directamente del manantial pero que solo tienen un depósito pequeño. En este caso el canalero intenta que puedan coger su parte del agua cuando mejor les convenga.

Durante los meses de invierno, el canalero casi ruega al accionista que coja agua, incluso si es un pequeño goteo, solo para distribuirlo en algún lugar. No es tan simple como abrir un grifo en lo profundo de las montañas de donde proviene el agua. Lo contrario ocurre en los calurosos meses de verano, cuando se necesitan grandes cantidades de agua para riego. Es cuando los tanques de almacenamiento se agotan y las personas se desesperan por recibir su cuota del agua. Entonces se acuerdan de ser muy amables con el canalero. Pero éste nunca dejará que uno se quede seco. Él saca algún provecho de su trabajo. Además, el agua, de propiedad privada o no, es un derecho sagrado.

UN DOLOR DE MUELAS

Después de pasar dos noches de insomnio y unos miserables días en el Puerto de la Cruz en diciembre de 1947, el joven reverendo Charles Lowe no podía aguantar más. Unas copas rebosando de whisky escocés antes y después de la cena la noche anterior había atenuado el problema, pero no lo suficiente. Caminar por el jardín al amanecer tampoco había dado resultado. Además, cuanto más rápido caminaba por el cuidado césped, más profundo le llegaba el aire directamente a cada nervio en su boca. Este dolor de muelas lo estaba volviendo loco. No podía eludirlo más y decidió que debía seguir el consejo de Dios sin más demora y hacerle una aterradora visita al dentista.

Su anfitriona, Lisette, una distinguida y muy querida señora entre la pequeña comunidad británica en el Valle de Orotava, ya había notado lo pálido e inusualmente callado que se había vuelto el joven cura y ella tampoco podía esperar más. Decidió preguntar discretamente si algo le preocupaba justo cuando el reverendo estaba a punto de pedirle ayuda de todos modos.

"Tengo un terrible dolor de muelas y sinceramente no creo que sea muy buena compañía si no hago algo al respecto de inmediato", confesó.

El reverendo Lowe, conocido por sus amigos como Charlie, regresaba de África a Inglaterra después de haber estado varios años en la ciudad de Salisbury como capellán del Primer Batallón del Regimiento Real de Rodesia. El hijo mayor de Lisette había sido su comandante durante la guerra y Charlie había aceptado su invitación para pasar la Navidad en Tenerife antes de continuar el viaje a Reino Unido.

"Si le soy honesto, comenzó a molestarme a bordo del Edinburgh Castle, pero recé para que simplemente desapareciera. Sin embargo, me temo que ha empeorado considerablemente".

El Edinburgh Castle era uno de esos magníficos buques de la naviera Union Castle que hacían la ruta al sur, oeste y este de África desde Southampton. Al menos uno de ellos solía hacer escala en Tenerife o en Las Palmas de Gran Canaria una vez al mes hasta la década de los años 60. La oficina central de la compañía estaba en la Fenchurch Street de Londres y su agente en Tenerife era Hamilton and

Company, en Santa Cruz.

El reverendo lamentaba profundamente no haber aprovechado al dentista inglés del barco, temiendo que lo que encontraría en una isla del Atlántico podrían ser métodos de odontología algo primitivos.

"Todos los hombres son iguales, Charlie. Un diente dolorido no desaparece sin más. Será mejor que vayas a visitar a nuestro amigo Roberto en seguida. Este húmedo clima lo empeorará y no puedo tener un predicador malhumorado en mi casa".

Lisette, una dama muy hermosa y elegante, era una mujer amable y caritativa. Pero no toleraba tonterías ni a cobardes y, por lo tanto, no tenía pelos en la lengua.

"¿Quién demonios es Roberto por el amor de Dios? Y…. ¿qué diablos tiene que ver el clima con esto?", exclamó el capellán. De ninguna manera era un hombre sumiso, pero estaba mostrando signos evidentes de que un diente dolorido le estaba haciendo olvidarse de sus buenos y santos modales.

El clima en la isla no era frío. De hecho, el ambiente estaba bastante bochornoso para la época del año. Sin embargo la gente de antes decía que la panza de burro, como los habitantes canarios llaman a la nube que a menudo se cierne sobre el Valle de la Orotava, hacía que los dientes de ciertas personas fuesen más sensibles, al igual que la humedad afecta a los huesos reumáticos.

Don Roberto fue el primero de una famosa familia de odontólogos en la isla de Tenerife. La consulta original la tenía en una céntrica calle de San Cristóbal de La Laguna antes de mudarse a la capital, Santa Cruz.

Doña Lisette mandó llamar a Andrés, el chófer. Le pidió que estuviera listo al amanecer para el largo y retorcido viaje a La Laguna. A primera hora de la tarde, el reverendo Charles Lowe empezó a sentirse como si fuera alguien a quien preparaban para una ejecución de madrugada. Evidentemente era un gran evento. Acudir al mejor dentista de Tenerife en 1947 aún no era tan normal y recomendable como lo sería cincuenta años después. Es verdad que había un hombre en Puerto de la Cruz que extraía muelas y se rumoreaba que también hacía algún que otro arreglo pero la gente solamente se acercaba a éste después de haber tragado varias copas de vino.

Lo que estaba viviendo Charlie era excepcional y el comportamiento de la servidumbre todavía más, si cabe. De hecho, el extraordinario evento parecía apoderarse de todo el mundo. Hubo un alto grado de emoción y la anfitriona del Reverendo Lowe estaba actuando como si fuera su antiguo comandante. El resultado de tanta conmoción y excitación fue que muy pocos de los que dormían en la casa y en los aposentos colindantes tuvieron una buena noche.

La única persona que disfrutó de una buena noche de sueño esta vez fue el buen Reverendo. La culpa de esto lo tuvo María, la cocinera. Ella, conocedora de los remedios que preparaba su abuela, improvisó un par de mejunjes para la muela del Reverendo. En primer lugar, le hizo tomar dos tazas de infusión de hierba luisa con manzanilla. No había nada inusual en eso. Pero le gritó a José, el jardinero, que cogiera un poco de perejil. Lo machacó junto con una cucharada de aceite de oliva. Luego enrolló un poco de algodón para hacer una pequeña bola, la sumergió en la poción de perejil y aceite y convenció al Reverendo Lowe para que la colocara sobre la muela malévola. Después de un tiempo, el inglés no supo decir si fue el efecto de este remedio inventado por la cocinera o el continuo goteo de whisky ofrecido por Lisette lo que había producido el milagro, pero se quedó a la deriva en un profundo sueño que duró hasta el amanecer.

Cuando se despertó, incluso antes de que los gallos comenzaran a competir entre ellos a través del valle, lo que empezó a molestarle más que el diente fue lo que estaba ocurriendo a su alrededor. No le divertía para nada y fue solo el comienzo.

A pesar de que era temprano y de que el Sol apenas mostraba señales de asomarse por encima de la cordillera, hacía una temperatura bastante agradable. Aun así, le introdujeron casi a la fuerza en el automóvil de su anfitrión y le envolvieron en una manta como si se tratase de un enfermo. Para colmo le dieron una almohada y hasta una bolsa de agua caliente. A ratos se enfurecía de vergüenza y su rostro se enrojecía hasta que parecía a punto de explotar. Sin embargo, como buen caballero inglés, conseguía controlar esos terribles arrebatos.

La verdad es que había empezado a comprender a esta gente y una sonrisa de complicidad y un guiño con el ojo de parte de Lisette lo convencieron para que no fuese tan aburrido. Al contrario, de repente le entraron unas enormes ganas de reírse y de aprovecharse de lo que podría describirse como una divertida farsa. Así que decidió jugar su papel de protagonista encantado por la tumultuosa despedida que le dieron todos los miembros de la familia, incluidos el jardinero y las sirvientas. De repente, lo que sintió fue un tremendo alivio, reconociendo un ejemplo de cristianismo. De hecho, de todo esto y durante el viaje a La Laguna empezó a tomar forma un sermón.

La verdad es que cuando llegaron a La Laguna agradeció mucho esa manta. Una fría brisa penetraba las calles de La Laguna desde las montañas de Las Mercedes y notó el brusco cambio en la temperatura al pisar los humedecidos y resbaladizos adoquines por fuera de la consulta.

Al menos una docena de otros pacientes con aspectos fúnebres ya estaban esperando a ser atendidos por el dentista y por ello el Reverendo Lowe se sintió muy incómodo cuando fue admitido de inmediato, aparentemente saltándose la cola, después de que Andrés el chófer le hubiese presentado a don Roberto un sobre con una carta de parte de su señora. Sin embargo, muy pronto se mostró gratamente sorprendido, especialmente cuando el famoso odontólogo le informó que no sería necesario extraer la muela. Además, sin tener los modernos instrumentos y taladros de alta velocidad que difícilmente se podrían tolerar hoy en día sin una buena dosis de anestesia, este dentista isleño de 1947 trabajó como un magnífico escultor, cuidadosamente y con la habilidad de un maestro. Fue lo suficientemente atento como para proporcionar una inyección para aliviar el dolor, algo que en esos tiempos generalmente solo se aplicaba cuando se hacían extracciones, si acaso. Luego, con un taladro accionado por pedal y lo que parecía ser un juego de diminutos cinceles, comenzó a excavar la parte deteriorada, antes de introducir un tipo de desinfectante.

Don Roberto le dio una palmada en el hombro al inglés, le dio una orden a su enfermera, abrió las puertas al jardín y salió. Para sorpresa de Charlie, el dentista procedió a cortar algunas rosas y helechos antes de desaparecer por algún tiempo. Mientras tanto, por el rabillo del ojo, un paciente muy aliviado observaba cómo la enfermera calentaba bolitas de cobre en una cuchara sobre un mechero Bunsen hasta que se derritieron. Luego envolvió el contenido con una gasa para eliminar el mercurio que recogió en una pequeña botella de vidrio. Pesó el mercurio y una cantidad precisa de amalgama de plata antes de mezclarlas en un cuenco. Cuando volvió el amable dentista, el relleno estaba listo para ser insertado en la cavidad de la muela. Las rosas, que estaban adornadas con delicados culantrillos y helechos, según le informó don Roberto con encanto español, eran para su estimada señora Lisette.

La población en estas islas justo después de la Segunda Guerra Mundial era todavía relativamente pequeña. En Puerto de la Cruz solo podía haber de unas ocho a diez mil almas y los hábitos alimenticios eran más simples que ahora. De hecho, los investigadores no tienen dudas de que una vida simple y tradicional ayudó a mantener buenos dientes y bocas sanas. La gente de campo estaba muy contenta con una dieta a base de gofio, queso de cabra, pan duro, castañas o potaje de verduras. Los pescadores y las personas que vivían en zonas costeras siempre parecían tener los mejores dientes. Algunos dicen que era porque pasaban más horas bajo el Sol. Otros sugieren que tenían la buena costumbre de limpiarse la boca y hacer gárgaras con agua de mar. Las abuelas de más edad recuerdan haber utilizado carbón vegetal en polvo para limpiar los dientes o para curar ciertos problemas. Pero no hay duda de que el hombre moderno ha olvidado o ignora las virtudes de una buena hierba. En algunos rincones remotos, aún se puede encontrar a personas mayores masticando romero o una hoja de sauce después de las comidas. De hecho, por lo que dice la gente de monte, masticar hierbas o hacer gárgaras con jugo de tomillo triturado, romero u hojas de saúco puede ser milagroso para los dientes y para las encías.

El Reverendo Charles Lowe pasó una Navidad muy agradable en Puerto de la Cruz y uno o dos días después de visitar a Don Roberto volvió a ser él mismo, un personaje ingenioso y alegre. Era un invitado muy entretenido y otros miembros de la pequeña comunidad británica, quienes tuvieron el placer de su compañía alrededor de la mesa para cenar o en las magníficas meriendas, consideraron que era un soplo de aire fresco. Se susurró, después de haber sido invitado a dar un sermón en la Iglesia de Todos los Santos, en el Parque Taoro, que algunos miembros de la congregación propusieron que reemplazara al capellán del día. Sin embargo, en el fondo era una comunidad muy leal y su hilarante sermón pronto se perdió en la memoria de la gente.

Charlie desarrolló una debilidad por María, la cocinera. Él se burlaba de ella en cada oportunidad y ella lo mimaba sin piedad. Un brillo especial en los ojos de Charlie cada vez que la saludaba se hizo bastante notable y era evidente que María lo había colocado en un pedestal, a pesar de que el hombre era protestante.

En una o dos ocasiones tal vez llegó demasiado lejos al ofrecerle a María una flor o una bendición demasiado entusiasta. En otras, los esfuerzos de María por complacer al cura inglés parecían conmovidos por alguna intervención divina. Pero todo era encantador y totalmente inocente.

María se aseguró de que una botella con otra poción mágica estuviese colocada todas las noches en la mesita del baño de Charlie Lowe, para mantener alejado al diablo, decía.

Éste se convirtió en el tercer ingrediente en un ritual después de cada cena y el capellán lo reforzó con una copa de whisky y una oración. De esa manera, confiando primero en Dios y luego en la cocinera española, el Reverendo nunca dejó de hacer gárgaras con su muy amarga mezcla de marrubio blanco y albahaca.

INMIGRANTE ILEGAL

Hay un monumento, justo por encima del antiguo muelle pesquero de la ciudad de Garachico, en la isla canaria de Tenerife. Llama la atención cuando uno sale del puerto y coge la carretera en dirección a los pueblos de Los Silos y Buenavista en lo que se conoce como la isla baja.

La escultura de bronce se encuentra en lo que se conoce como el Risco Partido. Es un buen lugar desde donde mirar atrás, hacia la Iglesia de Santa Ana y los tejados de la ciudad o desde donde apreciar la fuerza del océano Atlántico. La estatua es de un hombre, decidido y ansioso. Lleva una maleta en la mano y otras le siguen como fantasmas en vuelo. Está a punto de coger un buque hacia el prometido continente sudamericano. El escultor ha dejado un hueco donde debería estar su corazón. Lo deja en su querido

Garachico donde también hay una joven con el corazón roto.

La estatua fue erigida en 1990 y es un monumento a los emigrantes de la isla. Salieron miles de personas, primero en el siglo XIX y luego en la primera mitad del siglo XX, para buscarse una fortuna, para escapar de la pobreza, del hambre y también para eludir la persecución política.

La estatua bien podría ser la imagen de Domingo. Tenía veintitrés años cuando la necesidad de encontrar una vida mejor y de ayudar a su empobrecida familia le hizo escuchar a un tal Ortega. Dijo que podía encontrarle un pasaje a través del Atlántico hacia Cuba o Venezuela, como tantos otros isleños hicieron antes que él.

Los canarios habían sufrido las consecuencias de la Primera Guerra Mundial. Después, cuando ya empezaban a llegar nuevas esperanzas, al menos para las clases pudientes, con nuevas exportaciones a Europa y América, la Guerra Civil Española trajo más salvajismo y amargura. Después estalló la Segunda Guerra Mundial volviendo a perderse toda esperanza de comercio con Europa. Los submarinos alemanes persiguieron sin piedad a los barcos mercantes que pasaban por aguas canarias y las islas, tan estratégicamente situadas, quedaron casi completamente aisladas del resto del mundo.

Domingo tardó casi dos años en reunir las 4.500 pesetas que exigía Ortega para organizar su viaje. Una pequeña fortuna en 1947 cuando la emigración, en esos tiempos revueltos, todavía se consideraba ilegal. Ortega, y uno o dos más operadores clandestinos como él, habían descubierto que se podía sacar provecho de la necesidad que tenían los demás para escapar de la pobreza o de la represión política en los primeros días de la dictadura franquista.

A Domingo se le dijo que fuera a una casa en un callejón llamado Venus que conducía desde la iglesia de Santa Ana hasta la pequeña fortaleza de San Miguel, que está justo por encima de los charcos volcánicos. En su día esa dirección había sido adornada con signos de riqueza, como la fachada, sus puertas y persianas de madera tallada, pero incluso aquí había evidencia de que los años habían sido crueles. Había dinero, por supuesto, pero se ganaba con el negocio ilegal del contrabando y de la exportación de seres humanos. Por lo tanto, la riqueza no se ostentaba por miedo a ser descubiertos.

Había una placa metálica, por encima de la puerta de la casa en el callejón, que ponía *London Assurance 1720*. La riqueza y el negocio de los seguros provenían de los años de comercio y negocios con Gran Bretaña.

Domingo levantó la aldaba de hierro y tocó dos veces. Se le había dicho que actuara con naturalidad si le interrogara un guardia patrullando por ahí. Simplemente le diría que estaba allí para hacer negocios.

Pero el golpeo de la aldaba resonó tan fuerte por el callejón que a Domingo le resultó casi imposible actuar como si no pasara nada. Miró, inquieto, por la estrecha calle hacia arriba, por donde los escalones subían a la iglesia, y para abajo, desde donde le llegaba el sonido del mar mientras sus manos jugueteaban incesantemente dentro de los bolsillos vacíos de su chaqueta. Llamó por segunda vez, esta vez más tímidamente. Estaba a punto de irse, casi con alivio, cuando escuchó una voz.

"Momento. Ya va", decía, reconociendo su presencia e informándole que alguien estaba de camino.

Después de otra incómoda espera, un pequeño postigo se

abrió en la persiana de madera que estaba justo por encima de donde esperaba. La cara de una anciana se asomó al callejón y cerró inmediatamente la persiana de madera sin decir ni una palabra.

Después de una nueva demora, la gran puerta principal se abrió y Ortega le indicó a Domingo que le siguiera, primero hacia un patio interior y luego hacia arriba por una amplia escalera de madera que iba a la galería que daba al patio. Domingo vio a la misma anciana, que se había asomado a la ventana, desaparecer con una vela detrás de una puerta al final de un pasillo. Otra puerta daba al despacho de Ortega, era una habitación de techo alto con una mesa redonda al centro. Estaba cubierta desordenadamente con libros de contabilidad, documentos y un par de candelabros de plata que se estaban utilizando como pisapapeles. Domingo pensó que el olor a humedad y polvo era casi tan desagradable como el del propio Ortega y estuvo a punto de no entregarle el pequeño paquete de tela que contenía el dinero.

Pero lo hizo, y fue justo después de la misa del domingo siguiente que Domingo empezó a romperle el corazón a Marta. Le dijo que no tardaría mucho en regresar a casa y juró volver siendo un hombre rico y para casarse. Ella prometió esperarlo.

El corazón de Marta se rompió del todo cinco semanas más tarde, cuando Domingo se marchó. Primero alguien lo llevó en un camión lleno de plátanos hasta el puerto de Santa Cruz y ahí se montó en un pequeño carguero que transportaba fruta hasta el puerto de La Luz en Las Palmas, la capital de la isla de Gran Canaria. Allí debía ir a una especie de almacén mercantil donde esperaría, junto con otros, a dos balandras pesqueras. Estas embarcaciones zarparían, como en cualquier otra salida a faenar, hacia la costa africana. En el viaje de ida, las balandras estarían llenas de la carga humana. A su regreso traerían atún y otros pescados, destripados y salados para su conservación, para las pescaderías de Las Palmas.

En la costa oriental de la Península de Jandía, al sur de Fuerteventura, la isla más cercana al continente africano, era donde se había concertado el encuentro con el otro barco contratado para llevar a los pasajeros a América.

Fuerteventura era una de las menos pobladas de las Islas Canarias y solo un puñado de isleños habitaba las remotas tierras de Jandía, esa desolada y ventosa extensión de territorio al sur de la isla. Estaba lo suficientemente lejos de las patrullas como para que fuera seguro.

Se han contado miles de historias sobre Jandía. La posibilidad de que existiera una base secreta alemana durante la Segunda Guerra Mundial aún envuelve un velo misterioso alrededor de la península. Hoy en día se ha convertido en un paraíso para los turistas, con sus interminables playas de arena blanca y con sus vientos alisios para los modernos windsurfistas. En 1947 la zona era todavía lo suficientemente remota para la actividad clandestina organizada por Ortega en Garachico. La Península de Jandía está sobre los restos de una antigua caldera volcánica cuya otra mitad está bajo el mar. Hace un millón de años probablemente había una isla aparte. Ahora está unida al resto de la alargada isla por un istmo arenoso conocido como La Muralla.

Como Domingo descubrió a lo largo de las siguientes semanas, se encontraría con muchos muros durante su búsqueda de una vida mejor lejos de su querida isla de Tenerife.

En septiembre de 1938, cuando la guerra civil española parecía estar llegando a un lento y tortuoso final, las brigadas internacionales que habían luchado junto a los republicanos españoles fueron disueltas. Esto incluía al Batallón Británico en el que voluntarios, valientes, idealistas y posiblemente inocentes, habían sido seducidos por la llamada del comunismo, el antifascismo y la gloria. Ahora, con muchos camaradas enterrados en suelo español, el sueño había terminado y trescientos cinco supervivientes volvieron a la estación de ferrocarriles de Victoria, en Londres, el día 7 de diciembre. Se les dio una bienvenida como héroes y fueron recibidos por Clement Attlee y Stafford Cripps, altos cargos políticos del Partido Laborista, entre otros.

Pero no todos los voluntarios británicos murieron o regresaron. Un puñado decidió arriesgarse a no ser capturados por los victoriosos, los de Franco, y a una muerte segura, tal vez en una fila de prisioneros contra un muro ante un pelotón de fusilamiento. Uno o dos se quedaron porque se habían enamorado de una encantadora chica española. Otros porque no querían enfrentarse a las consecuencias que les esperaban en casa.

Uno de ellos era Percy Colvert, hijo de una familia rica y muy conservadora en el condado de Hampshire, y educado en el internado de Harrow. Pero se hizo rojo, como tantos jóvenes, después de dejar la universidad. No era un buen estudiante, ridiculizaba las tradiciones británicas y, con su actitud, llena de amargura infundada, le hizo pasar un infierno a su familia. Los amigos empezaron a decir que

125

nunca sería uno de ellos.

Pero empezó a ganar suficiente de ese dinero capitalista, al que tanto despreciaba, trapichando con pequeñas embarcaciones y con recambios marinos a lo largo de la costa sur de Inglaterra. A Percy Colvert le había ido bastante bien cuando, de repente, fue atraído por la llamada quijotesca de hacer su deber en España.

Tras colarse a través de la red nacionalista después de la batalla del Jarama, Colvert se dirigió a Barcelona antes de continuar su camino al suroeste. Esquivando todos los obstáculos, se ganaba la vida haciendo todo tipo de trabajo. Al final pudo hacerse una vida en la costa mediterránea española haciendo lo mismo que hacía en Inglaterra y abrió una tienda de repuestos marinos. Muy pronto Percy compró una pequeña embarcación con la que hizo una pequeña fortuna transportando contrabando y personas entre el Protectorado Español de Marruecos, Gibraltar y la Península.

La amarga Guerra Civil Española estaba llegando a su fin pero la Segunda Guerra Mundial estaba en sus inicios. Tanto España como el Marruecos controlado por Francia seguían siendo estados neutrales y cualquier comerciante con la experiencia de Percy Colvert podía forrarse. Percy también encontró un negocio lucrativo transportando fuera del país a refugiados políticos que escapaban de la persecución de los nacionalistas en España después de la Guerra Civil. En 1943 compró una preciosidad de barco a precio de ganga.

El barco, un velero de dos mástiles, había sido abandonado por un millonario extranjero a principios de los años 30. Tenía cuarenta metros de eslora, una manga de ocho metros y medio y había empezado su vida como una goleta de pesca en Islandia, por lo que era un buque robusto y bien capacitado para la navegación en alta mar. El nombre en la popa redondeada era Capriccio y la proa estaba adornada por una figura esculpida de una mujer en pose seductora. A Colvert le chiflaba ese detalle.

En 1947 Percy recibió una visita. Era un señor de Barcelona. ¿Podría llevar a sesenta y cinco refugiados al otro lado del Atlántico? Era más del doble de los pasajeros que normalmente transportaba clandestinamente en el Mediterráneo, pero no pudo negarse. Le tocaría a 2.500 pesetas por cabeza. El dinero era demasiado bueno en esos días difíciles y tan inciertos.

Era un riesgo que valía la pena tomar. Sí, podría hacerlo. Los pasajeros no tendrían una travesía muy cómoda y necesitaría hacer ciertos arreglos bajo cubierta para hacerle sitio a tanta gente en el Capriccio. Pero, ¿a quién le importaba? Era un negocio. Además, iba en contra de la dictadura fascista en España.

A finales de julio, y a pesar de los fuertes vientos alisios soplando del noreste, Colvert llevó al Capriccio, con la ayuda de sus dos motores Perkins empujándole suavemente, hacia la costa de Fuerteventura. Se acercó lo máximo que se atrevió hasta entrar en las aguas más tranquilas de una pequeña bahía, a tres millas al este del faro de Punta Jandía. No había Luna y la noche estaba muy oscura, pero podía observar claramente las olas que rompían en una playa amarilla y las formas más oscuras de unas montañas tierra adentro.

Como había estipulado, la luz de una antorcha, sostenida durante cinco segundos, era la señal de que las dos balandras pesqueras de Las Palmas se estaban acercando a su posición. El Capriccio respondió con tres rápidos destellos. Estaba listo para que le traspasasen a los veintiocho pasajeros canarios. Ya a bordo, y habiendo embarcado en Algeciras, estaban sus cuatro tripulantes y treinta y seis emigrantes españoles de diversa procedencia, hombres y mujeres. Solamente dos admitieron ser refugiados políticos. La mayoría, como Domingo de Garachico, solo buscaban buscarse la vida, escapar de la miseria económica en España.

Las balandras se turnaron para arrimarse por babor al Capriccio. Nadie dijo una palabra mientras los ayudaban a bordo. Los rostros traicionaban el cansancio de los últimos días en la clandestinidad y el miedo. La tensión en el aire era insoportable. Todos sabían cuáles podrían ser las consecuencias de ser cogidos. Lo que hacían estaba prohibido y castigado, bajo los estrictos controles típicos de las dictaduras, con prisión o, en algunos casos, con la pena de muerte.

Colvert respiró hondo al girar el velero con la proa apuntando hacia el sur, y un alivio al sentir cómo los motores impulsaban la embarcación a toda marcha entre las olas. Miró por encima del hombro y observó cómo los barcos de pesca se dirigían, ya sin su peligrosa carga, al sudeste y hacia aguas africanas.

Poco después, ya lejos de los bancos de arena y de las rocas al oeste, Colvert le dijo a la tripulación que desplegaran las velas mientras sus pasajeros encontraban sitio en el poco espacio que quedaba. La mayoría prefirió ir bajo cubierta para escapar del frío y del salitre, apretujándose con los que ya habían embarcado en el Capriccio en la Península. Algunos se refugiaron en cubierta lo mejor que pudieron.

Colvert apagó los motores en el momento en que las velas empezaron a captar el primer indicio de vientos alisios a una milla al sur del punto de encuentro. Pero, de repente, al girar un poco el timón para apuntar al Capriccio en dirección suroeste y dejar a estribor la Punta de Jandía, oyeron un ruido sordo. Enseguida vieron las luces de una nave que se acercaba después de haber doblado la punta desde el noroeste. Era una patrullera española. Había disparado un tiro de advertencia y se acercaba rápidamente.

"¡Alto en el nombre de España!", amenazó un megáfono.

"¡Identifíquese!".

El barco iba a cortarles el paso. Les habían descubierto. Colvert dijo varias palabrotas y rezó al mismo tiempo, aunque no acostumbraba a hablar con Dios. Reconoció el miedo en las caras a su alrededor. Sintió la muerte como no la había sentido desde la batalla del Jarama.

"¡Ríndanse de inmediato!", ordenó la voz áspera por el megáfono.

"¿Rendirnos? ¡La puta de tu madre!", respondió un miembro de la tripulación, desafiante desde la oscuridad de un rincón en la cubierta del Capriccio, justo cuando la fuerza del alisio empezó a hinchar las velas a fondo y la goleta se adelantó, de repente, como un caballo liberado de sus riendas. Se oyeron más disparos estruendosos y otro grito, a través del megáfono, les amenazó de nuevo. Pero las luces del patrullero comenzaron a apagarse en la distancia y el perseguidor perdió interés al ver que el inglés puso rumbo al sur y entre mares más grandes.

Domingo era uno de los pasajeros que decidió refugiarse en la cubierta, envolviéndose con una lona. Sabía que estaban a salvo, fuera del alcance de la ley y en camino. Cerró los ojos. Pero lo que vino se puso difícil, muy difícil.

Capriccio era solo una de las muchas naves que se conocían en las Islas Canarias como los "barcos fantasma". Algunos partían al amparo de la oscuridad y nunca más se llegaba a saber nada de ellos ni de los que iban a bordo. Simplemente desaparecían. Existe una inquietante similitud con aquellos que arriesgan todo en el Mediterráneo hoy en día, escapando de África u Oriente Medio con la cruel ayuda de los traficantes de personas.

Miles de personas se vieron tentadas a pagar una pequeña fortuna por un pasaje en esos barcos fantasma. La mayoría eran antiguas embarcaciones de pesca con base en las Islas Canarias y con los aparejos adaptados para la tarea de transportar emigrantes. En una nave con espacio para cincuenta pasajeros se encontraría espacio para hasta doscientos ochenta. Se les metía en la bodega, acostados y apretados como sardinas en lata. La travesía, con las embarcaciones empujadas por los vientos alisios y por las corrientes atlánticas, podría durar hasta cuarenta días. Las condiciones eran inhumanas. Muchos pasajeros, si tenían la suerte de llegar vivos a las costas americanas, llegaban sin documentos ni dinero. La mayoría eran detenidos y retenidos en centros para inmigrantes hasta que algún terrateniente llegara a elegir su mano de obra barata y obediente. En muchos aspectos se asemejaba a la trata de esclavos africanos que tuvo lugar siglos atrás.

Los del Capriccio podían considerarse afortunados. Solo había sesenta y cinco pasajeros y no fueron detenidos a su llegada a Venezuela. Pero el viaje había sido igualmente sórdido y peligroso.

Uno de los tripulantes que Percy Colvert había elegido especialmente para ayudarles a hacer la travesía transatlántica era Ander Undurraga, un vasco de aspecto duro. El hombre afirmaba que había tenido su propio barco de pesca antes de la Guerra Civil y que había navegado por aguas del Atlántico Norte. Colvert lo contrató como encargado de navegación y primer oficial y en la madrugada de esa primera noche, cuando ya apenas se veía la isla de Fuerteventura, le entregó el mando del Capriccio e intentó descansar.

Los problemas con Undurraga comenzaron temprano a la mañana siguiente. El Felino, un hombre de cuarenta años que había estado con Colvert desde los días cuando transportaba contrabando tripulando el primer barco que tuvo en el Mediterráneo, despertó al capitán inglés.

"Algo no va bien, *Señor Peze*", dijo.

"¿Qué pasa, Juan?".

Colvert se despertó y enseguida estaba caminando hacia la escalera de popa. Juan, al que llamaban "el felino" por su tez flacucha y una habilidad asombrosa, como la de un trapecista de circo para trepar y saltar por cada centímetro del barco, estaba casi sin aliento.

"¡Es de día y tenemos el Sol a babor. Estamos navegando hacia el sur y no hacia el oeste!".

Tenía razón y algunos de los pasajeros que estaban en la cubierta habían empezado a susurrar entre ellos, incluyendo a Domingo. En efecto, la proa del Capriccio iba en dirección sur, apuntando al sureste. El sol naciente se encontraba a babor cuando debería haber estado justo detrás del Capriccio si se dirigían al oeste.

Undurraga había mentido. Una cosa era la simple navegación costera, siguiendo la costa de África, pasando la isla de Lanzarote y luego navegando hacia el sur a lo largo de Fuerteventura. Pero no tenía ni idea de la navegación estelar en mar abierto, lejos de puntos de referencia en tierra. El vasco, que también parecía haber estado bebiendo durante su turno de guardia al timón, se derrumbó. Dijo que era un refugiado político y que estaba desesperado por evitar que le capturasen los de Franco.

Percy Colvert no sintió ninguna compasión. No quería al hombre a bordo de su barco. Estaba furioso consigo mismo por dejar que el vasco le engañara sobre sus habilidades como timonel pero beber mientras estaba de guardia era imperdonable. Tendría que deshacerse del hombre.

Decidió que giraría el velero para navegar de nuevo rumbo al norte, incluso hacia Las Palmas si fuera necesario, arriesgándose a ser capturados, para dejar al vasco en una remota bahía de algún lugar. No iba a ser fácil explicarles a los pasajeros, o al resto de la tripulación, porqué había tomado la decisión de volver. Una alternativa sería navegar hacia la costa africana y dejar a Undarraga con un destino aún más incierto. *Pero… ¿Cómo podía justificar eso sin contarle a todo el mundo lo del vasco?*

Colvert apartó a Ander Undurraga donde no se le oiría y le informó de que le pondría en tierra lo antes posible. La respuesta del hombre fue una mirada asesina.

El inglés había sido testigo de una mirada similar, de locura, de miedo y de odio en la Guerra Civil, cuando españoles mataban a españoles. Sintió miedo cuando el vasco pasó furioso por su lado, dándole una patada al timón antes de desaparecer bajo cubierta.

El capitán no quería alarmar más a los pasajeros. Si supieran la verdad, seguramente lincharían al vasco. Llamó al felino y le dijo que informara a toda la tripulación y a los pasajeros diciéndoles que tenían un problema menor y que necesitarían hacer reparaciones en Gran Canaria antes de continuar.

Juan, el felino, estaba a punto de informar a los pasajeros y a la tripulación de su decisión cuando Undurraga apareció de nuevo en cubierta. Esta vez, empuñaba una pistola Astra 400. Agarró al pasajero que tenía más cerca y le apuntó con el arma a la cabeza.

"¡Si volvemos a Las Palmas mataré a todo el mundo, uno por uno!", amenazó.

No tenía opción y Colvert lo sabía. Así que el capitán inglés, y propietario del Capriccio, acordó con Undurraga que no volverían a Las Palmas pero advirtiéndole que debía permanecer en cubierta y, en todo momento, en la proa de la goleta. Sin más preámbulos, Colvert apuntó la proa del Capriccio hacia el oeste y mantuvo el sol de la mañana a popa. El vasco se tranquilizaría una vez se le pasara la borrachera. Ya habría tiempo más adelante para hacer justicia, en silencio y de otra manera.

Resultó que Ander Undurraga era más que un simple refugiado político. Lo buscaban en Navarra por varios asesinatos y, sin duda, se enfrentaría a la pena de muerte si las autoridades españolas lo atrapaban.

Durante los dos días siguientes Percy Colvert adquirió suficientes habilidades para sentirse lo suficientemente seguro navegando su buque. Utilizó el cronómetro del barco y el sol, al amanecer y al atardecer, para hacer cálculos aproximados de su posición. Le dijo al felino que mantuviera el sol de la mañana detrás de ellos todo el tiempo. La lógica le dijo que de esa forma tendrían que encontrarse un día en algún lugar de las Américas. Era una forma instintiva de navegar. Y la figura esculpida del Capriccio en la proa debió haber seducido a los dioses porque las primeras costas que vieron pertenecían a su tierra prometida.

A pesar de estar a punto de naufragar cuando les sorprendió una tormenta tropical entre las islas de Trinidad y Tobago, la goleta, que perdió la parte superior de su trinquete, fue avistada veintiséis días después de dejar atrás al Faro de Jandía. Colvert había estado avanzando muy vigilante, pegándose a la costa norte de Venezuela, cuando una lancha de la Guardia Nacional, que se parecía mucho a un torpedero británico, apareció de la nada y se acercó. El encuentro, en vez de más peligro, les dio esperanza y los militares escoltaron al Capriccio hasta el puerto de La Guaira.

Eso sí, el oficial que subió a bordo para pilotar el barco fantasma hasta el puerto casi vomita al inspeccionar bajo cubierta. En un informe, que redactó más tarde, escribió: *"las condiciones a bordo eran lamentables. Estos inmigrantes ilegales, incluyendo seis mujeres y dos niños, estaban hambrientos y sucios con la ropa hecha jirones. La bodega era como un charco de vómito y el olor era insoportable"*.

Era justo como Domingo, de Garachico, siempre había descrito la travesía. Muchos pasajeros sufrieron mareos intensos. Los que estaban en la bodega, bajo cubierta, se aliviaban detrás de un tabique de madera y, cuando no podían llegar a tiempo, pisoteaban a otros pasajeros vomitando unos sobre otros. Pronto todos tuvieron piojos. El ácido del vómito y del agua de mar les picaba y les ardía y las mujeres usaban trapos sucios o se arrancaban trozos de ropa para asearse. En muy pocos días el Capriccio apestaba como una cloaca.

Siete pasajeros no lo lograron. Se perdieron por la borda o murieron enfermos dándoles un entierro en el mar; echando sus restos a las olas con el máximo de dignidad posible dadas las circunstancias. Ander, el vasco, desapareció en el Atlántico bajo la oscuridad de la tercera noche. Nadie jamás hizo ninguna pregunta.

Domingo encontró trabajo en una plantación de caña de azúcar en el estado de Yaracuy. Pero Venezuela era una mina de oro emergente y no había dejado a su novia para trabajar como un esclavo. Por lo cual, después de recibir su primera paga, cogió un autobús a Caracas, la floreciente capital. Trabajó en un bar y ganó dinero extra por las noches lavando grandes Cadillac y Pontiac americanos importados. Domingo se dio cuenta muy pronto de que lo que decían era verdad. La economía en Venezuela estaba en auge y se podía ganar un montón de dinero como transportista. Viviendo con lo mínimo, no tardó mucho tiempo en ahorrar suficientes bolívares como para comprarse un camión Chevrolet de segunda mano. A diferencia de Percy Colvert, Domingo transportaba cualquier cosa excepto humanos. En cinco años ya tenía una flota de veinte camiones y daba trabajo a muchos inmigrantes canarios transportando mercancías por todo el país.

Nadie sabe qué fue del capitán inglés, por cierto. Tal vez reemplazó el mástil del Capriccio y ofreció sus servicios por las islas caribeñas. Quizá bebió mojitos con un colega republicano, un tal Ernest Hemmingway, en la Bodeguita del Medio en La Habana. ¿Quién sabe?

Domingo ganó una fortuna pero nunca cumplió la promesa que le hizo a Marta. Se casó con una chica cuya familia había emigrado a Venezuela desde la isla canaria de

La Palma en el año 1917. Ella, lamentablemente, se quitó la vida a los 52 años. Las lenguas viperinas hablaban de que las infidelidades de Domingo habían sido la principal causa de los continuos ataques de depresión. No tuvieron hijos.

En 1996 Domingo, el inmigrante ilegal, decidió volver a ser emigrante, ésta vez de vuelta a su isla de Tenerife. Se había cansado de la corrupción, de la creciente violencia en las calles de Venezuela y de los intentos de golpe de estado. También temía que Venezuela, en su día su tierra de oportunidades, se desintegrase en un caos, empobrecida y controlada por dictadores megalómanos. Tenía razón.

A lo largo de los años había sacado del país considerables sumas de dinero de una manera u otra. Parecía ser lo que todos hacían para proteger y aumentar aún más su fortuna. Invirtió comprando acciones en compañías en los Estados Unidos y en Europa. Por otro lado, gran parte de lo que tenía en bancos venezolanos lo iba transfiriendo, de forma lenta pero segura, a cuentas en Nueva York, Londres y Ginebra. Domingo era un millonario.

Antes de marcharse de Venezuela, se aseguró discreta y generosamente de que sus empresas fueran adquiridas por cooperativas de empleados leales. Aunque no quedaba ningún miembro de su familia vivo en las Islas Canarias, no había nada por lo que quisiera quedarse en Sudamérica.

Cuando Domingo regresó a Garachico se encontró con que Marta tampoco había cumplido su promesa. No le había esperado. Descubrió también que ya no vivía en el pequeño e histórico barrio de San Pedro de Daute, con vistas a la pequeña playa y al viejo puerto pesquero. Se enteró, además, que su chica se había casado con el hijo de una familia rica de Garachico. Su marido había muerto hacía ya algunos años.

Tenía seis hijos y toda una tropa de nietos.

Marta se había casado con un tal Pablo Ortega. Domingo no se lo podía creer. Su novia se había casado con el hijo mayor de aquel desagradable hombre, ese Ortega, el dueño de la casa de Garachico que, encima de la puerta, tenía la placa de la empresa aseguradora de Londres, el mismo que le había quitado 4.500 pesetas para conseguirle un pasaje a través del Atlántico.

Al principio se sintió traicionado, como si tuviera derecho sobre la vida de Marta. Tardó uno o dos días en calmar ese extraño, y tal vez injusto, sentimiento. Se estaba hospedando en el lujoso Hotel Botánico del Puerto de la Cruz, donde había pedido una habitación con vistas al volcán Teide por un periodo indefinido y le encantaban sus paseos por los maravillosos jardines antes del desayuno y al atardecer. Esos paseos le ayudaron a reflexionar sobre lo afortunado que había sido y que lo que Ortega había hecho, le costara o no reconocerlo, fue ayudarlo a escapar de la pobreza. Si no hubiera sido por ese desagradable hombrecillo, no hubiese amontonado una fortuna en Venezuela. Tampoco habría conocido a su joven esposa de La Palma.

Le llevó casi dos semanas más encontrar el coraje para ir a ver a Marta. Al final un joven taxista, que no paraba de hablarle de su isla con un orgullo que nadie podría haberse imaginado en los años 40 del siglo pasado, le llevó hasta Garachico. Era una de esas hermosas mañanas de septiembre. El litoral del norte, entre los acantilados y el mar, se veía espectacular. El mar, por debajo de las plataneras y los dragos, pintaba una acuarela imaginaria de suaves olas veraniegas. Familias con sus niños acudirían en masa a las playas para disfrutar los últimos días de las largas vacaciones españolas.

Ya había niños chapoteando en los charcos y en el caletón de Garachico cuando Domingo se bajó del taxi, justo al lado del castillo de San Miguel. Se puso su sombrero panamá de paja y cruzó la calle, agradeciendo a los conductores que le cedían el paso con un leve movimiento de su bastón.

Pasó por una cafetería ubicada en el interior de un bonito patio canario. Se llamaba *Le Patissier*.

¡Cuántas cosas tan maravillosas, y parece tan francés!, pensó, al mismo tiempo que intentaba acordarse de a quien pertenecía la casa cuando se marchó muchos años atrás. Pero enseguida se le pusieron los pelos de punta cuando entró en el callejón de Ortega, en la calle Venus. En la parte superior, justo debajo de los escalones que llevaban a la iglesia de Santa Ana y debajo de donde ahora colgaba una buganvilla escarlata, fue donde se detuvo. La casa de Ortega estaba tal como la recordaba en 1947, tal vez aún más deteriorada que entonces. Todavía tenía la placa de metal sobre la puerta que ponía *London Assurance, 1720*. La única diferencia era que a la casa le habían puesto un número.

Domingo llamó a la puerta de la número 3.

Esta vez no tuvo que esperar mucho. El postigo de la persiana marrón de arriba se abrió y por ella se asomó la cara de una niña rubita y con ojos que le brillaban como perlas.

"¡Hola!", dijo ella alegremente.

"¡Hola!", respondió, levantando su sombrero con el bastón.

Antes de que pudiera presentarse, la niña había girado su cabeza hacia atrás y le gritaba a alguien en el interior.

"¡Abuela, abuela, hay un viejo tocando a la puerta!" anunció, antes de desaparecer rápidamente, dejando que el ventanillo se cerrara detrás de ella.

Hubo una larga espera antes de que se abriera de nuevo la persiana. Esta vez se asomó una anciana y miró a Domingo. Ni él ni ella dijeron una palabra. No pudieron. La mujer era Marta, su novia. La persiana se cerró.

Unos momentos después Domingo escuchó el sonido de un cerrojo que se movía detrás de la puerta y ésta se abrió lentamente y con dificultad porque la madera rozaba la piedra del piso. Marta estaba allí mismo, delante de él, vestida de negro, de estricto luto. Le saludó con unos viejos ojos grises. Pero brillaban de felicidad.

"¡Te he estado esperando durante mucho tiempo!" dijo, antes de abrirle los brazos. Ambos lloraron entre abrazos y miradas, y el amor regresó. Era diferente, pero estaba ahí.

EL ESCOCÉS CANARIO

En el año 1903, cuando todavía se conocía al Puerto de la Cruz como el Puerto de La Orotava, un joven caballero escocés alquiló una habitación con balcón en el Hotel Marquesa, fundado en 1883 respondiendo al incremento de viajeros a la isla.

Durante los primeros tres días no hizo más que descansar después de los debilitantes mareos que sufrió en el viaje desde Liverpool en Inglaterra. Pero, como la mayoría de los viajeros en aquellos lejanos días, tenía todo el tiempo del mundo para recuperarse. Además, y como tantos otros viajeros británicos, no temía por su situación económica. Era de una familia bastante adinerada y el Marquesa, situado como está hoy frente a la iglesia de Nuestra Señora de la Peña de Francia, no le costaba más que ocho pesetas al día. Sin embargo, el escocés estaba ansioso por descubrir la isla de Tenerife y especialmente la zona conocida como Las Cañadas del Teide, de la que tanto había leído. Desde las montañas el gran volcán Teide lo saludaba todas las mañanas cuando se asomaba al balcón.

La casa de la marquesa, construida en 1712 por el mercante irlandés Bernard Walsh, fue una de las primeras magníficas mansiones de la ciudad en ser transformada en hotel y en su día fue muy frecuentada por viajeros británicos. El escocés se enteró muy pronto de que la propietaria, doña Juana, podía presentarle al hombre que tenía caballos en alquiler.

Puede que no fuera un buen marinero pero el joven escocés era un excelente jinete y estaba acostumbrado a pasar largas temporadas explorando en solitario las colinas, las praderas y los valles cerca de su pueblo natal de Melrose, al sur de Escocia, en busca de un granero o un viejo puente que dibujar. De hecho, tan pronto como se sintió lo suficientemente fuerte, seleccionó provisiones para tres días y se dirigió a los establos donde ya había elegido un caballo. La monta le costó treinta y cinco pesetas por semana.

Con su vieja tienda de campaña enrollada y amarrada a la silla detrás de él y la alforja a reventar, se montó sobre una apacible yegua que el chico del establo llamaba *Rubia*. Era un bonito animal de color castaño con una alegre melena rubia, de ahí el nombre, pero el escocés la había elegido cuidadosamente porque la yegua tenía aspecto fuerte y era de buen carácter.

Partió del puerto, cortésmente descubriendo su sombrero a todo aquel que le saludaba por el camino con un *adiós amigo*. Siguiendo una ruta de un viejo mapa que le había prestado la noche anterior otro joven residente inglés, quien había conocido en la Biblioteca Inglesa, se dirigió hacia el este del pueblo. Empezó a subir la colina por encima de los acantilados y muy pronto pasó al lado del jardín botánico, al que llegó en no más de veinte minutos.

Un poco más arriba del jardín se unió a una pista de piedra que subía en línea casi recta hacia la Villa de La Orotava. En el camino se encontró con hombres que guiaban sus mulas y burros de carga. Algunos llevaban sacos o cestas con fruta o papas, otros tenían montones de leña amarradas a las bestias o garrafas llenas de vino para las tabernas. Las mujeres, algunas arrastrando a sus niños con ellas, portaban coloridos paquetes en sus cabezas y todas lo saludaban con gritos y alegres sonrisas. Éste era el antiguo camino que conectaba La Orotava con su encantador puerto comercial.

En una enorme roca caída que estaba bien señalada en el mapa, tomó una de las dos pistas recomendadas. Se bajó del caballo para adentrarse en un barranco. Caminó por el desgarrón de la tierra durante unos minutos hasta donde un estrecho sendero volvió a llevarle hacia el oeste por una ladera repleta de viñas. Aquí, con el terreno más llano, volvió a montar a Rubia y avanzaron lentamente por otro rocoso sendero junto al barranco hasta llegar al camino más ancho que conectaba La Orotava con la aldea de La Perdoma.

Como casi todos los caminos de principios del siglo XX, era una pista de tierra para animales de carga y para algún que otro carro. La tierra estaba endurecida por la falta de lluvia y el caballo levantaba polvo con cada paso. Continuó hacia el oeste por el mismo camino, encontrándose a más hombres con sus mulas y bueyes arrastrando carretas más cargadas. Después de un cuarto de hora el mapa le indicó que girara hacia la izquierda de nuevo para adentrarse en un barranco algo más profundo que el anterior. En condiciones normalmente húmedas en febrero, éste descenso hubiera sido resbaladizo y peligroso. Pero había llovido muy poco desde octubre y Rubia progresó sin dificultad por el barranco hasta subir por una de las laderas. Al otro lado atravesó huertas amuralladas entre pequeños bosques y una docena de casas de piedra volcánica y techos de paja. De repente, el escocés se encontró rodeado de niños que tendrían entre tres y diez años. Eran hijos de los campesinos que habitaban la pequeña aldea. Estaban medio desnudos y corrían descalzos a su encuentro, pidiéndole algo a cambio de una sonrisa.

A Rubia parecía encantarle caminar por esa zona y el escocés sintió como si ella hubiese estado allí muchas veces. Parecía conocer los alrededores y casi la deja ser su guía hacia el Teide y al siguiente punto de referencia, un majestuoso pino solitario. Sin embargo, justo por debajo de La Fuente de La Cruz, uno de los muchos manantiales donde los campesinos iban a buscar agua para beber y donde las mujeres lavaban la ropa, la yegua pareció tener un problema. De hecho, empezó a cojear ligeramente. Al desmontar, el escocés inspeccionó los cascos pero allí no estaba el problema y decidió conducir al animal hasta la fuente.

Pero los problemas de Rubia persistieron y ella empezó a cojear aún más e incluso intentaba no pisar con uno de sus cascos delanteros. Pensando que podría tener algo que ver con un espolón, el extranjero condujo la yegua hasta la charca de agua fría debajo del manantial, con la esperanza de que el agua ayudara a calmar el dolor. La mantuvo dentro de la charca un buen rato y ambos bebieron del agua. Satisfechos los dos, el escocés colgó las riendas sueltas sobre una mata por donde había tiernas y exuberantes hierbas para el provecho de la yegua.

El manantial, escondido debajo de una roca que sobresalía dentro de otro pequeño barranquillo, estaba a unos novecientos metros sobre el nivel del mar y el aire estaba mucho más fresco. Sin embargo, tanto la yegua como el escocés estaban sudando después del esfuerzo de la subida y el escocés se refrescó. Introdujo su cabeza bajo el chorro de agua que brotaba a lo largo de un trozo de corteza de pino y se sentó en un risco para decidir qué hacer.

Rubia parecía cojear menos después de haber tenido las patas en el agua, pero el británico no podía correr el riesgo de montar sobre una yegua coja hasta el Teide. Esa expedición tendría que esperar a otra ocasión.

Miró a su alrededor y sonrió. Qué maravilloso lugar para estar en perfecta soledad, y qué boceto de ensueño podría dibujar, con el mar lejano al fondo y un viejo castaño rodeado por un muro de piedra medio derrumbado, todo en medio de un pequeño bancal cubierto con una manta de flores violetas y amarillas.

Dibujó durante más de una hora. El Sol de mediodía comenzaba a asomarse con un picor de invierno al evaporarse la panza de burro y, mientras el escocés se entusiasmaba más con su obra de arte, le entraron muchas ganas de refrescarse. Pronto tuvo puesto nada más que sus pantalones de franela remangados.

Había vagado tan lejos en sus pensamientos que lo único que escuchaba era el silencio de los montes y el agua congelada que caía desde el manantial mientras se salpicaba la cara y se bañaba los pies en la charca una vez más.

Pero ésta vez, cuando se dio la vuelta de nuevo para seguir con su dibujo, por poco se cae de espaldas en el agua. La tranquila Rubia no era la única criatura viviente acompañándole. De repente, había media docena de mujeres que le observaban. Portaban tinajas de agua sobre sus cabezas y había cuatro o cinco niñas agarradas a los delantales de sus madres. Todas las mujeres, excepto una chica más joven y alta en comparación con las demás y que estaba un poco separada, por detrás de las que llevaban tinajas, tenían vestidos muy coloridos y pañuelos en la cabeza.

La más alta era diferente. Estaba vestida casi enteramente con prendas en tonos azul de Prusia. Tenía un largo cabello rojizo, suelto y salvaje y llevaba una bufanda amarilla alrededor de su cuello. Igual que las otras mujeres, sus pies estaban descalzos, pero no había venido a recoger agua.

El pálido extranjero con los pies metidos en la charca, los pantalones de franela remangados y el pelo chorreando de agua observó cómo la chica dio un paso hacia atrás, sentándose en un viejo tronco de pino. Desde allí apoyó su mejilla en una mano y le observó con una expresión divertida en su rostro. Parecía estar en el teatro, anticipando la próxima escena de una comedia francesa.

Después de un momento ligeramente embarazoso, el escocés se dio cuenta de que la situación debió haberles proporcionado un espectáculo interesante a estas humildes isleñas. No estarían nada acostumbradas a encontrarse a un extranjero evidentemente excéntrico en el abrevadero, especialmente vestido con tan poca ropa. Así que hizo lo mejor que pudo hacer. Aceptó su situación, sonrió tímidamente y se encogió de hombros. La reacción fue milagrosa y unánime. Cada una de las campesinas le saludó como siempre se saludaba a un extranjero.

"¡Buenos días, inglés!", gritaron con alegría antes de reírse a carcajadas durante varios minutos.

El extranjero, que pronto recuperó la mayor

parte de su compostura y comenzó a abotonarse la camisa, les devolvió los cumplidos, pero agregó que no era inglés.

"Escocés", dijo. "No soy inglés. Vengo de Escocia".

Este hecho no les hizo cambiar ni un ápice su opinión. Para ellas el apuesto joven seguía siendo *un inglés*. Con este tema se podría hacer un interesante estudio psicológico. Incluso entonces, en el apogeo del Imperio Británico y entre las clases sociales más afortunadas, parecía haber una necesidad imperiosa de explicarle a un pequeño grupo de campesinas analfabetas que era de vital importancia no llamar a un escocés *"inglés"*.

Sin embargo, este escocés era un caballero, sumamente cortés y aceptó la divertida amistad momentánea de estas humildes mujeres.

De hecho, tuvo la suerte de haber mostrado sus buenos modales y encanto tan pronto después de haber parecido ser tan imbécil, pues la joven alta con el pelo salvaje había despertado algo dentro de su imaginación. No solo vestía de manera diferente esa chica. También tenía los ojos verdes más impresionantes que jamás había visto. Sin saberlo le habían penetrado hasta lo más profundo de su alma. Estaba claro. Ella no era como las otras mujeres con sus tinajas de agua. En primer lugar, no cargaba ningún recipiente para el agua. Además tenía una pose orgullosa y arrogante y, de repente, se había convertido en la mujer más atractiva y sensual que el escocés había visto jamás.

Ella también parecía haber descubierto algo igualmente interesante en él porque cogió con sus manos el largo vestido azul y su enagua y los levantó hasta las rodillas para brincar a través del charco de agua hasta donde se encontraba la yegua. Primero acarició al animal y luego le arrimó su propia mejilla contra el cuello como si ella y Rubia se conocieran desde hacía mucho tiempo. Después la chica canaria se dio la vuelta. Una sonrisa pilla iluminó su rostro e inspeccionó la obra de arte del excéntrico joven escocés. La chica con la melena rojiza y salvaje le dijo que le gustaba mucho su dibujo de las flores violetas y amarillas rodeando el castaño y se presentó. Para su sorpresa, hablaba un inglés perfecto.

Cuando las demás mujeres volvieron a bajar por el camino, portando sus tinajas llenas de agua, ella se quedó atrás. De hecho, se sentó en la hierba con su escocés entre las flores violetas y amarillas, y los dos extraños empezaron a conocerse. A última hora de la tarde se habían enamorado apasionadamente.

La chica en el manantial era hija de un aristócrata en el pueblo de La Orotava. Sin embargo, a diferencia de otras de su clase, disfrutaba más que cualquier otra cosa compartiendo la libertad, la risa y la cháchara desinhibida con las mujeres y con los hombres que trabajaban en las tierras de su padre. Éste tenía la intención, debido a la naturaleza rebelde de su hija, de enviarla el próximo año a un convento en Sevilla a ver si las monjas podían conseguir enderezarle el rumbo.

El joven caballero escocés regresó a Melrose para pasar un verano bastante largo e impaciente en la casa de su familia. Tenía algunas explicaciones difíciles que dar a su padre y a su madre sobre porqué necesitaba retirar más fondos para regresar a la isla de Tenerife.

Regresó al Valle de la Orotava a principios del otoño, justo a tiempo para presenciar el nacimiento de su hijo. Su chica, la del pelo salvaje y rojizo, era una desgracia para su familia que prácticamente la repudió. El escocés compró una casita en el valle. En ella vivieron felices para siempre hasta que un sentido inherente del deber llevó al escocés a coger el primer barco que salía hacia Reino Unido para luchar y morir por su país en 1914 a principios de la Primera Guerra Mundial.

Un año o dos después la chica del manantial aceptó la propuesta de matrimonio de otro residente británico. Era el mismo inglés que su amante había conocido en la biblioteca inglesa, el que le prestó el viejo mapa que luego le había guiado hasta la fuente donde estaba el viejo castaño en el bancal de flores violetas y amarillas.

Su hijo creció alto y fuerte. El niño tenía los rizos rubios de su padre y los ojos verdes de su madre. Todos lo conocían como el escocés canario.

FIN DE AÑO
EN LA MONTAÑA DE PIAZZI

Los objetos, a través de telescopios largos, pueden parecer más brillantes y más grandes que a través de telescopios cortos, pero aun así no pueden calibrarse lo suficientemente bien como para eliminar la confusión de rayos causado por el temblor de la atmósfera. El único remedio es encontrar un lugar tranquilo y silencioso, como en la cima de las montañas más altas, desde donde hacer observaciones astronómicas.

Esa es una opinión aparentemente primitiva, si tomamos en cuenta el material telescópico disponible para los científicos hoy en día, pero fue lo que el gran físico, matemático e inventor inglés, Sir Isaac Newton, sugirió a astrónomos contemporáneos en 1730. Fue el mismo consejo que aprovechó otro científico británico, el astrónomo

Charles Piazzi Smyth, cuando en 1856 instaló su campamento cerca de la cima del volcán Teide. Sus experimentos en Tenerife, de los cuales los historiadores canarios han escrito con detalle y orgullo, y el uso que hizo del incipiente material fotográfico, fue lo que le transformó de ser el hijo prácticamente desconocido de un almirante británico a ser un científico internacionalmente aclamado, y poseedor del título de Astrónomo Real de Escocia.

Le ayudó mucho Robert Stephenson, el famoso ingeniero. Fue muy generoso y le prestó a Smyth su espléndido yate, el Titania, asegurándole que podía hacer uso del yate para el viaje de Southampton a Tenerife y durante todo el tiempo que llevara completar sus investigaciones en la isla.

El Titania tenía un moderno casco de acero y navegaba a una velocidad máxima de diez nudos durante prácticamente toda la travesía, llegando a su anclaje en la bahía de Santa Cruz en la mañana del 8 de julio.

Se comenzó a trabajar casi de inmediato para descargar la compleja y frágil carga científica que había sido embalada en cajas de madera. Algunos de los instrumentos tuvieron que ser cuidadosamente desmantelados antes del amanecer, a la mañana siguiente, para poder cargarlos, junto con las provisiones, sobre caballos y mulas. Una multitud de curiosos espectadores, entre ellos el cónsul británico y el alcalde de la capital, se reunieron para observar cómo el convoy científico con veintisiete animales y aún más porteadores partían del puerto hacia las colinas. Charles Piazzi Smyth, quien había seguido el consejo de un matemático, decidió que la cima de la Montaña de Guajara, a 2.718 metros sobre el nivel del mar, sería un lugar idóneo para realizar sus observaciones.

El Sol se estaba poniendo cuando la expedición finalmente llegó a la cima de la Montaña de Guajara, al atardecer del segundo día y el ascenso, especialmente el último tramo, había sido duro. Oscurecería pronto y varios de los porteadores no se habían ofrecido a pasar una noche incómoda respirando el aire seco y frío de la alta montaña, durmiendo a la intemperie sobre un suelo rocoso. Tan pronto descargaron los animales, y sin esperar más órdenes, muchos de ellos desaparecieron rápidamente por el mismo camino por el que habían subido mientras que otros se fueron hacia el sur donde existía un sendero menos pendiente. Tal vez éstos no sabían que para los porteadores se habían preparado unas casetas en el Valle de Ucanca, donde el terreno era más bien arenoso, ofrecía un colchón más cómodo y donde además estarían cerca de un manantial que tenía un buen chorro de agua.

Jessie, la esposa de Charles Piazzi Smyth, a quien se le dio crédito tardío por su material fotográfico, comentó en sus diarios que la situación parecía desesperada cuando, al principio, algunos de los porteadores los abandonaron sin más, pero que luego se sintieron mucho mejor cuando montaron las tiendas de campaña lo mejor que pudieron y se tomaron una taza de té caliente.

Esos hombres que habían bajado al campamento de Ucanca tuvieron que trabajar más de lo que habían previsto porque la expedición se vio obligada a trasladarse unos días después a un pequeño llano en lo alto del Teide donde hoy en día se encuentra el refugio de Alta Vista. En la cima de Guajara una constante calima había interferido con los experimentos de Piazzi. Las condiciones para los porteadores que subieron el material de la expedición a lo alto del gran volcán fueron aún más difíciles, pero los británicos los describieron como trabajadores muy afables y con una fuerza física admirable.

Charles Piazzi Smyth se había llevado con él a dos miembros de la tripulación del Titania, a el carpintero del barco y a un oficial lleno de entusiasmo por participar en la aventura. Ambos fueron de gran ayuda al astrónomo. Otro joven miembro de la tripulación, Jamie Burrows, también se había ofrecido voluntario, pero desgraciadamente para él, en el último momento se tuvo que quedar a bordo del yate porque el capitán lo necesitaba durante los primeros días de la estancia en Tenerife.

Por suerte, Burrows regresó a Tenerife en diciembre de 1862 con su joven esposa, Ruth, ésta vez no como miembro de la tripulación del Titania sino como parte de su viaje de luna de miel de seis meses por Europa y el norte de África. Ambos eran jóvenes adinerados y aventureros, especialmente Ruth, quien más tarde participó en investigaciones etnográficas para el *British Museum* de Londres, y la pareja tenía intención de explorar algunas de las Islas Canarias durante al menos un mes.

Jamie estaba decidido a visitar ese lugar en la cima de la Montaña de Guajara. Sus colegas, los que acompañaron a Piazzi Smyth en su expedición en Tenerife, habían descrito el gran montículo volcánico con entusiasmo, especialmente por la magnífica vista que ofrecía hacia el Teide y sobre Las Cañadas, uno de los cráteres más grandes e impresionantes del mundo.

Lo que Burrows no sabía era que Charles y Jessie Piazzi Smyth también habían estado de luna de miel cuando llegaron a la isla para llevar a cabo sus observaciones astronómicas.

Jamie y Ruth utilizaron una pensión inglesa en el Puerto de la Orotava como base en la isla y compartieron lo que Ruth recordaría más tarde en su diario como "una solemne Navidad presbiteriana" junto a miembros de la pequeña comunidad británica en el Valle de Orotava. Fueron muy hospitalarios y algunos ofrecieron su ayuda muy amablemente, excepto lo de ir a la montaña en pleno invierno. Consideraban la idea estúpida e irresponsable.

Aun así los jóvenes rechazaron la oferta de colaboración de un guía que vivía en La Orotava, pero sí agradecieron el préstamo de dos espléndidos caballos de un aristócrata español quien, curiosamente, había estado varias noches con la expedición de Piazzi Smyth en 1856 en el pico del Teide. Había sido enviado por un periódico isleño para informar sobre la aventura astronómica. El caballero era un gran admirador de los valientes exploradores británicos, especialmente los excéntricos.

Haciendo caso omiso a los consejos, Burrows y su bella esposa ascendieron a las montañas, cruzaron hacia la Montaña de Guajara por las Siete Cañadas y desmontaron para conducir a sus caballos, con dificultad, hasta la cima. El tiempo estaba soleado, como suele estar a menudo a finales de diciembre. No había ni una nube, por lo que no vieron ningún motivo para preocuparse.

Seguía despejado y hubo una magnífica puesta de Sol cuando terminaron de montar su tienda de campaña al atardecer del 30 de diciembre. Aprovecharon lo que imaginaban que era el mismo cercado de rocas que la expedición de Smyth había erigido para protegerse de los vientos secos del verano en la cima de la Montaña de Guajara. Eso sí, la temperatura en diciembre después de la puesta del sol estaba gélida, pero eso no afectó para nada a los jóvenes amantes. Pudieron disfrutar como nadie de las vistas perfectas hacia el Teide y luego de los impresionantes colores producidos por el Sol poniente sobre el brillante paisaje volcánico. Más tarde, acurrucados bajo una manta con sus espaldas sobre una enorme roca tan lisa que parecía haber sido cortada, el calor natural que emanaba del basalto volcánico debajo de sus cuerpos les confortó. Al oscurecer no hicieron más que maravillarse por el cielo iluminado por tantas estrellas y también por un sonido único, el del silencio. Era todo perfecto. Lo que a la mayoría de las personas les podría parecer hoy en día una forma peculiar de pasar una luna de miel, en aquellos días de inocente exploración y aventura, era de lo más romántico.

Fue a media tarde, la víspera de Año Nuevo, cuando las cosas empezaron a cambiar. Burrows y su esposa montaban tranquilamente, ascendiendo otra vez por las laderas de arenas doradas al sur de la Montaña de Guajara cuando los caballos empezaron a mostrarse algo nerviosos. Habían bajado hasta la encantadora villa de Vilaflor y, a la vuelta, descansaron en lo que hoy se conoce como el Paisaje Lunar, una expresión de arte volcánico surrealista justo por encima de los pinares del sur de la isla. La excursión había sido muy interesante pero estaban ya cansados y lo que deseaban más que nada era llegar al campamento para tomar una merecida taza de té. Entonces fue cuando notaron extrañas ráfagas de viento cálido seguidas de repentinos soplos de aire más frío. Sería lo que habían anticipado los animales. El clima parecía cambiar en cuestión de minutos, de un día de diciembre agradable y de brillante Sol a una tarde de clima aterrador y amenazador. Instintivamente, los caballos empezaron a trotar antes de que Ruth y Jamie desmontaran para calmarlos y conducirlos por el último estrecho sendero hasta el campamento. Nada más llegar a su tienda de campaña en la cima de Guajara, empezó un vendaval helado y muy pronto el gran Teide se había desvanecido detrás de una densa nube.

Poco después comenzó a nevar y el viento gritaba y giraba como en una pesadilla entre las afiladas formaciones rocosas que rodeaban el pequeño campamento. Los recién casados se acurrucaron juntos en la caseta. Se envolvieron en todo lo que pudieron encontrar, rezaron para que la ventisca no levantara la lona y para que los caballos, al abrigo de una pared volcánica justo encima de su recinto, no salieran espantados.

La tormenta duró hasta bien entrada la madrugada, pero la dulce y valiente esposa del inglés finalmente se quedó dormida en sus brazos. Ella confiaba plenamente en la seguridad que mostraba su marido al prometerle que el cercado de piedra construido por la expedición de Charles Piazzi Smyth protegería su tienda de campaña, y así fue.

No fue hasta bien entrada la madrugada del día de Año Nuevo cuando todo se quedó en silencio en la montaña de Piazzi. El viento desapareció tan repentinamente como había llegado y Jamie por fin pudo cerrar sus ojos.

Cuando Ruth se asomó por la mañana, había un Sol espléndido. Descubrió que había nieve amontonada a su alrededor pero la caseta, dentro de la primitiva construcción de paredes de piedra, estaba intacta y solo tenía una fina capa de nieve.

Ella agradeció a Dios por haber encontrado protección con las defensas de piedra del astrónomo y encendió una hoguera para preparar la taza de té que tanto habían anhelado la tarde anterior. Se envolvió con una manta, les ofreció un poco de avena a los caballos mientras quitaba la nieve que tenían en sus espaldas y volvió a meterse en la caseta con su esposo.

El calor húmedo y acogedor debajo de la lona y una juguetona bola de nieve para despertar a Jamie hicieron que esta luna de miel se convirtiera en algo más que romántica durante el resto de la mañana.

UNA LLAMADA PERDIDA

El ruido del generador desapareció por fin. Las luces se atenuaron y todo quedó en silencio excepto el ladrido de un perro en la lejanía. Eran las diez en punto y a Noel Reid le tapaba solamente la sábana blanca de la cama del hostal.

El tiempo estaba cálido y pegajoso, casi tropical. Pero él se había refrescado, primero con un baño nocturno alrededor de las lanchas de pesca que estaban amarradas a las boyas en la bahía y luego, antes de acostarse, debajo de un chorro de agua fría que no siempre salía de la ducha de su habitación. Una brisa marina ayudaba a aliviar el caluroso aire veraniego y coqueteaba con la cortina, dejando que se asomara la Luna. Antes de cerrar los ojos susurró un *te quiero* hacia ella, una costumbre que mantuvo siempre y que había comenzado en aquellos primeros días cuando le escribía cartas de amor a su amada esposa, Annette, cuando estaba lejos de casa, como si ella también pudiera hablarle a través de la Luna. Pero era julio de 1964 y a esa hora de la noche, además del perro y las olas lamiendo la orilla de la playa, había un silencio casi total en el pueblo pesquero de Los Cristianos.

El Hostal Reverón era el único establecimiento que ofrecía una habitación en la zona. Era un negocio familiar y más que adecuado. Ese generador era lo que producía la electricidad y, aunque aún no había agua caliente en las habitaciones, éstas estaban impecables y el servicio era agradable. En esos tiempos el hostal era lo único que había y todo lo que se esperaba. No se necesitaba nada más.

Los Cristianos, con su playa amarilla y su pequeño puerto pesquero, era un paraíso después de estar un día visitando los cultivos en el árido y polvoriento sur de Tenerife.

Noel Reid había regresado, diez años antes, para vivir en la casa familiar en las afueras del Puerto de la Cruz, en la costa norte de la isla. Anteriormente había estado casi treinta años haciendo una pequeña fortuna cultivando té en África. Ahora, con solo una pequeña finca de frutales más arriba del pueblo de Ravelo, en las laderas norteñas de Tenerife, pasaba la mayor parte de su tiempo experimentando con cebollinos y comprando tomates para un importador de frutas en Escocia.

Disfrutaba de esas visitas a las plantaciones de tomate. Le

gustaba asegurarse de que su cliente recibiera lo mejor de la cosecha cada temporada. También le encantaba simplemente compartir un buen rato con los cultivadores de los famosos tomates canarios en sus fincas del sur de Tenerife, desde Arafo hasta Chío. Ellos se encariñaron mucho con don Noel y siempre le recibieron con una cata de sus propios vinos y quesos. Esas reuniones con los tomateros en sus empaquetados eran muy civilizadas, más como encuentros entre amigos que de negocio puro y duro. La vida era así en Tenerife.

A veces, si tenía la intención de quedarse por más tiempo en el sur de la isla, su esposa lo acompañaba. Mucho antes de que las carreteras se convirtieran en algo más que caminos polvorientos, un viaje al sur de Tenerife se consideraba una aventura. En lugar de pasar una o dos noches en el Hostal Reverón, acampaban en un árido terreno cerca del mar, con las estrellas y la Luna iluminando las montañas y el océano. A veces se acostaban en la parte trasera del Land Rover y otras veces en una tienda de campaña montada al lado del vehículo. Eran noches muy románticas y les recordaba sus tiempos en África, cuando eran más jóvenes e iban de safari a las orillas de un riachuelo en las montañas Chimanimani. Hoy en día, ese pedazo de tierra estéril al lado del mar en Tenerife se conoce como Las Américas, el mayor y más poblado centro turístico de la isla.

Noel estaba demasiado cansado para preocuparse por encontrar y matar a un mosquito, que estaba rondando por la habitación en busca de sangre humana, así que se protegió cubriéndose la cabeza con la sábana. Sin tener mosquiteras, como las que había en África, esa era la siguiente mejor forma de defenderse. De todas formas, los ronquidos de un profundo sueño pronto compitieron con el ritmo de las olas en la playa.

□□□□□□□□□

Esa misma tarde, pero más temprano al otro lado de la cordillera, otro ciudadano británico caminaba enérgicamente a lo largo del paseo marítimo de San Telmo en el Puerto de la Cruz. Se detuvo una o dos veces y miró hacia atrás como si alguien le espiara. Siguió por la iglesia, enfrente de los hoteles Monopol y Marquesa y continuó hasta la Plaza del Charco. Era la plaza principal frente al puerto pesquero y donde los taxis negros esperaban perezosamente por un cliente enfrente de donde aparcaban las guaguas rojas.

"A casa Caledonia, por favor. Rápido".

Caledonia era la casa de don Walter, el vicecónsul británico en el Puerto de la Cruz. También resulta que era el hermano de Noel Reid.

Una hermosa villa situada en extensos jardines y a la sombra de árboles jacaranda, cipreses y aguacateros, Caledonia estaba en la cima de un montículo volcánico, junto al Gran Hotel Taoro. La entrada serpenteaba entre rosas y un huerto bien cuidado hasta los escalones de la puerta principal. La propiedad era una joya que Río Reid y su esposa Jean habían construido en 1936. Desde un rincón del jardín la vista sobre la bahía de Martiánez era espectacular aunque, donde antes había bancales de plataneras que llegaban hasta la playa, en 1964 el boom hotelero empezaba a mostrar sus tejados rectangulares y grandes azoteas sobre estructuras de hormigón. Poco después de la muerte de Río Reid en 1969 la propiedad fue comprada por un belga para su propia esposa.

161

No fue una sorpresa cuando convirtieron la casa en una encantadora cafetería, que llamaron el Risco Bello, con sus jardines abiertos al público.

El aroma de jazmín descendía en cascada desde la enredadera que había sobre la puerta principal donde Berta, el ama de llaves, invitó al visitante a entrar. Ella ya lo había visto una vez cuando acudió a uno de los famosos cócteles que se hacían en la casa Caledonia, pero también recordó que decidieron no invitarlo más. Era uno de los ingleses recién llegados. Se llamaba Shouldham y había venido a Tenerife acompañando a su madre. Ella había comprado un apartamento en la ciudad. Durante algún tiempo el pobre hombre daba clases particulares de matemáticas en el Puerto de la Cruz pero se le consideraba un poco alcohólico.

Necesitaba hablar con el vicecónsul con urgencia. Siendo ya por la tarde las oficinas del viceconsulado en el Puerto ya habían cerrado y por eso había ido a la residencia privada del Sr. Reid.

Berta, que había aprendido a hablar una cantidad razonable de inglés, fue muy amable e invitó al caballero a pasar por la sala de estar y a salir a la terraza.

"Por favor, espere aquí, señor. Preguntaré si don Río puede atenderle. Hoy no se encuentra muy bien", dijo e inmediatamente desapareció antes de que el inglés pudiera decir nada más.

Una criada vestida de gris y con un delantal blanco le trajo al caballero inglés una pequeña jarra de limonada. No la tocó. Un whisky o un gin tonic habrían sido más apropiados. Tampoco se sentó. En cambio, *Mister* Shouldham encendió un cigarrillo. La vista hacia un césped perfectamente cuidado y bordeado por unos preciosos franchipanes rosados y blancos no le interesaba en absoluto mientras paseaba por la terraza dándole caladas a su Rothmans. No había tiempo para disfrutar del encanto y de la serenidad que ofrecían las Islas Canarias. Lo suyo era un asunto urgente y el hombre era un puro nervio.

Walter Reid, conocido como *Río*, se disculpó por haber tardado tanto y por su atuendo. Llevaba una bata de rayas púrpura y crema sobre un pijama azul. En efecto, no tenía buen aspecto. Sin duda estaba enfermo. Sin embargo, unos pequeños ojos azules, agudos y sonrientes detrás de unas gafas de media luna con montura dorada, ofrecían amabilidad y confianza.

"¿Cómo puedo ayudarle, *Mister* Shouldham?".

"¡*Napoleón!* Está abajo en el Lido. Estoy seguro de que era él", proclamó Shouldham.

"Le ruego me disculpe. ¿De qué está hablando? ¿Quién es ese Napoleón?".

El vicecónsul había oído hablar de dos Napoleones en su vida. Uno, claro está, era Bonaparte. El otro era el nombre del líder de una banda de gatos que no hacía más que atacar barcazas en los canales ingleses en los cuentos de niños sobre *Bill Badger*, un valiente tejón, y que le solía leer a su sobrino.

"Ese es un apodo. No puedo recordar su verdadero nombre pero estoy seguro de que he visto su cara en los periódicos. Si no es él, juro que iré a misa el domingo".

El vicecónsul era consciente de que el señor Shouldham tenía problemas con la bebida, pero en esta ocasión parecía estar razonablemente sobrio. El hombre estaba en un tremendo estado de agitación. Además, su historia tenía sentido. Uno de los criminales más buscados de Gran Bretaña, un miembro de la banda del famoso *Gran Asalto al*

Tren, lo conocían a menudo como Napoleón.

Así que el Sr. Reid escuchó atento y su tranquilo comportamiento contrastaba con la histeria del informante.

"Muchas gracias por tomarse la molestia, Sr. Shouldham. Ha hecho absolutamente lo correcto e informaré a las autoridades locales inmediatamente".

Berta le trajo al vicecónsul una hoja de papel de color crema y una pluma *Parker.* Escribió unas cuantas frases en español, dobló el papel y lo puso en un sobre que ponía *para la atención del Capitán Galván, Guardia Civil.* Subrayado, en mayúsculas, escribió URGENTE - CONFIDENCIAL.

"Le digo a Andrés, mi chófer, que le lleve a donde quiera pero le agradecería si de camino pudiera dejar esta carta en el cuartel general de la Guardia Civil. Muchas gracias por su rápida, responsable y encomiable actuación, Sr. Shouldham".

Tan pronto como el Sr. Shouldham se marchó, el vicecónsul de 70 años se retiró a su cama. Pronto, pensó, iba a tener que entregar el negocio de cuidar los asuntos británicos a alguien más capaz físicamente, y no tan enfermo como sabía que estaba.

Pero antes de acostarse hizo una última llamada. Una operadora de la centralita telefónica lo puso con el Capitán Galván, jefe de la Guardia Civil en el Valle de la Orotava. Después de unas breves cortesías, el Sr. Reid le dijo al policía que Shouldham estaba de camino y que le daría más información. Debido a su mal estado de salud, el Sr. Reid también sugirió que pidiera a su hermano Noel que lo representara en el arresto del ciudadano. La alternativa habría sido contactar con su superior, el cónsul de Su Majestad en Santa Cruz. Desafortunadamente, el Sr. Fox estaba en ese momento de visita en Madrid.

La información que proporcionaba Shouldham era, en efecto, un asunto de gran importancia. Si fuera cierta, podría significar la captura de uno de los criminales más buscados de Gran Bretaña.

Lo que el Capitán Galván no admitió ante el vicecónsul británico durante su breve conversación fue que ya estaban al tanto de que un presunto criminal británico había llegado a la isla hacía un par de días. De hecho, al sospechoso ya le estaban siguiendo la pista y uno de sus hombres lo había estado observando esa misma tarde bebiendo con otros dos extranjeros en la terraza del bar del Lido de San Telmo.

Pero arrestar al sospechoso no era pan comido. Un tratado de extradición centenario existía entre España y Gran Bretaña. Sobre papel. Pero no funcionaba y, cuando lo hacía, las solicitudes de extradición se tramitaban a paso de tortuga por ambas partes. Lo mismo ocurría con una simple petición de esposar a un criminal perseguido por la ley. Los diferentes sistemas jurídicos de cada país no podían con complicadas solicitudes para actuar en nombre de las fuerzas policiales del otro. La forma común de solucionar el problema, manteniendo también a la política fuera del rompecabezas legal, era recurrir al arresto ciudadano, siempre que fuera posible. Era mucho más rápido y, por poco ortodoxo que fuera, posiblemente más eficiente y discreto.

Una vez informadas las autoridades españolas de la presencia o de la inminente llegada del presunto criminal inglés, se ordenó al Capitán Galván que mantuviera un ojo abierto. De hecho, el Guardia Civil había tomado medidas inmediatas. Con una buena descripción del sujeto, había enviado a dos guardias vestidos de paisano para ver si podían averiguar algo. Uno había estado visitando todos los hoteles de Puerto de la Cruz. El otro fue a husmear por el Lido de San Telmo, donde aparentemente otro informante anónimo también había visto al tal Napoleón.

Galván no quería ningún alboroto, solo un arresto rápido y tranquilo. No había necesidad de molestar a la creciente población de inocentes turistas.

El plan era localizar al hombre y después acompañar a Noel Reid para proceder a la detención del criminal inglés. El jefe estaba deseando la oportunidad y sabía que el hermano del vicecónsul también disfrutaría del momento.

El capitán Galván cogió el auricular del teléfono que estaba a la derecha de su escritorio.

"Central, buenas tardes", saludó a la chica de guardia en la centralita.

"Hola mi Capitán", respondió la operadora. "¡Qué alegría hablar con usted otra vez!".

"Si, sí. Mire, Josefina, como sin duda se habrá enterado ya, hoy no tengo tiempo para cháchuras. Hágame el favor de pasarme con don Noel".

Las centrales telefónicas de Tenerife en los años 60 todavía eran operadas manualmente por telefonistas. Como tenían que hacer una llamada y luego esperar una respuesta, podían fácilmente escuchar conversaciones sin que nadie se diera cuenta y a menudo lo hacían. Por lo tanto, sabían más de lo que estaba pasando que los más brillantes detectives privados. También conocían a menudo los movimientos de ciudadanos como Noel Reid.

"Don Noel no está", informó Josefina al jefe de policía.

"No está en la casa". Se fue esta mañana de madrugada".

"¿Está en la isla?".

"Ah sí. En el sur. Almorzó en Arafo. Habló con su mujer

desde la centralita de allí", añadió. Fue ella misma quien había conectado a Noel Reid con su esposa ese mismo mediodía.

"Bueno, entonces póngame con doña Anita".

"Momentito Capitán".

Josefina conectó la clavija de la Guardia Civil en el enchufe apropiado para la conexión con la casa del hermano del vicecónsul. Un momento después, el teléfono negro francés con diseño de los años 50 empezó a sonar en el vestíbulo de *El Santísimo*.

"*¿Um, hello*, dígame?" respondió Annette Reid en su manera muy particular, quedándose helada cuando el Capitán se presentó.

"No hay nada de qué preocuparse, doña Anita. Siento molestarla pero necesitamos a su marido. Debe ayudarnos con un asunto muy importante. Tenemos entendido que está en el sur. ¿Sabe cuándo volverá o dónde podemos encontrarlo?".

"Entiendo. Pues mi marido dijo que volvería al norte mañana por la tarde por la carretera de Chío. Hoy estaba almorzando en Arafo y creo que dijo que después iba a Granadilla".

"¿Sabe a quién iba a ver en Granadilla? insistió Galván.

"Lo siento. No, no lo sé. Pero iba a almorzar con don Eduardo Curbelo en Arafo. Puede que don Eduardo sepa con quién había quedado en Granadilla".

"¿Y esta noche?, ¿Don Noel dormirá en el jeep o en Los Cristianos?".

Annette Reid se quedó un poco sorprendida de lo mucho que el jefe de la Guardia Civil sabía sobre los hábitos de su marido y le dijo a Galván con bastante frialdad que no lo sabía. Siempre estaba dispuesta a ayudar a la Guardia Civil, pero esto ya era demasiado.

"Lo siento mucho, Capitán Galván. Estoy segura de que sabe que las mujeres, especialmente en España, no saben absolutamente todo lo que hacen sus maridos". En seguida se avergonzó por haber perdido la calma y trató de enmendarse.

"Le gusta mucho el Hostal Reverón en Los Cristianos".

"Muchas gracias, señora", respondió el policía, sabiendo muy bien que Noel Reid se alojaba allí a menudo.

"Le estoy muy agradecido. Por favor, acepte mis disculpas por haberla molestado". Galván era exquisito en sus modales.

A finales del siglo XIX se instaló en Tenerife un primitivo sistema de centralitas telefónicas y en los años 30 ya había un complejo, pero eficiente, sistema de postes telegráficos de madera sosteniendo un sinfín de cables de comunicación que se extendían por toda la isla. Comunicaban una red de centralitas telefónicas ubicadas en diferentes pueblos y municipios y generalmente estas centralitas estaban operadas por señoritas jóvenes e inteligentes. Para llegar a ser telefonista tenían que aprobar unas oposiciones bastante rigurosas. Era un trabajo muy codiciado en un mundo en el que, excepto en el campo donde se veía a las mujeres trabajar más que a los hombres, en la recogida de tomates o de papas y cebollas, pocas de las que tuvieron la suerte de tener algún tipo de estudios trabajaban para ganarse la vida. De hecho, las que no eran amas de casa trabajaban en la central telefónica o permanecían en sus casas esperando a convertirse en esposas.

"¿Entonces qué? ¿Quiere que le encuentre a don Noel o no?", preguntó Josefina con tono medio burlón después de que doña Anita, como la conocían, colgara el teléfono. Había escuchado cada palabra.

"Sí. Arafo. Inmediatamente. Con don Eduardo Curbelo y, si no está allí, entonces me pone con la Guardia Civil de Granadilla".

La búsqueda estaba en marcha. Pero era un proceso lento. El conseguir una conexión no siempre era automático. La ruta entre el sistema de cableado para intentar localizar a don Noel ocupó a Josefina hasta bien entrada la noche. Significaba conectar una central telefónica con otra en donde otras colegas se comunicarían entre ellas, metiendo una clavija al siguiente enchufe apropiado en las cajas de madera que tenían delante de ellas.

Hubo otras complicaciones. Las telefonistas eran leales y grandes profesionales. Pero también eran humanas, mujeres y muy españolas. Por lo tanto, nunca se perdía una oportunidad para charlar y comparar chismes entre ellas, especialmente cuando no había supervisora. También podían distraerse y, por lo tanto, ausentarse sin permiso de los aparatos que servían como sistemas esenciales de comunicación.

De hecho, solo había una chica en la central de Arafo esa noche. Se llamaba Cande y tenía veintidós años. Se había convertido en una joven muy atractiva y lo sabía. Por lo tanto, nunca perdía la oportunidad de coquetear con los chicos que merodeaban por el Bar de Santi, al otro lado de la calle.

Cuando Josefina se conectó, esperando tener una conversación rapidita con Cande antes de que le pusieran con don Eduardo, la telefonista de Arafo estaba distraída con un chico alto y guapo que irradiaba simpatía y encanto por fuera del bar.

Josefina lo intentó una vez más antes de informar al Capitán Galván que había un problema con Arafo. Había sido una llamada perdida.

La siguiente conexión fue con Granadilla pero las palabras *inmediatamente* o *urgente* tuvieron poco efecto en una somnolienta isla del Atlántico de los años 60 y pasaron las horas. Para cuando encontraron la pista de don Noel en Los Cristianos ya era medianoche y no eran horas de molestar a nadie.

❑❑❑❑❑❑❑❑❑

La bienvenida a un nuevo día la dio el sonido de una lancha pesquera cuando dejaba sus amarres en la bahía de Los Cristianos y salía a faenar, y ese agradable latido del motor fue lo que despertó a Noel Reid. Eran las seis en punto y se dio una ducha fría. La tripa le decía que tenía ganas de desayunar. El Hostal Reverón siempre le servía un enorme tazón de café con leche y mucho pan con un buen surtido de mermeladas y quesos. Estaba haciendo la pequeña maleta antes de bajar al comedor cuando escuchó un tímido golpe en la puerta de la habitación.

"Don Noel, soy Eugenio", dijo la voz detrás de la puerta. "¡Quieren hablar con usted!".

Con solo la toalla blanca de hotel alrededor de su cintura, abrió la puerta. Allí estaba Eugenio, el conserje. Detrás de él, en el estrecho pasillo, había dos Guardias Civiles. Eran el Teniente Herrero y el Sargento Peréstolo, del cuartel general de Granadilla. Conocía bien sus caras, ya que se habían encontrado a menudo durante las patrullas en las polvorientas carreteras del sur.

"Perdone que le molestemos, don Noel, pero hay un asunto de gran urgencia", susurró el de más rango pero que era el más joven y de menos experiencia de los dos. Antes de que Noel Reid tuviera tiempo de imaginar que algo terrible había sucedido en su casa, el sargento Peréstolo intervino a su manera más bruta y provinciana.

"Le tenemos un bocadillo. No hay tiempo para desayunar. Le gusta el chorizo, ¿no? Lo siento, don Noel, el desayuno se lo come en su vehículo. Yo conduzco. Usted coma. Venga. ¡Vamos!".

Cuando empezaban a bajar las escaleras, Noel Reid se detuvo de repente.

"Un momento, señores", dijo con autoridad. "No voy a ir a ninguna parte hasta que me digan qué diablos está pasando. Y yo conduzco".

Habiendo luchado en la guerra y comandado un batallón en Somalia, no era de los que se rendían a un par de policías de menos rango aunque fueran miembros de la temida Benemérita.

Un ciudadano normal no se saldría con la suya al interrogar a un Guardia Civil y el Sargento Peréstolo, sintiendo como si le hubiese escupido en la cara un camello en el Sahara español, estuvo a punto de reventar. Afortunadamente, se evitó una situación desagradable cuando el teniente decidió que no había ningún daño en ofrecer al señor inglés una explicación y permitirle conducir su propio vehículo.

"Tenemos órdenes de llevarle al Puerto de la Cruz inmediatamente. Conduzca usted. Yo le acompaño. El sargento nos seguirá. Pero hay que irse ya. Lo siento. No hay desayuno. Quieren que usted arreste a un ciudadano inglés".

La expresión en la cara de Noel Reid cambió enseguida a una de entusiasmo.

"Un criminal inglés que están buscando", añadió el teniente Herrero de forma tentadora.

¡Si le hubieran dicho esto antes! Don Noel estaba encantado. Le iba este tipo de cosa, un poco de acción. Se puso al volante del viejo Land Rover. El motor diésel tardó una eternidad en dar señales de vida, pero pronto iban acelerando por la polvorienta calle que salía del pueblo hacia la nueva que estaba recién asfaltada, la carretera principal a Granadilla.

Detrás de él, con el teniente de la Guardia Civil de pasajero, al sargento Peréstolo le costaba no quedarse atrás. No hacía más que hablar solo y estaba repitiendo un sinfín de palabrotas cuando la radio saltó con una voz entrecortada.

Era el cuartel general de Granadilla. Aparentemente el sospechoso se había marchado del Puerto de la Cruz y se encontraba en Los Rodeos, el aeropuerto situado en la meseta cerca de la ciudad de La Laguna. Hoy en día se llama Tenerife Norte. En aquellos días era el único aeropuerto de la isla.

No había manera de que Peréstolo pudiera comunicarse con el vehículo que se alejaba delante de él, por lo que gritó a su colega en Granadilla que interceptara al otro Land Rover cuando llegara a Granadilla.

"¿Qué coño pasa ahora?", dijo el teniente, preguntándose qué más podría salir mal cuando otros dos hombres uniformados en Granadilla les hicieron señas para que se detuvieran.

En el Puerto de la Cruz las investigaciones del Capitán Galván habían descubierto que el individuo que se sospechaba que podría ser el tal Napoleón se había estado alojando en el apartamento de un amigo. Pero ahora, esa misma mañana, se le había visto salir del apartamento para subirse a un taxi al que habían seguido hasta el aeropuerto.

Quienquiera que fuera ese individuo, de quien sospechaban que podría ser un criminal, estaba a punto de coger un avión.

El camino desde Granadilla era tortuoso, entrando y saliendo de los barrancos tallados en el paisaje amarillo del sur por millones de años de la ocasional lluvia torrencial. Hoy en día, una moderna autopista facilita una movilidad más rápida alrededor de la isla. En la década de 1960 el conducir por la antigua carretera del sur necesitaba paciencia y tiempo, torciéndose y girando entre bancales y pequeñas aldeas, y cruzando estrechos puentes de piedra. La carretera los llevó al pueblo de Arico, bien conocido por sus frutas y vinos, y luego a Fasnia.

El depósito calcáreo acumulado en la superficie de los estratos de toba a lo largo de esta parte de Tenerife era monótono y solo las tabaibas y otras plantas suculentas proporcionaban algún tipo de verdor. A media mañana, al llegar al pueblo agrícola de Güímar, después de tantas curvas en ese paisaje tan seco, estaban sedientos y se detuvieron para beber agua y para llenar el depósito de gasóleo. El hombre de la gasolinera no tenía prisa por echarles el diésel, especialmente cuando vio que al inglés, que conocía bien, le acompañaba un hombre de uniforme verde. Incluso Noel Reid mostraba ya signos de impaciencia. La oportunidad de arrestar a un posible criminal se estaba alejando.

La naturaleza retorcida del camino continuó a través y más allá del pequeño y bonito pueblo de Arafo, donde se estaban preparando nuevas terrazas para una creciente demanda de tomates. Noel Reid estaba muy familiarizado con la región y, si no hubiera tenido que cumplir con su deber como súbdito británico, habría parado para pasar un rato con sus viejos amigos tomateros.

El alivio llegó cuando el aire seco del sur dio paso a una niebla más fresca y ligera. Estaban entrando en la meseta de La Laguna, pasando por una zona militar, por campos de cultivo más verdes y por algunas casas de piedra en Geneto. Estaban ya tan cerca del aeródromo de Los Rodeos que podían oír el rugido de los motores de un avión. Minutos más tarde, cuando empezaban a aparecer las paredes blancas y las tejas rojas de La Laguna, también lo hizo un avión.

Era una *Lockheed Super Constelación* despegando en dirección hacia el mar. Fue una de las últimas de estas exóticas máquinas voladoras utilizada por Iberia, una de las compañías aéreas españolas. Dos años después esa misma aeronave se estrelló en una niebla espesa al aterrizar en Los Rodeos.

Después de unos minutos Noel Reid y su escolta entraron en el bonito y blanco edificio del aeropuerto de Los Rodeos. Salieron corriendo por los jardines hasta el seto que separaba el edificio de dos Dakotas que estaban estacionadas en la pista. A lo lejos, el fuselaje plateado de la Super Constelación destellaba a la luz del sol antes de inclinarse ligeramente hacia el noreste.

No habían pasado ni veinte minutos desde que despegaron cuando un caballero sentado en la parte trasera del avión pidió su primer brandy con soda del día. Era un inglés. Viajaba como el señor Kenneth Mills y hablaba casi susurrando con el pasajero que estaba a su lado. Era un acento muy ligero de Londres que tal vez tenía un toque más del condado de Suffolk.

Ni Noel Reid ni las autoridades en Tenerife confirmaron jamás si las sospechas del Sr. Shouldham, el alcohólico, eran ciertas. La idea simplemente quedó cepillada debajo de una alfombra. El profesor de matemáticas mencionaba el asunto frecuentemente en algunas conversaciones. Pero nadie lo tomaba en serio. Después de todo, el hombre bebía.

Nunca se admitió ni se negó que Napoleón o el cerebro del Gran Asalto al Tren, Bruce Reynolds, hubiera estado en Tenerife. Las preguntas persistieron durante algunos meses, por supuesto. Pero la explicación oficial en la isla fue que las similitudes en el nombre del pasajero que viajaba a Madrid y Keith Miller, el nombre falso que el ladrón de trenes adoptó en su huida a México, habían sido una coincidencia.

MARÍA, LA PESCADERA

En las Islas Canarias, mucho antes de que las primeras neveras llegaran a ser elementos básicos del hogar, era costumbre mantener el pescado recién comprado en un lugar fresco dentro de una vitrina especial, protegido de las moscas con tela metálica. Al mismo tiempo se introducían las patas de la vitrina dentro de recipientes llenos de agua para evitar que las hormigas cosechadoras llegasen a la interesante pieza.

El pescado no se mantendría fresco por mucho tiempo en estas condiciones, pero no parecía ser un problema. A menudo se salaban para conservarlos durante largos períodos de tiempo. Esto se hacía cubriéndolos primero con una gruesa capa de sal marina, lavándolos después para quitar el exceso de sal con una mezcla de agua y vinagre y secándolos al sol.

En el Puerto de La Orotava había una pequeña y próspera flota de lanchas de pesca y era costumbre que las mujeres del pueblo se reunieran alrededor del puerto el día que querían preparar un pescado fresco para la comida en lugar de bacalao salado. Después de hincharse a pescar los hombres del mar regresaban con una buena y variada pesca. Las lanchas regresarían a puerto donde los patrones y sus ayudantes saltarían al mar con sus pantalones remangados y empujarían sus botes entre las piedras hacia la orilla. Entonces confiarían en amigos, familiares o en transeúntes sin nada mejor que hacer para que les ayudaran a rodar las lanchas sobre los callaos y dejarlas fuera del alcance de la marea alta. Esos momentos proporcionaban unas oportunidades maravillosas a los artistas extranjeros y hay muchas acuarelas y óleos, hechos por visitantes, colgados con orgullo pero a menudo olvidados en grandes mansiones isleñas.

Hoy en día, las pescaderas tienen sus puestos en el mercado municipal, a uno o dos kilómetros del puerto, que ahora se conoce como Puerto de la Cruz. La mayoría del pescado que venden es congelado, importado o comprado en las empresas que se suministran de las piscifactorías que han surgido en los últimos años a lo largo de la costa suroeste de Tenerife. Pero todavía les llega una pequeña cantidad de pescado capturado en aguas del litoral, como la vieja o la sama. En la década de 1960 había un mercado al lado del ayuntamiento, y las pescaderas compartían el espacio con comerciantes del norte de África que regateaban por todo.

Pero la pescadería originalmente se encontraba donde uno supondría que debería estar, justo al lado del puerto. De hecho, estaba justo por encima de la playa de callaos donde arrastraban las lanchas, a la vista de la antigua casa de la Real Aduana y casi donde hoy en día se encuentra La Fragata, un bar muy frecuentado por turistas y gente del pueblo.

Las pescaderas eran frecuentemente las esposas, hermanas o madres de los pescadores. Casi siempre parecían estar muy alegres y se ganaban la vida gracias al arduo trabajo de sus hombres. Sus gritos y risas se oían por todas partes y los transeúntes extranjeros a menudo hacían una pausa en el paseo para entretenerse observándolas o sacando fotos.

Cinco o seis de estas señoras, por lo general robustas, defendían sus puestos mientras había siempre una multitud de mujeres menos magníficas yendo de puesto en puesto examinando y seleccionando su pescado del día. Algunos clientes habituales aprovechaban la ocasión para ponerse al día de los cotilleos. Las pescaderas podían estar una mañana entera difundiendo las noticias con un glorioso uso de manos y brazos como si fueran directoras de orquesta y con unas voces semejantes a las de las mejores sopranos.

Mientras tanto, los niños jugaban a la orilla del mar o se aferraban a los delantales de las madres que iban a comprar. Éstas compraban cualquier pescado, desde una deliciosa sama hasta la eterna caballa. Luego estaban las *muchachas*, la servidumbre, enviadas por sus *señoras* adineradas que nunca podían verse en público mezclándose con semejante multitud. Naturalmente, tenían órdenes de reservar lo mejor de la pesca y las pescaderas se aseguraban de cobrarles generosamente por el privilegio. Lo preferido por esa clase de gente privilegiada podía ser el cabrillo, el cherne, el burrito o el delicioso abadejo.

Los hogares adinerados nunca tocarían el chicharro. Lo consideraban el pescado de la clase obrera. Hubo un tiempo en que los miembros de las clases privilegiadas en Canarias jamás comían pescado pues consideraban que el pescado atraía a las moscas y que únicamente era apto para las clases bajas.

Después de la erupción volcánica del año 1706, el que destruyó el antiguo puerto comercial de Garachico, al noroeste de Tenerife, el desembarcadero de La Orotava se

convirtió en el principal puerto comercial de la isla después
del de Santa Cruz. También, a poca distancia del puerto, la
bahía proporcionaba un lugar de anclaje seguro y realmente
pintoresco para los intrépidos viajeros y exploradores que
llegaban ya con más frecuencia, especialmente de la Gran
Bretaña victoriana. Llegaban en buques mercantes o en
hermosos yates privados desde donde eran transportados a
tierra, desde su punto de anclaje, por flotas de lanchas de
remo cuando el mar lo permitía.

En el verano de 1878, una magnífica goleta echó anclas
justo por fuera de la bahía de San Telmo, al este del puerto.
Desde el momento en que se avistó este magnífico yate,
acercándose a toda vela por la costa norte de la isla, se
convirtió en una fuente de admiración y se acercaron a verlo
de todas partes de la isla. Era el *Sunbeam*, el yate privado de
Lord Brassey, barón de Bulkely en el condado de Cheshire,
Inglaterra. El blanco inmaculado de su casco destellaba bajo
el sol de la mañana.

El mar estaba en calma, como un plato de sopa, y la
elegante y atractiva esposa del barón, Lady Annie, pidió que
la llevaran a tierra tan pronto como se hubieran completado
los trámites en la Casa de la Real Aduana. Con ella, y como
hacía siempre al llegar a un puerto extranjero, llevó a sus hijos
a hacer lo que ella llamaba una "expedición educativa".

Al subir los escalones del embarcadero le llamó
inmediatamente la atención una gran conmoción alrededor
de esas magníficas pescaderas con sus delantales manchados
de sangre.

A pesar de su apariencia de dama delicada, elegante y
bella, Lady Brassey era una persona muy decidida y capaz de
investigar a fondo diferentes costumbres, fueran las que

fueran. Así que se mezcló con entusiasmo entre las mujeres que iban a comprar y ellas la recibieron con miradas y comentarios de admiración. Sin pensárselo, y cuando llegó su turno, decidió comprarle cinco o seis merluzas de buen tamaño a una de las mujeres que empuñaba un enorme cuchillo. Hizo entender que estaría muy agradecida si se los pudiera enviar de su parte al capitán de Sunbeam.

La pescadera privilegiada en este caso era María, la más rellena, alegre y feroz de las cinco pescaderas y, delante de Lady Brassey y sus hijos, les cortó las cabeza a los pescado seleccionados con lo que solo podría describirse como un machete. El afilado instrumento caía con la velocidad de una guillotina. Luego abrió los peces con un afilado cuchillo y dejó caer las tripas, con un salpicar de sangre, dentro de un recipiente de lata que tenía a sus pies. En un instante una niña flacucha que podría tener unos diez años recogió la lata y se la llevó. Era su nieta y también se llamaba María.

Unos momentos más tarde, cuando salían del puerto a explorar, Lady Brassey y sus hijos fueron adelantados por dos chicos delgados y descalzos. Llevaban una simple red de alambre suspendida de la mitad de un largo palo de madera. Ambos llevaban un extremo del palo sobre un hombro. María, la flacucha nieta de la pescadera, caminaba junto a ellos con el mismo recipiente que contenía el interior de los pescados que Lady Brassey había comprado.

La visitante se quedó sorprendida, no tanto por la velocidad a la que caminaban esos chicos sino más bien por el sombrero que tenía en su cabeza la niña. Era bastante fino y de aspecto muy inglés, con un lazo azul. Lady Brassey pensó que debió haber sido regalado a un sirviente por uno de los residentes británicos que vivía en una de las grandes mansiones en el Valle de Orotava, sin imaginarse que aquí también había pequeños negocios que empleaban a mucha gente del pueblo en trabajos de cestería, calados y sombrerería. Sin embargo, en su manera evidentemente superior, sintió una gran simpatía por esos niños.

"Los pobres", remarcó lady Annie. "Están terriblemente delgados y desnutridos".

Un par de mañanas más tarde, la distinguida visitante inglesa y sus hijos vieron cómo los tres chiquillos hacían la misma patrulla, transportando la misma red y el contenedor de lata por una calle que salía al este desde el puerto. La elegante dama decidió seguirlos hasta un pequeño acantilado sobre la cual estaba la preciosa y pequeña capilla de San Telmo. Observaron desde arriba cómo los tres niños instalaban lo que evidentemente era el dispositivo muy ingenioso con el que iban a atrapar peces en los charcos que se habían formado en la lava volcánica.

Amarraron la red a un extremo del palo y la colgaron por encima de un profundo charco en medio de las rocas volcánicas. Los muchachos colocaron la parte media del palo en una ranura que había en una roca y se posicionaron a la espera al otro extremo del palo, al que apenas podían alcanzar sin ponerse de puntillas.

Entonces dejaron que la red se cayera suavemente en el charco. María, la flacucha, sacó algo sangriento del recipiente de lata y lo lanzó al medio de la red hundida. Ella era, evidentemente la líder de esta pandilla de jóvenes pescadores. Levantó la mano y casi inmediatamente gritó una orden, bajando la mano rápidamente. En respuesta, los dos muchachos agarraron el extremo del palo y con todas sus fuerzas y el peso de sus cuerpos lograron moverlo hacia abajo como si fuera una palanca. De hecho, esta acción rápidamente apalancó la red, elevándola desde dentro de la charca repleta de pequeños peces saltarines.

Lady Brassey y sus hijos quedaron asombrados. Los tres pescadores se pusieron de rodillas alrededor de la red y procedieron a seleccionar ciertos tamaños y especies de peces, los cuales arrojaron de nuevo al charco. Repitieron el mismo procedimiento una y otra vez. Cuando estuvieron completamente satisfechos, regresaron al puesto de María en la pescadería, en donde vaciaron el contenido de su trampa en una bandeja de madera. Al parecer, estos pececitos, preparados al ajillo, se consideraban una delicia en los hogares más pobres. Nunca los vendían. María, y otras pescaderas, simplemente los regalaban a los menos afortunados. Lady Annie jamás se enteró de este buen acto de caridad y continuó preocupándose por lo flacuchos que parecían estar María, sus dos primos y tantos otros niños del pueblo, ignorando el hecho de que sus propios hijos eran igual de flacos y sanos debajo de toda esa ropa inglesa que vestían.

Después de presenciar nuevamente el milagro en el charco entre las rocas volcánicas, tres o cuatro días más tarde, la encantadora dama inglesa consiguió que su mayordomo comprara unos panes que al principio le parecieron algo amargos de sabor y demasiado llenos de una especie de semilla. El mayordomo debía hacer unos bocadillos con tiernas lonchas de carne de res que él personalmente compraría en la carnicería impecablemente limpia cerca de la iglesia. Tenía la intención de dar estos bocadillos impresionantes y nutritivos a María y a los dos niños todos los días hasta que el Sunbeam partiera hacia el hemisferio sur.

Lady Brassey no podía soportar ver a niños tan flacuchos cada vez que pisaba tierra. Mientras tanto visitó la tienda de un inglés, *Mister* Audley Sparrow, en la calle San Juan. Él fabricaba y vendía artículos de calado y algún que otro sombrero como el que llevaba la flacucha María. Lady Brassey le compró unos manteles muy bonitos para adornar la mesa del capitán.

A la mañana siguiente, Lady Brassey esperó junto a la pescadería hasta que vino María a recoger la lata con las sobras de pescado. Para asombro de todos, y bajo la mirada de halcón de la abuela, la elegante dama inglesa le entregó a la joven pescadora una pequeña cesta conteniendo los bocadillos que había encargado al mayordomo. Habían sido rellenados con mucho cariño con lonchas de rosbif preparado con la mejor carne de ternera que se podía encontrar en la isla. La entrega de los bocadillos fue todo un acontecimiento. Parecía una ceremonia regia y el jaleo normal de la pescadería se convirtió en algo semejante al murmureo de un tribunal.

A mediodía, Lady Brassey y sus hijos regresaban de una magnífica mansión en la finca La Paz, en lo alto del acantilado y con vistas a la bahía. Aparentemente, habían sido invitados allí por una marquesa española para tomar limonada y café. Se detuvieron en el muro de la capilla de San Telmo para admirar las olas pero también miraron hacia abajo, donde estaban los charcos. Allí estaban como de costumbre, los tres flacuchos pescadores.

En esta ocasión, parecían estar en un alto estado de excitación. María estaba tan distraída que se había olvidado de su papel como líder del equipo. Ella estaba saltando arriba y abajo por el borde de su profundo charco y los dos muchachos miraban atónitos desde detrás de la roca, con el extremo del palo completamente desatendido.

Lady Brassey y sus hijos se miraron los unos a los otros. No había ninguna duda. Tenían que acercarse a ver lo que ocurría allí abajo. Como intrépidos aventureros se abrieron paso por un estrecho camino hacia los charcos y, sin haberse descalzado de sus hermosos zapatos de cuero inglés, saltaron y pisaron torpemente de roca en roca. La elegante Lady Brassey se recogió las faldas para no mojarlas hasta llegar al charco de María.

Los extranjeros quedaron boquiabiertos e igualmente excitados por lo que vieron. En lugar de decenas de pececitos de diferentes formas y colores, la superficie del agua encima de la red estaba revuelta con una orgía de grandes peces plateados dándose un festín con el cebo que María había arrojado dentro de la red. Si entre esa multitud de peces había alguno de esos destinados a los hogares más humildes del pueblo, quedaban ocultos por la perfecta tormenta de plata alimentándose con algo en la superficie. El tamaño y la cantidad de peces que María estaba a punto de extraer de la charca no era la única razón de su gran excitación. Era más bien por la especie de pez que iba a pescar tan fácilmente. Eran lisas y en charcos por la orilla no solían encontrarse ejemplares tan grandes. Tampoco eran tan fáciles de pescar. Precisamente por esa razón esta pesca era tan importante para estos jóvenes pescadores. Al ser tan difícil de encontrar en las pescaderías la lisa era una de las especies favoritas de los hogares más pudientes. Ésta iba a ser una pesca muy rentable.

"Mamá, ¿No es ese uno de los bocadillos de carne que le diste a esa chica esta mañana?", preguntó una de las hijas de Lady Brassey, señalando el cebo que estaba siendo atacado por el frenesí de peces plateados dentro del perímetro de la red.

Lo era, y si uno tiene suerte hoy en día a menudo puede verse a una anciana sentada al borde del mismo charco en la zona conocida como San Telmo, un pequeño refugio que ha sobrevivido a la construcción de un moderno complejo turístico en el Puerto de la Cruz. Esa será otra María. Tendrá una red más pequeña unida a una larga caña y dentro de la red estará lanzando trozos de pan blanco para intentar atrapar alguna lisa para su propio sartén. El uso de pan para pescar la lisa se convirtió en una tradición en la familia de María desde los días en que el Sunbeam arribó anclas y partió del Puerto de La Orotava para seguir navegando hacia los mares del sur y del Pacífico durante un viaje que duró once meses.

FIESTA

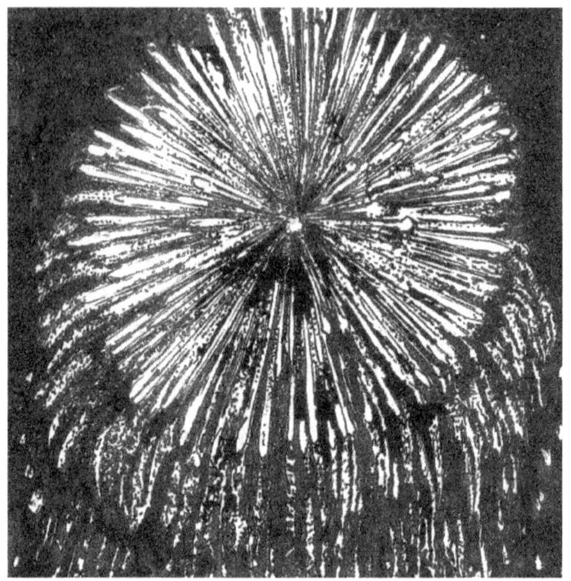

Ocurrió a principios de la década de 1970. Una pareja de ingleses de mediana edad cruzó la carretera de Las Arenas desde el nuevo Hotel San Antonio para saborear un poco de colonialismo en el Club Británico del Puerto de la Cruz. En el bar pidieron dos gin tonic, a lo que no estaban demasiado acostumbrados, y subieron los escalones hasta las canchas de tenis, desde donde habían oído aplausos muy espontáneos y entusiastas.

Agradeciendo algunos susurrados saludos, los turistas se sentaron en un banco, de los que había una fila entera a lo largo de la cancha y todos pintados inmaculadamente de verde, para disfrutar de un entretenido partido de dobles mixtos en compañía de varios socios del club.

Después de unos minutos empezaron a oír unas explosiones que sonaban como el sonido de los disparos de cañones pesados a mucha distancia. Era la primera vez que visitaban la isla de Tenerife y el turista y su esposa se miraban con asombro mientras que los otros espectadores seguían disfrutando del tenis y aplaudiendo como si el estruendo de los proyectiles explotando fuera algo muy normal. Al final de un juego y mientras los jugadores estaban cambiando de cancha, el turista inglés no pudo aguantar más y decidió averiguar el origen de esos estampidos.

"Disculpe, ¿qué son todas esas explosiones?", le preguntó al hombre vestido totalmente de blanco que llevaba un sombrero de Panamá a juego y que estaba sentado a su lado en el mismo banco.

"Oh, mi querido amigo, no se preocupe en absoluto. Son los nativos. Estarán atacando de nuevo", respondió el socio del club con su mejor acento inglés colonial antes de levantarse rápidamente y bajar los escalones hacia el bar, dejando al pobre turista y a su esposa boquiabiertos y confundidos.

El socio, a quien aparentemente siempre le gustaba ver algo de tenis después de su juego de bolos en la cancha de abajo, regresó unos minutos más tarde. Tenía una sonrisa de oreja a oreja y un brillo en sus ojos traicionaba un pillo sentido del humor. Le seguía Manuel, el barman, que portaba una bandeja con dos gin-tonic más para la inocente pareja inglesa. Pensó que había pasado el tiempo suficiente para que los visitantes pudieran digerir la idea de que los nativos estaban atacando y si deberían o no hablar con el representante de Thompson's sobre la posibilidad de acortar sus vacaciones en la isla.

Explicó que no se trataba de cañones defendiendo el pueblo contra atacantes salvajes sino de fuegos artificiales en lo alto de la cordillera en el pueblo de La Guancha. La nube baja, que colgaba como la panza de un burro en el valle, los hacía sonar como si fueran explosiones de cañones en la distancia. Él había estado en la guerra, explicó muy orgulloso.

"¿Fuegos artificiales?, ¿a pleno luz del día?", preguntó el turista con incredulidad.

"Es una fiesta, mi querido amigo. Aquí lanzan cohetes a todas horas, especialmente cuando hay una fiesta. Lo hacen para hacer ruido. Les encanta hacer ruido. Me temo que los isleños no pueden vivir sin hacer ruido. A mi mujer le encanta una buena fiesta. Yo, personalmente, las odio".

Sentada en el banco siguiente, e incapaz de ignorar la conversación sobre los nativos y los cañones, estaba la esposa de otro residente británico y no pudo contener la risa.

Recordaba la primera experiencia que tuvo en una fiesta isleña, unos veinte años antes, cuando llegó con su marido a Tenerife después de uno de los inviernos más fríos en Devon, Inglaterra. Una de las primeras cosas que decidieron hacer los recién instalados fue precisamente acudir a la fiesta de San Isidro Labrador en La Orotava, un caluroso día de junio. Se metieron todos en el automóvil: ella, su marido, su hija, el obediente perro, un precioso labrador negro y provisiones para pasar un día divertido en el casco antiguo de la ciudad.

Justo a las afueras de la parte alta de la villa observaron cómo los cabreros, los bueyeros y otras personas comenzaban a preparar sus inquietos bueyes, cabras, mulas y burros a lo largo de un camino de tierra. Algunos de los animales tenían mantas de hermosos colores cubriendo sus espaldas y familias enteras esperaban entre todo el ganado, vestidos con el traje tradicional canario y saludándose alegremente. Alforjas llenas de fruta estaban siendo atadas a los burros mientras los bueyes, que no hacían más que sacudir sus colas para espantar a las moscas piconas, estaban siendo acoplados a carretas magníficamente adornadas. Se estaban preparando para la romería, una colorida procesión por las calles de La Orotava, de origen religioso, para agradecer la cosecha y que hoy en día también representa escenas agrícolas y otras tal vez más paganas de la vida isleña.

La familia inglesa, que había aprendido un nivel aceptable de español antes de establecerse en la isla y Jan, su paciente y comprensivo perro labrador, encontraron un muy buen sitio, calle abajo, desde donde ver la procesión. De hecho, una señora muy amable y orgullosa les permitió compartir una posición elevada sobre los escalones de la puerta de su casa. Cuando la procesión empezó a pasar por delante de donde estaban, la gente del pueblo ya les había invitado a compartir vino, garbanzas, queso y bolas de gofio amasado.

La procesión se balanceaba por las calles adoquinadas como un ondulante mar de color y sonido. La mayoría de los hombres llevaban sombreros negros de fieltro al estilo *fedora*, chalecos con espigas y flores bordados en hilo de algodón sobre camisas blancas, calzones de lana y fajín de color escarlata. Las chicas también florecían con sus encantadores chalecos bordados a mano, como el de los hombres, y sus faldas tejidas a rayas cubrían enaguas exquisitas. Las romeras eran muy guapas. Ellas lo sabían y ostentaban su belleza con un orgullo natural que forma parte de la naturaleza de los canarios.

Había mucho cantar y mucha risa. Los aplausos de admiración saludaban a cada carreta bellamente adornada y los bueyeros conducían sus enormes animales, apoyándose contra sus cuellos siempre que necesitaban detenerlos o frenarlos un poco. Las romeras, tan guapas y alegres, ofrecían aún más vino, chorizo y deliciosos bocados de carne a la parrilla preparada en la parte trasera de algunas carretas, mientras hacían su entrecortado camino hacia abajo por encima de los adoquines.

La familia inglesa estaba muy tranquila. Disfrutaban de cada segundo y estaban totalmente absortos por los encantos de una verdadera fiesta canaria.

A medida que el vino fluía y los bocados de comida se compartían e intercambiaban con sonrisas, más florecía la generosidad de estas personas, entre ellos mismos y más, si cabe, hacia los extranjeros.

Incluso Jan, el labrador, parecía estar disfrutando de la ocasión. El aroma de las suculentas chuletas a la parrilla que perfumaba el aire y los trozos de carne que se entregaban de aquí para allá en pinchos caseros era muy emocionante. Nunca hubo nada tan perfectamente tentador ni divertido.

Pero, de repente, sucedió lo que tenía que suceder. El primer volador de los grandes se lanzó hacia el cielo y ofreció una explosión ensordecedora sobre sus cabezas. Debían haberlo sabido. Aunque el perro estaba muy acostumbrado al sonido de las escopetas durante las partidas de caza de faisán en Inglaterra, esto ya no era tan divertido. Dio un brinco, corrió como un rayo a través de la alegre procesión y desapareció.

"Jan, Jan, *Jaaaaaan*" gritaba la dama inglesa, mientras atravesaba la colorida procesión persiguiendo al perro. La seguían en la misma dirección, pero mucho más discretamente, su marido y su hija.

"Apuesto a que nos está esperando en el coche", gritó, tratando de tranquilizarse ella misma mientras se abría paso a través de las parrandas en lo que, para cualquier espectador, parecía ser un estado de pánico. La gente se encogía de hombros y comentaba, *"son ingleses"* para explicar el extraño comportamiento.

La dama extranjera casi tuvo razón. Como cualquier perro de caza bien entrenado, el labrador negro había ido directamente al lugar donde habían estacionado el vehículo. El problema era que se había metido en el coche equivocado. No era el automóvil de la familia inglesa al que se había subido. Era un gran sedán negro y todas sus puertas estaban cerradas con llave.

"¿Cómo demonios se metió Jan en ese coche?".

Alguien dijo que el resplandeciente vehículo pertenecía a un hombre conocido como Paco y que seguramente lo encontrarían en el bar de la plaza. El marido inglés y la hija se marcharon en dirección hacia la plaza, dejando que la esposa hablara con su perro para tranquilizarlo a través de una ventana trasera del coche.

Poco después se acercaron dos sonrientes caballeros. Ojearon el auto por un momento, con ojos ligeramente enrojecidos por el alcohol y luego dirigieron la mirada a la dama que estaba hablando con el perro. Ella podía sentir lo mucho que los dos hombres estaban intentando concentrarse. Después de todo, era una situación muy inusual con la que debían lidiar dos borrachos y ella fue tan ingenua como para tratar de explicar su situación sin que ellos se lo pidieran.

"No se preocupe, señora. Nosotros le ayudaremos. Espere aquí que volveremos", ofreció uno de ellos justo antes de que explotara otro enorme fuego artificial.

La dama inglesa estaba a punto de felicitarse a sí misma, por haberse deshecho de ellos tan diplomáticamente, cuando regresaron. Uno de ellos llevaba en sus brazos un horrible y pequeño perro marrón con dientes prominentes.

"Aquí está, señora. Encontramos al perro", dijo, intentando entregárselo.

"Yo no he perdido ningún perro. Mi perro está dentro de este coche. No encuentro al dueño del coche. Tiene todas las puertas cerradas con llave y el perro está atrapado en el interior. "Ahora, adiós. ¡Adiós, por favor, señor! " suplicó, observando que había a su alrededor una multitud de espectadores divirtiéndose gracias a su problema. Explotó un enorme volador.

"¿Y por qué no quiere este perro? ¡Lo buscamos para usted!", dijo uno de los dos amigos, aparentemente ofendido. Se quedaron allí tambaleándose delante de la inglesa y el coche, pensando por unos instantes hasta que el otro la miró fijamente y, muy serio, dijo: "Usted espere aquí. Volveremos. Sabemos dónde hay otro".

Antes de marcharse de nuevo, echaron una mirada a su alrededor, al grupo de espectadores, y se rieron tontamente, disfrutando del teatro tanto como la audiencia. Mientras tanto, detrás de ellos y dando señales de estar bastante enojada y desesperada, la esposa inglesa repitió:

"No quiero un perro. Mi marido está buscando al dueño del coche. ¡Adiós!", insistió en voz alta la señora inglesa. ¡PUM! Estalló otro espectacular fuego artificial cuando ya se iban los dos hombres al bar de nuevo.

Justo en ese momento, un Guardia Civil se acercó y preguntó "¿Qué pasa?".

La inglesa hizo lo que pudo para explicárselo.

"¡Anda ya!, exclamó. Ese es el coche de don Ángel. Acaba de ir a la plaza con su esposa, pero… ¿Cómo entró su perro en el vehículo si estaba cerrado con llave?", preguntó con claros indicios de que sospechaba algo raro, antes de irse él también en dirección hacia el bar.

La dama inglesa pensó que por fin sus problemas se habían terminado porque un policía se había interesado, pero esperó y esperó.

Media hora después su marido y su hija regresaron. Llegaban cansados y de muy mal humor, especialmente el marido. Habían ido a la casa de don Paco pero él había salido. En cualquier caso, el coche de don Paco era verde. Éste era negro. La señora inglesa le explicó a su marido que el Guardia Civil le había dicho que el vehículo, dentro del cual se había metido Jan, pertenecía a un tal don Ángel, por lo que su esposo resopló y fue a ver si encontraba a don Ángel. Desafortunadamente, el bueno de don Ángel había salido también y las sirvientas, que atendieron muy amablemente al extranjero que había tocado a la puerta, le dijeron que don Ángel podría estar en cualquier lugar. Era ese tipo de ángel.

Un hombre se ofreció a romper la ventana del coche. Otro dijo que buscaría un alambre para meterlo entre el cristal y la goma. Alguien dijo que conocía a un hombre que sabía de cerraduras. Otro volador explotó justo cuando los dos amigos se acercaron de nuevo.

"¿Llevaba un collar, señora?", preguntó con amabilidad el más valiente de los dos.

"¡No he perdido a mi perro!", respondió ella, sin saber si reírse o llorar. "Ya encontré a mi perro. Ya les he dicho que estoy esperando a mi esposo". Un tremendo volador reventó en el cielo cuando terminaba la frase.

"Te lo dije", dijo el otro borracho, "La pobre mujer ha perdido a su marido, no a su perro. ¡Espere señora!".

Se alejaron, más decididos esta vez, y regresaron en poco tiempo. En esta ocasión iban acompañados por un hombre extremadamente alto, rubio y de cara muy roja.

"Señora. Aquí está. Hemos encontrado a su marido".

"*Bonjour, madame*", dijo el extranjero muy cortésmente. "Estos dos caballeros dicen que usted me está buscando".

El pobre hombre, un residente suizo, había estado tomándose una cerveza o dos en un bar de la esquina cuando los dos interesados lo habían observado. Supusieron, por su aspecto extranjero, que debía ser sin duda el marido perdido y lo habían arrastrado allí.

Otro tremendo volador explotó encima de sus cabezas cuando el esposo inglés apareció con cara de pocos amigos. Sorprendentemente hizo caso omiso a los dos borrachos y al extranjero con el que su esposa estaba hablando de forma muy animada, pero sugirió que la llevaría con su hija a casa y que luego regresaría a buscar a ese tal don Ángel.

En ese preciso momento otro caballero estacionó su automóvil junto al sedán negro. Al enterarse de la situación, invitó a la señora inglesa a sentarse en su vehículo, donde el perro pudiera verla, mientras su marido buscaba a don Ángel.

Este gesto, que fue aceptado con gratitud, y la sincera ayuda ofrecida por los dos borrachos, era una muestra de la reconocida amabilidad y generosidad de los canarios. Sin embargo, mientras el marido inglés seguía buscando a don Ángel y todos esperaban a que la historia tuviera un final feliz, se murmuraba sobre lo que el casi inocente don Ángel estaba haciendo, dónde y con quién.

Los borrachos se emborracharon aún más y trajeron otros perros y uno o dos maridos para que la señora inglesa los inspeccionara. El Guardia Civil vino de nuevo y se encogió de hombros, y una serie de fuegos artificiales hicieron saltar a la gente de vez en cuando.

Jan, el labrador, había perdido la esperanza y se acurrucó en el asiento trasero del coche de don Ángel.

Era ya bastante tarde y casi de noche cuando el marido inglés regresó. Nada de nada. Su esposa estaba a punto de aceptar la alternativa sensata de que alguien la llevara a su casa en el Puerto de la Cruz, mientras él esperaba al lado del vehículo, cuando un señor alto, delgado y con una cara encantadora se acercó y los sorprendió con un inglés perfecto.

"Dicen que me están buscando. Muy buenas. Mi nombre es Ángel López. Tengo entendido que ustedes creen que estoy vendiendo un perro".

Antes de que la pareja inglesa pudiera responder, una magnífica y continua descarga de fuegos artificiales retumbó en el cielo, marcando el final triunfal de la fiesta.

DEBAJO DE LA CASCADA

Cuando era niño, en la isla canaria de Tenerife, pasaba la mayor parte del día con mis mejores amigos explorando lo que se conocía como la Montaña de la Orca. Nos divertíamos capturando inocentes lagartos o viendo cómo las arañas envolvían a saltamontes que lanzábamos cruelmente dentro de sus telarañas, llamadas a veces "de carpa de circo" por la forma que tiene una parte de su telaraña.

También me encantaba hacer como si ayudara a los peones que trabajaban en la plantación de plataneras que lindaba con nuestra casa o me entretenía analizando las diferencias entre especies de ranas. Las ranas comunes eran fáciles de localizar tomando el sol sobre las algas que flotaban en los grandes estanques de agua. La rana mediterránea, a veces conocida como la ranita, porque es más pequeña y verde, era más difícil de encontrar ya que jugaba al escondite, refugiándose en las húmedas sombras de las plataneras.

Medio siglo después, no hace mucho tiempo, mi esposa me dio una orden, que me fuera a descansar lejos de casa durante un largo fin de semana. En verdad lo hizo por mi bien. Dijo que sería bueno que me escapara, aunque fuera solo un par de días, de los horrores del estrés y del jaleo de la vida moderna. Debí haberme vuelto imposible y aún más malhumorado de lo normal porque me reservó una habitación en una pequeña casa de campo en lo que los isleños conocen como la isla baja, lejos de cualquier otra forma de distracción.

Las remotas tierras bajas están lo más lejos que uno puede estar del ruido y del dinamismo contagioso de la isla moderna, escondidas entre los vastos acantilados que bordean las gloriosas montañas de Teno y el Océano Atlántico. Descubrí para mi deleite que, *La Casa Amarilla*, el hotel rural al que mi esposa me había enviado a pasar mis solitarias vacaciones, estaba en medio de una gran plantación de plataneras y que había un enorme estanque de agua muy cerca. Era un paraíso para las ranas. Me sentí como en casa.

Fue a principios de noviembre y el aire empezaba a refrescarse con la promesa de buenas lluvias, pero podría haberme quedado para siempre leyendo mi libro, tomando té y soñando despierto en la pequeña terraza. La casa tenía un encanto colonial inglés. De hecho, si no fuera por los edificios de cemento del cercano pueblo de La Caleta de Interián, enclavado entre las montañas y el mar, podría parecer que estaba en una antigua colonia inglesa en los años 50, tal vez en el trópico. La verdad es que había bastante evidencia de la Inglaterra del siglo XIX con muebles al estilo *regency* y estanterías adornadas con porcelana fina.

Por supuesto, ha existido una relación entre los canarios y las Islas Británicas durante siglos, desde que las islas españolas comenzaron a atraer a los comerciantes en busca de buenos vinos, azúcar de caña y cuando los piratas encontraban presas fáciles en estas aguas o se convertían en las sombras de buques mercantes de camino a las Américas o a la India. Muchos viajeros británicos e irlandeses comenzaron a establecerse en las islas como resultado del constante vaivén de barcos en las rutas mercantiles. De hecho, hay muchas propiedades en las islas que aún se jactan de tener magníficas piezas de porcelana inglesa y muebles antiguos con origen británico o francés. Sin embargo, había algo en La Casa Amarilla que me intrigaba. No sé si era el gran cuadro de la dama a caballo que dominaba el salón, la cantidad de adornos en forma de rana en cada estante y encima de cada mesa o simplemente que la casa tenía un cierto ambiente que no puedo expresar con palabras. Pero sentí la necesidad de averiguar más sobre la historia de esta encantadora casa en medio de las plataneras. Mis preguntas comenzaron durante el desayuno de la mañana siguiente.

Clementina, la misma señora que me dio la llave de mi habitación cuando llegué, me sirvió el desayuno. Hacía de administradora, ama de llaves y camarera, todo en uno y la recuerdo siendo muy amable y paciente.

"Me he dado cuenta de que el cuadro del salón es de una señora llamada María Cólogan. ¿Pertenece la casa a la familia Cólogan del Puerto de la Cruz?". Los orígenes de la dinastía Cólogan en Tenerife, por cierto, se remontan al siglo XVII, cuando llegaron a la isla los primeros ancestros desde Irlanda.

"No, señor. Pertenece a doña Teresa Acevedo. Restauró la casa y la abrió como el hermoso hotel rural que usted ve hoy", respondió Clementina mientras llenaba una jarra con jugo recién exprimido de naranja y papaya.

"¿Sabe usted quién la construyó y cuándo? Su diseño y estilo arquitectónico no es exactamente canario".

"He oído decir que una vez fue donde vivió un inglés. Estos croissants están fresquitos. Son de El Aderno en Buenavista," dijo Clementina, ofreciéndome uno de una pequeña cesta de mimbre.

"¿En serio?, ¡Qué interesante!. ¿Hay algún libro en donde pueda leer sobre la historia de la casa?", pregunté, aceptando un croissant.

"No lo creo, señor. Pero tengo un sobrino que trabaja en el ayuntamiento de Los Silos. ¿Le sirvo más café?".

Antes de que pudiera profundizar dentro de su amabilidad, Clementina desapareció a la cocina. Los croissants de El Aderno, una panadería legendaria, eran excepcionales y la mermelada de higos, hecha por Clementina, estaba simplemente deliciosa, con un poco de jugo de limón para darle un toque especial.

Me olvidé de la intriga y reanudé mi tratamiento antiestrés en la terraza después de desayunar. Después de un rato coloqué mis gafas de lectura encima de una biografía interesantísima sobre Alexander von Humboldt, el gran naturalista y explorador alemán, y empecé a disfrutar del picor del sol de noviembre en la cara.

Ese momento de meditación terminó cuando Clementina subió los escalones de la terraza. La amable señora había venido a darme un trozo de papel en el que había escrito a lápiz el nombre de Alejandro. Era su sobrino y el historiador del ayuntamiento del antiguo pueblo de Los Silos, que estaba un poquito más al oeste por la carretera principal. El gesto era muy típico de los canarios. El deseo de ayudar y el orgullo que tienen de su increíble patrimonio es algo natural. Pero ahora le tocaba a Clementina hacer las preguntas.

"¿Vive usted en Tenerife, señor?", preguntó educadamente, sabiendo muy bien que yo no podía ser un extranjero recién llegado.

"Sí. En el Puerto".

"Claro. Ya decía yo. ¿Cuál es su profesión?".

Esa repentina línea de interrogatorio me cogió desprevenido. No parecía ser el tipo de pregunta que un huésped esperaría de un ama de llaves en la isla baja, ni en cualquier otro lugar. Comentarios sueltos sobre el paisaje o el clima, o incluso información sobre qué hacer en el vecindario habría sido lo normal. Pero supongo que el culpable fui yo por hacer tantas preguntas que, para ella, seguramente le habrían sonado también como un interrogatorio. Sin embargo, le contesté.

"Soy autor", mentí.

Todavía no sé qué me hizo decir eso. Simplemente me salió así. Como digo, no me esperaba la pregunta que ella me había hecho. Nunca sacaba buena nota en los exámenes. Pero, pensándolo bien, tal vez mi mentira reflejaba que no estaba orgulloso de mi verdadero, estresante y aburrido trabajo. Además, fingir ser un escritor era una buena razón para que un misterioso hombre, en solitario, se quedara en una casa en medio de unas plataneras. Ahora que lo pienso, La Casa Amarilla podría ser el lugar perfecto para un autor temperamental. Es un lugar ideal para encontrar consuelo y tranquilidad. También puede servir como lugar de inspiración para un escritor en días de tormenta.

Tallada en el acantilado que hay justo por encima de la

propiedad, existe una cascada gigante. Es la ofrenda final de un desfiladero conocido como el Salto de Correa. Algunos lo llaman La Fuga de Espinosa y, cuando llueve, el agua cae casi 200 metros. Cuando hay lluvias torrenciales el estruendo de la cascada es como el de un trueno que no termina. Una bodega, la Bodega de Espinosa, está justo debajo de la cascada. Solo se abre durante las fiestas de San Andrés, el 30 de noviembre, cuando una procesión religiosa sale de la iglesia de La Caleta y lleva la escultura de su patrón, San Andrés, hasta el pequeño caserío que está debajo de la cascada. Es tradición que el vino, las castañas y los churros reciban a los fieles al final del solemne ritual.

▫▫▫▫▫▫▫▫▫

Fácilmente podría haberme pasado todo el día en esa terraza leyendo el libro de Andrea Wulf sobre *La Invención de la Naturaleza*, disfrutando del silencio y dejando que todo ese estrés se desvaneciera con el sonido ocasional de un grillo afinando su raspador y practicando el canto. Pero, en verdad, jamás me he sentido cómodo quedándome quieto durante mucho tiempo y la casa en medio de las plataneras me urgía espiar más allá de los bancales. Además, aparentemente, yo también había intrigado a Clementina.

Habiéndose escabullido de nuevo, apareció unos minutos después con un hombre de unos sesenta y pico años.

"Señor, este es Olegario. Le llevará ahora a ver a Alejandro".

Esto no era una sugerencia. Era una orden, digna de cualquier ama de llaves de alto rango en el transcurso del día. Por lo tanto, antes de que tuviera tiempo de excusarme, me

201

llevaban por el camino de la entrada hasta un vehículo aparcado al lado del estanque de agua. Era un viejo y oxidado Fiat Panda blanco que había visto mejores tiempos haciendo recados por la finca. El asiento del pasajero, rojo y rajado, evidenciaba los años y el uso constante, y de eso me di cuenta cuando me hundí sintiendo los resortes en el trasero al sentarme. Olegario era un privilegiado. Tenía como apoyo un cojín de plástico, manchado de savia de platanera, que mantenía su cabeza por encima del volante.

"¡Va a llover!", dijo el viejo canario, rompiendo el hielo de forma obvia mientras conducía entre plataneras.

Dijo que sabía que iba a llover porque los grillos habían empezado a chirriar durante la mañana. Olegario me informó que los insectos generalmente grillaban durante la noche para cortejar a la hembra. Si hacían esos sonidos rítmicos a la luz del día, me aseguró, gesticulando con un par de grandes y desgastadas manos, significaba que llegaba la lluvia. Yo no tenía ninguna razón para no creerle.

La de Olegario era una cara arrugada por el tiempo y por la sabiduría. Sus agudos ojos azules, que se asomaban por debajo de un amplio sombrero de paja, y su interés por la naturaleza encontraban en mí un oyente entusiasmado. De camino a Los Silos me dijo que había sido pescador además de trabajador en las plataneras. También tuvo tiempo para decirme que había otra señal de que la lluvia estaba de camino y me dijo que me fijara en el mar.

"Mire. El mar está tan tranquilo como el agua del tanque de agua. Significa que se aproxima mal tiempo, que va a llover. Mañana el mar estará rabioso, cuando la tormenta nos pase por encima. Anoche las ranas hicieron un montón de ruido. Esta noche estarán calladas cuando truene la cascada".

Antes de que tuviera tiempo de sugerir que los meteorólogos deberían consultar a los grillos para proporcionarnos previsiones meteorológicas más precisas, Olegario aparcó el viejo Fiat en una calle empedrada debajo de la antigua plaza. Me señaló hacia el centro de visitantes.

"Encontrará a Alejandrito allí dentro", dijo el viejo pescador, indicándome un antiguo edificio al otro lado de la plaza y antes de desaparecer dentro del bar que había debajo del quiosco de la plaza.

La llaman La Plaza de la Luz por la Virgen de la Luz. Es un lugar encantador y evidentemente, junto con la iglesia, es la vida y el alma de Los Silos. Empapada de historia, la Virgen adorna la iglesia de Nuestra Señora de la Luz, y tradicionalmente es venerada por los pescadores de la zona.

Antes de ir a ver si podía hablar con Alejandro, decidí echar un vistazo al interior de la iglesia. Aunque sus orígenes se remontan a 1521, el exterior es claramente neogótico después de haber sido reconstruida a principios del siglo XX. Un joven de pie en los escalones de la puerta principal reveló su propia versión de una leyenda que ha disfrutado de muchos giros y vueltas, como he descubierto desde entonces. Sin embargo, la historia que me contó captó mi imaginación, tal vez porque él creía que yo era un verdadero turista extranjero. Me contó, en un inglés casi perfecto, que la Dama de la Luz había llegado a la isla traída por un mercader portugués en el siglo XVI y que, tras ser arrastrada al mar en una tormenta, había iluminado el camino para un pesquero del Puerto de la Orotava. Descubrí muchas cosas esa mañana.

Encontré a Alejandro en una oficina cuyo piso estaba hecho de antiguos tablones que chirriaban con cada paso.

Esto fue después de subir a zancadas una escalera de madera al otro lado de un gran patio español. Estaba en el restaurado Convento de San Sebastián de las Monjas de la Orden de San Bernardo, del siglo XVII, una encantadora reliquia que ahora se utiliza como oficina de turismo, oficinas administrativas y para exposiciones.

"Qué suerte tiene de trabajar en un monumento tan histórico", dije, después de entrar en la oficina de Alejandro sin ser invitado. Evidentemente había interrumpido alguna investigación importante, pero él no pudo ser más amable.

"Ah, sí. Buenos días, señor. Lo estaba esperando. Tengo entendido que está investigando al inglés que vivió en La Casa Amarilla en el siglo XIX".

"Bueno, no es exactamente una investigación. Solo curiosidad. ¿Era un inglés?".

"Oh, sí," dijo, "La Casa Amarilla pertenecía a un inglés. Su nombre era Jorge Parke French".

"*¿George Parker French?*".

"No, no. Se llamaba Jorge Parke French", corrigió Alejandro. "Pero mejor que vaya a preguntarle a Hernán Fernández. Él sabrá mucho más que yo".

Alejandro cogió el teléfono y me dijo que llamaba a don Hernán.

"No me lo coge", dijo, levantando las manos y encogiéndose de hombros. "Tome, aquí tiene el teléfono de Hernán. Llámelo usted mismo". Alejandro arrancó la esquina de una página de un periódico y garabateó el número de teléfono del Sr. Fernández.

"¿Hay algo que pueda decirme sobre el Sr. Jorge Parke?", pregunté, usando la pronunciación española que él prefería.

Alejandro fue extremadamente cortés y amable, pero sentí

que estaba interrumpiendo su trabajo y decidí no presionar demasiado. Escribí mi dirección de correo electrónico en otra esquina del mismo periódico y se la entregué. Después me di cuenta de que debí dar la impresión de estar actuando como un detective en una serie de televisión. Sin embargo, cuando ya me iba, añadió una información vital, pero como si él pensara que no tuviera ninguna importancia. Era un elemento muy importante.

"El inglés fue fundador de la banda municipal en 1899. Se convirtió en un personaje importante de la comunidad. Por eso lo llamamos Jorge y no *George*, como sería en Inglaterra. La banda que formó se llamaba *"La Unión Philharmonic Society"*. Aparentemente estaba en la Guardia Real antes de venir a Tenerife".

Volví a las ranas y a mi libro en la terraza de la Casa Amarilla, donde pasé dos días más antes de volver a la rutina de la vida en el mundo moderno. Llovió, tal como Olegario y sus grillos habían prometido. La lluvia fue breve, pero lo suficientemente intensa como para que me maravillara el ruido estruendoso que hacía la cascada, y no dejé de pensar en el guardia inglés. Así que, una mañana, tres semanas después, fui a ver al Sr. Fernández de Los Silos.

Descubrí a Hernán, como él insistió en que lo llamara, sentado en una silla de cocina en la acera por fuera de su pequeña casa. Era media mañana y estaba charlando animadamente con una mujer que estaba tendiendo la ropa en la azotea de la casa de enfrente. Hernán era viudo y tenía más de ochenta años, pero mantenía una mente desafiante y activa. Me invitó a entrar en su pequeña sala de estar, pero antes tuvo tiempo para burlarse con la vecina de los modernos calzoncillos de su marido que colgaba con mucho amor y con una formación muy precisa en la cuerda del tendedero.

Hernán me cayó bien al instante, pero tuve la impresión de que él sospechaba de mí. Hasta que le dije lo mucho que me gustaba su poesía. Parecía mucho más interesado en recitar sus propios versos que en lo que yo le contaba de mis investigaciones de aficionado. Yo le escuchaba y cuando tenía la oportunidad preguntaba. Pero la mayor parte del tiempo escuchaba. Él era el mayor y yo había sido educado razonablemente bien.

Después de un rato empecé a suponer que la mayor parte de sus conocimientos sobre George Parker no estaban basados en hechos reales, sino alimentados por rumores y suposiciones, extraídos de cuentos heredados de generación en generación. Sin embargo, eran lo suficientemente exactos como para satisfacer mi intriga. Después de todo, era todo lo que quería saber y lo que sospechaba. En su día, La Casa Amarilla había sido el hogar de un inglés en esta remota parte de la isla.

Cuando Hernán me presentó una copia de su propio libro, que se titulaba *Mis Vivencias Varias*, una recopilación de poemas y experiencias personales, también me di cuenta de que Alejandro tenía razón. Precisa o no la información que tenía, Hernán sabía más que nadie sobre el primer inglés residente en la casa en medio de las plataneras.

Por lo que conocía Hernán, el Sr. Parke, músico y anteriormente Guardia Real, había sido enviado a Tenerife como contable y gerente de una firma de Manchester. Se llamaba *Lathbury and Company* y entre sus negocios estaba la *Ycod and Daute Estate Company, Ltd.*, productores de azúcar en Tenerife y en Gran Canaria. De hecho, todo indicaba que la empresa era responsable de una de las últimas plantaciones de caña de azúcar en la isla y que estaba situada en las cercanías de Los Silos y de La Caleta de Interián.

La caña de azúcar fue reemplazada por las plataneras que ahora rodean La Casa Amarilla, sus tanques de agua, sus grillos y sus ranas. Sin embargo, en la rocosa costa, en el lado este de la cala que hay debajo de la casa, se encuentra un gran edificio con una alta chimenea. Esta es la única evidencia que queda de una próspera industria azucarera. Una vez fue un ingenio de azúcar. Hoy en día se utiliza como un empaquetado de plátanos, donde llevan las piñas recién cortadas de plátanos verdes para dividirlas en manillas, empaquetarlas y transportarlas en cajas a los mercados.

Estaba a punto de agradecer a Hernán por haberme invitado y por su valiosa información cuando comenzó a recitar otro poema. Todavía no sé si estaba recitando uno de sus propios poemas o si se estaba inventando el verso solo para mí. Pero las palabras se hundieron muy profundamente como para yo ignorarlas.

El Sr. Parke puede que haya sido un contable aceptable y un músico decente, pero deduje del verso de Hernán que el guardián había caído preso de las tentaciones comunes ligadas al despotismo del siglo XIX. El verso sugería que el hombre había hecho uso de su posición para su propia satisfacción carnal y que Hernán podía estar conectado por sangre con el inglés.

"¡Eso significa que usted es medio inglés!" La revelación de Hernán fue asombrosa, pero traté de no darle importancia.

"Sí, Jorge Parke era el padre de mi padre".

"¿Así que Parker se casó con una chica de aquí?", le sugerí, intentando aparentar ser ingenuo.

"No, muchacho. Solo era el padre de mi padre. Mi abuela era una joven que trabajaba en las plantaciones de caña".

"¿Está diciendo que su abuelo era el hijo ilegítimo de Jorge Parke?".

"Sí señor. Precisamente".

Yo exageré un poco una expresión de horror.

"No hombre. ¡Qué va! Se hacía. Las hijas de la servidumbre a menudo eran poseídas por el jefe. Se hacía. Eran tiempos diferentes. Los dueños españoles a veces eran peores".

"Aun así. No estuvo nada bien".

Por supuesto, yo sabía que ese tipo de cosas ocurría en aquellos tiempos feudales y, de hecho, hasta bien entrado el siglo XX. Sin embargo, como compatriota del Sr. Parker, quería sentir vergüenza.

"Ay mi madre, pero yo no estaría aquí si Jorge Parke no hubiera tenido a mi abuela como su amante, ¿eh?" bromeó Hernán.

"De todas formas, no era tan malo el hombre. En el fondo era bueno. ¿Quién sabe? Tal vez fue ella la que lo utilizó a él".

Hernán vio que me esforzaba por digerir esa filosofía y tuvo la amabilidad de romper mi silencio.

"¿Sabías que hay un charco entre las rocas que lleva el nombre de Jorge Parke?".

De hecho, hay una especie de charca de roca volcánica en La Caleta conocida como el *Charco El Inglés*. Es una piscina natural esculpida a la orilla de la bahía volcánica conocida como La Caleta de Interián. Se llama así porque dicen que al inglés le gustaba darse un chapuzón en el charco. Lo que yo no sabía era que el inglés era el mismo Sr. Parker que vivía en

La Casa Amarilla.

Finalmente, Hernán me convenció. No tanto de que su ilegítimo abuelo inglés pudo haber sido un poco granuja, además de fundador de la banda municipal de Los Silos. Hernán me convenció de que Jorge Parke debió haber sido un personaje excéntrico y, por lo tanto, posiblemente pintoresco y atractivo para las mujeres. Mientras caminaba por la acera hacia mi coche, Hernán recitó un verso final de su revelador poema:

> *Manchado de amor*
> *Dulce azúcar y ron*
> *Un camello montaba*
> *A la cala salada*

□□□□□□□□□

De camino al coche, me sentía sediento y hambriento así que me detuve en el bar del quiosco de La Plaza de La Luz. La plaza estaba radiante con los primeros preparativos para las fiestas y estaban montando el escenario para un portal de Navidad viviente. El recién nacido Jesús pronto atraería a los tres Reyes Magos de Oriente en sus camellos por el desierto.

Con el espejismo de George Parker French, montado sobre otro camello hasta el charco del inglés desvaneciéndose rápidamente, me senté bajo la sombra de uno de los magníficos laureles de las indias que hay en la plaza y pedí una cerveza fresca, una tabla de queso de cabra y una tapa de fabada.

Casi inmediatamente una voz familiar interrumpió mis pensamientos.

"¿Le habló de la cascada?".

Era mi viejo amigo, Olegario. Estábamos encantados de volver a vernos. Sin embargo, me sonreí a mí mismo. ¡Qué costumbres tan anticuadas tenía esta gente! Sabía lo que todo el mundo estaba haciendo en todo momento. El cotilleo "boca a boca" ya había recorrido las calles de Los Silos anunciando mi visita a Hernán, el poeta.

"No, no lo hizo. ¿Qué pasa con la cascada?".

"El hombre no era tan malo…". Olegario también defendía al Guardia Real inglés, tratando de convencerme de que Parker no era un tipo tan despreciable en absoluto.

Estuve a punto de ser indiscreto al preguntarle al viejo pescador si él también estaba emparentado en sangre con Jorge Parke cuando continuó con su propia explicación.

"¡Que va! Un hombre que sabe tocar música nunca puede ser malo. No, el malo fue el otro. El malo era su colega".

"¿Su colega? Oh, lo siento. Mire, por favor, siéntese. Acompáñeme a almorzar". Sentí que otro fragmento de información vital estaba a punto de ser revelado y arrimé una silla, instándole a que se sentara.

"Bueno, quizás un vinito. Es temprano para almorzar pero nunca es demasiado temprano para una cuartita de vino. Sí, había otro hombre trabajando con él", continuó Olegario después de sentarse.

"Iba a decirme algo sobre la cascada. La vi el otro día. El rocío llegaba hasta La Caleta".

"Sí, cuando cae, cae".

"¿Había otro hombre? ¿Jorge Parke tenía un amigo?".

"Sí. Recuerdo que mi padre me habló una vez de otro extranjero que trabajaba con el señor Parke y que el hombre era peor que el diablo".

"¿También era inglés?".

"Ni idea. No era de por aquí, desde luego. Pero no sé de dónde. La historia se la contó mi abuelo a mi padre. Por lo que recuerdo, el hombre trabajaba para ese Parke pero era un gandul, bebía y era despiadado con la gente que trabajaba en la plantación. Parece que lo echaron aunque otros dicen que el hombre huyó después de encontrar la caja debajo de la cascada".

Mi cerveza tan fresquita se estaba calentando y la fabada permanecía sin tocar. La sed y el hambre habían dejado el paso a la intriga una vez más. Nunca me han gustado las explicaciones que no iban al grano, pero sabía que un poco de paciencia traería su recompensa.

"¿Qué caja debajo de la cascada?, ¿Está bueno el vino?, ¿Quiere otra cuartita?", pregunté, rezando para que quisiera otra, necesitando que Olegario me contara cómo diablos se había colado una misteriosa caja en el cuento.

"Bueno, no es ni muy, muy bueno ni muy, muy malo. Es lo que hay. Mantiene al diablo alejado y las partes mecánicas engrasadas", dijo, refiriéndose al vino tinto, por supuesto.

"Ahora recuerdo. Lo llamaban *el cornudo*".

"¿A quién?".

"Al otro hombre. Sí. *El Cornudo*. Poseía cejas anaranjadas tan grandes que parecían cuernos, ese hombre que trabajaba para Jorge Parke".

Más tarde me enteré que la palabra cornudo puede referirse a un desafortunado marido a quien la mujer le pone los cuernos o, como parece ser en este caso, según Olegario, que le pusieron el apodo de *cornudo* por esas gigantescas cejas anaranjadas. Recuerdo que acompañé a Olegario con otra cuartita de vino después de tragar el resto de mi cerveza tibia.

También pedí otra ración de fabada, un delicioso guiso de judías y cerdo, que Olegario aceptó compartir cuando llegó la hora de comer para un canario. La tarde comenzó a convertirse en anochecer y un vaso de vino tras otro ayudó a engrasar no solo la memoria y las piezas mecánicas, sino también la imaginación. La historia de Olegario iba y venía como el flujo y reflujo de la marea en el charco del inglés. Fuera verdad o no lo que me dijo, me recordó a mi padre cuando me contaba historias de piratas y contrabando en las Islas Canarias.

Las aguas de las islas estaban plagadas de piratas y de corsarios, contaba mi padre; desde el francés, Jambe de Bois o el inglés, John Hawkins hasta los piratas berberiscos. Sus historias favoritas, las que mantenían despierta mi imaginación durante las cálidas noches de verano, eran sobre dos canarios. Uno era el elegante corsario Amaro Pargo, sobre el que se ha escrito tanto en los últimos años. El otro era Cabeza de Perro. Al desgraciado le pusieron ese apodo porque, además de ser feo, tenía su cabeza deforme. La leyenda sugiere que nació en una pequeña casa de piedra en las laderas de Igueste de San Andrés, cerca del puerto de Santa Cruz, pero que luego fue hasta dueño de un palacio en La Habana. Mi padre me dijo que estaba llena de espejos con marcos de oro. Creo que la idea me daba pesadillas. ¿Cómo pudo alguien tan deforme querer coleccionar espejos?

"Cabeza de Perro volvía frecuentemente a las Islas Canarias", continuó Olegario. "Decían que seguía a los barcos ingleses a través del Atlántico y luego los atacaba cuando estaban cargados de oro".

"Sí, pero me parece que la actividad de los piratas terminó mucho antes de que Jorge Parke y su colega estuvieran en los ingenios de azúcar", interrumpí.

"¡Hombre, por supuesto! Debe haber sido en el siglo anterior por lo menos, aunque se han contado muchas historias sobre la actividad de piratas en el siglo XIX también y…", susurró, señalando con sus ojos en dirección al ayuntamiento, " hoy en día tenemos piratas de otro tipo".

Nos reímos a carcajadas. Olegario era un buen cuentista. Decidí no volver a cuestionar de donde sacaba su información, aunque sí se me ocurrió que el hombre debió haberse sentado en la terraza de La Casa Amarilla muchas veces. Tal vez había dejado que las hojas de las plataneras, movidas por la brisa del mar, también despertaran su imaginación. Pero lo que quería saber ahora, más que nada, era algo sobre esa caja que había entrado en la historia y, concretamente, si tenía algo que ver con La Casa Amarilla.

Escuché cómo su historia se desplegaba con el vino. En su bergantín, Cabeza de Perro guardaba un cofre lleno de plata y perlas. Recurrió a ellas cuando necesitaba sobornar a algún negociante o a otro bribón. Una vez, acechando a una posible víctima, el pirata temió haber sido traicionado después de haber hecho negocios con un caballero en Tenerife. Creyendo que su barco sería abordado e inspeccionado, levó anclas y navegó alrededor de la costa para posicionar el barco frente a La Caleta de Interián. Él y un miembro de la tripulación remaron a tierra con el cofre.

"Les esperaba el cura del pueblo de Buenavista. Resulta que el cura y el bandolero eran amigos de la infancia en Igueste", explicó Olegario.

El arreglo era que, si algo le sucedía al pirata, el contenido del cofre iría a los pobres de Igueste, y que la iglesia actuaría de fideicomisaria. Sin embargo, hasta nuevo aviso el cofre debía mantenerse cerca de La Caleta en un escondite secreto. El lugar elegido fue una cueva justo debajo y al oeste de la cascada, lo suficientemente cerca pero difícil de alcanzar o de encontrar sin saber el punto exacto.

Esa cascada otra vez, pensé.

Como sospechaba, Cabeza de Perro nunca volvió a La Caleta. El sacerdote de Buenavista también desapareció poco después de ayudar al pirata. Algunas malas lenguas dijeron que el cura se unió al pirata como bandido en alta mar. Otros creían que Cabeza de Perro no confió en su antiguo amigo y lo asesinó o que secuestró al desafortunado colaborador y se lo llevó de vuelta al barco.

Una o dos personas cuentan que esa misma noche el pirata también tuvo tiempo para saquear la plata que había en la iglesia de Buenavista, así como una pequeña figura, tallada en madera, del Niño Jesús.

"¡Dijeron que se llevó al Niño Jesús para mantener el barco del pirata a salvo de los ingleses!", se burló Olegario, con señales de que el vino tinto de Icod le había engrasado más de lo necesario.

Todo indicaba que la siguiente vez que Cabeza de Perro volvió a la isla de Tenerife se disfrazó de ciudadano honesto, ataviado con ropa blanca y limpia. Desafortunadamente para él, se le había acabado la suerte. Alguien lo delató y fue arrestado y ejecutado en Santa Cruz. Nunca volvió a La Caleta.

"¿Y qué pasó con la caja, con el cofre?, ¿Alguien encontró la plata de Cabeza de Perro?", pregunté. Me temo que le hice la pregunta de forma bastante burlona, ya que había empezado a dudar otra vez de cada palabra.

"No lo sé. Hombre, lo que es seguro es que, de todos

modos, ese Cabeza de Perro no habría encontrado su plata
ni las perlas".

"¿Oh?, ¿Así que alguien encontró el cofre? Pero, ¿de
verdad que existió un cofre en esa cueva?". De repente,
empecé a creérmelo de nuevo.

"¿Quién sabe? Pero mi padre dijo que mi abuelo
sospechaba que el colega de Jorge Parke se enteró de la
misma historia sobre la caja y que fue a buscar debajo de la
cascada".

"Entonces, ¿podría haber sido verdad?, ¿El amigo de
Jorge Parke, ese mal hombre al que llamaban el cornudo,
desapareció después de encontrar el tesoro?".

"No, no. En absoluto. Es que no había plata. No habían
perlas", respondió Olegario encogiéndose de hombros.
Empujó a su labio inferior hacia fuera como para reforzar el
misterio.

"Bueno, me alegro mucho saberlo. Entonces el cornudo
recibió su merecido por ser tan codicioso y bruto", dije. Debe
haber sido el vino o la habilidad de Olegario como narrador,
pero otra vez caí de cabeza en el cuento.

"Bueno, eso es lo que parece".

"Entonces, el cofre estaba vacío. Si alguna vez hubo plata
y perlas, ¿quién crees que las cogió, Olegario?".

"El cura, por supuesto ¿Quién más iba a ser?".

"¿Cómo?".

"Sí, señor. Lo que está escuchando. Mi abuelo juró que
fue el sacerdote. Él creía que el cura de Buenavista
desapareció después de quedarse con el tesoro".

"¡No lo creo!, ¿Pero por qué?, ¿Qué hizo que su abuelo
sugiriera tal cosa?".

"Bueno, por lo que el cornudo encontró dentro de la caja

debajo de la cascada".

"¿Quiere decirme que había algo más en el cofre?".

"Sí que había, y por eso mi abuelo creía que el mismísimo cura fue quien se había llevado la plata y las perlas. La caja no estaba vacía. La plata y las perlas ya no estaban, claro está, pero había algo mucho más valioso en su lugar. Y tiene usted razón. El cornudo recibió la recompensa que merecía. En lugar de la riqueza eterna, lo que encontró fue el espíritu eterno. Dentro de la caja estaba el Niño Jesús de madera robado de la iglesia de Buenavista".

EL CORREÍLLO

El ferry de Fred Olsen aumentó su velocidad a medida que giraba hacia Gran Canaria en la boca del puerto. Un magnífico y superpoblado crucero moderno posaba de forma extravagante, como una estrella de cine, en el muelle sur y una lancha piloto iba a toda velocidad, zarandeada por la estela del ferry, en su camino hacia un barco gigante y negro, lleno de contenedores.

Era a principios de otoño en el puerto de Santa Cruz de Tenerife y la velocidad de la actividad en 2005 contrastaba con las históricas reliquias en el dique seco. Alonso Valcárcel, un viejo y elegante caballero de unos setenta años, y un extranjero mucho más joven contemplaban el "La Palma" junto a una hilera de barcos de pesca coreanos, sucios y oxidados, que se estaban preparando para su próximo arrastre, tal vez más al sur, por la costa africana.

Ambos hombres se consideraban medio extranjeros,

aunque cada uno tenía estrechos vínculos con Tenerife. Alonso había pasado los últimos cincuenta años amontando una fortuna en Venezuela y había regresado a las Islas Canarias en 2003, contaba él, para escapar de lo que consideraba la locura del régimen de Hugo Chávez. El hombre más joven era un ex capitán de la Royal Navy. Su nombre era James Reid y sus descendientes habían vivido en Puerto de la Cruz desde mediados del siglo XIX.

Mientras los dos hombres caminaban bajo el casco negro y burdeos del "La Palma", una lágrima traicionó al viejo caballero y James decidió romper el hielo.

"La verdad es que el viejo barco es una hermosura y entiendo por qué crees que debería ser restaurado para devolverle todo su antiguo esplendor".

Al buque "La Palma" se le conocía simplemente como uno de los antiguos correíllos. En sus orgullosos días de servicio, navegaba sin parar entre las Islas Canarias. Transportaba fruta, mercancías variadas, pasajeros y el correo. Era un medio de contacto entre las islas en épocas en las que la gente viajaba poco y cuando volar en avión estaba empezando a considerase como un medio de transporte. El barco comenzó su vida en el año 1912 e hizo su última travesía en 1972. Fue construido por los astilleros W. Harkness and Son Ltd., en Middlesbrough, Inglaterra y había sido encargado por los socios de la firma británica Elder Dempster en Tenerife para mejorar el comercio entre las islas.

Era triste ver al fiel barco muriendo lentamente en un rincón del puerto y por esa razón el gobierno regional junto con empresarios isleños establecieron en 2003 la "Fundación Canaria Correíllo La Palma", una continuación más ambiciosa de una comisión creada en 1996 dentro de la Asociación Canaria de Capitanes de la Marina Mercante para salvar el buque del desguace. El objetivo era captar fondos para convertir el emblemático barco en un museo flotante y recurso patrimonial único.

"Te pedí que vinieras hoy, James, no porque seas un marino experimentado y porque creo que deberías participar en la Fundación, sino porque me gustaría que supieras por qué siempre estaré en deuda con tu familia".

Alonso Valcárcel invitó a su amigo británico a un almuerzo de pescado en el antiguo pueblo pesquero de San Andrés. La historia empezó a desplegarse con el agradable soplo de la brisa marina y bajo un dosel de hojas de palma, mientras que el vino, joven y fresco de Arico, acompañaba a unas sardinas fritas y a un pulpo mojado en aceite de oliva y vinagre.

En su día, la familia de James, asentada en el Puerto de la Cruz, importaba productos de todo el mundo y exportaba plátanos y tomates a las islas británicas, además del mejor cebollino al otro lado del Atlántico, a sus clientes en Texas. Su tío Tom solía ir a la isla de La Palma para buscar la mejor fruta y para regatearles un buen precio a los cultivadores de plátano de allí. Representaba a mercantes en Londres y Glasgow.

Era una noche tormentosa de diciembre, justo antes de la Navidad de 1950, cuando Tom se encontraba a bordo del Correíllo La Palma de regreso a Tenerife. Había cenado bien y estaba dispuesto ya para retirarse a su litera. Sin embargo, había demasiadas personas mareadas y vomitando en el interior, incluido el hombre que compartía su camarote, por lo que pensó que sería mejor tomar un poco de aire fresco.

La tripulación conocía bien a Tom Reid. Estaban acostumbrados a verlo subir a cubierta en todo tipo de condiciones meteorológicas para habituarse al movimiento del barco o incluso para permanecer allí durante toda la travesía nocturna. Pero esa noche hubo un gran oleaje, la lluvia azotaba fuerte y había truenos y relámpagos. Solo un inglés podía ser tan insensato como para querer salir a cubierta a tomar un poco de aire fresco en una noche como ésta, pero sin duda el Capitán del La Palma le invitaría a subir al puente de mando si estaba de buen humor y tenía ganas de compartir un whisky. A menudo lo hacía.

Tom estaba bien abrigado con su impermeable londinense y estaba disfrutando de la emoción del mar tormentoso, sintiendo cómo el valiente buque se abría paso a través de las olas. Podía alcanzar unos once nudos y el capitán estaba haciendo trabajar al correíllo. Tom estaba de pie, agarrándose con fuerza a la barandilla junto a uno de los pequeños botes salvavidas para la tripulación que estaban amarrados en la cubierta de estribor. Permitió que su cuerpo se meciera con la nave y observó cómo el siguiente rayo atravesó el cielo para iluminar las crestas de las olas y dar vida a las espectaculares nubes cumulonimbos en el horizonte. Delante de él, una lona gris sobre el bote salvavidas aleteaba con el viento.

Cuando el resplandor de un rayo coincidió con el aleteo de la lona, Tom se dio cuenta de que no estaba solo. Se quedó inmóvil y esperó, mirando fijamente al bote salvavidas para confirmar su sospecha. La siguiente explosión de relámpagos cruzó el horizonte y se prolongó durante unos instantes. Esta vez lo vio claramente. El rostro era pálido y tenía unos ojos muy abiertos y ansiosos que le miraban fijamente. Si no estaba equivocado, estaba en compañía de un polizón. Giró lentamente la cabeza haciendo como si mirara al horizonte o al mar, como si no se hubiese percatado de nada. Necesitaba tiempo para pensar, sin alarmar a la cara asustada que se escondía debajo de la lona en el bote salvavidas. Tenía dos opciones: podía informar al capitán o ignorar la situación y retirarse sin más a su cabina.

Tom Reid no hizo ninguna de las dos cosas, posiblemente en contra de sus principios; los de un orgulloso miembro de la pequeña comunidad británica y muy respetuoso con la ley. Tal vez fue el recuerdo de cómo fueron los inicios de sus propios antepasados en las Islas Canarias, cuando por un golpe de suerte y arriesgando sus vidas forjaron un camino y una fortuna, por lo que eligió una tercera opción. Sintió una profunda necesidad, antes de decidir qué hacer, de conocer qué había llevado a esa cara pálida a estar allí en el bote salvavidas.

En su opinión, si en estas circunstancias nadie hacía ningún daño a nadie, el juego limpio y la necesidad humana estaban por encima de la ley escrita. Corrían tiempos difíciles y muchos isleños lo estaban pasando realmente mal. La economía todavía estaba sufriendo los efectos devastadores de la Guerra Civil Española y la Segunda Guerra Mundial. Muchas personas habían arriesgado su vida para convertirse, en los años posteriores a la victoria Nacionalista, en emigrantes ilegales y algunos de ellos cogían barcos con destino a América. El régimen de Franco prohibió la emigración durante un tiempo y cualquier persona bajo sospecha de intentar embarcarse sin justificación tendría un serio problema, principalmente por razones políticas.

Tom volvió su mirada hacia el bote salvavidas. Al coincidir una vez más otro relámpago con el aleteo de la lona, levantó una mano en señal de amistad mientras se agarraba a la barandilla con la otra y se dirigió lentamente hacia la cara asustada. Cuando estuvo lo suficientemente cerca para tocar la lona empapada, ofreció una sonrisa tranquilizadora. Al mismo tiempo el del bote apretó un dedo a sus labios rogando al pasajero que se había entrometido que no lo entregara. Entonces juntó ambas manos en signo de oración. Unos ojos oscuros brillaban tanto suplicantes como avergonzados.

En respuesta Tom levantó la lona muy suavemente. Quería evitar cualquier alarma, pero necesitaba ver si había más de una persona en el bote salvavidas. Independientemente de lo que decidiera hacer a continuación, la situación requería confianza mutua.

El polizón estaba solo. Era un chiquillo. No podía tener más de dieciséis años. El chaval estaba temblando de frío, pero logró sonreír, admitiendo su culpabilidad y encogiendo los hombros como para decir, *¡Me ha descubierto!*

"¡Espera aquí!" Tom ordenó en voz baja, poniendo su propio dedo en sus labios como señal de complicidad con el delito antes de desaparecer por una escalera y entrar en el calor del interior del barco.

El camarote apestaba. Era el olor desagradable de un vómito reciente. Pero el hombre con quien compartía el pequeño espacio no se enteraba de nada. Roncaba, ajeno a todo. Tom sonrió, agradecido de que la aventura nocturna en la cubierta lo mantuviera alejado de este hedor, y actuó rápidamente. Puso unas galletas y un termo, que siempre tenía preparado con café y leche condensada, dentro de los bolsillos del impermeable y cogió una manta de su litera antes volver, casi tambaleándose con el movimiento del barco pero tan clandestinamente como pudo, al bote salvavidas.

Le pasó la manta por debajo de la lona a unas manos impacientes y se quitó su querido impermeable londinense, ofreciéndoselo también al chico. Entonces, como si la situación fuera la más normal del mundo, le deseó al muchacho una Feliz Navidad. La cara del chico, tan radiante de felicidad, le acompañó durante el resto de su vida. Era una imagen tanto de sorpresa como de eterna gratitud. Era evidencia de un afecto instantáneo. Ya no había ninguna necesidad de saber por qué el muchacho estaba allí o si algún miembro de la tripulación había participado en la trama.

"¡Eh, don Tomás!", gritó una voz desde arriba. "Suba aquí, hombre, antes de que me haga pillar una neumonía viéndole a usted".

Era el capitán. Estaba de buen humor y con ganas de entretener a su tonto amigo inglés con un whisky en el puente de mando. Para Tom, era el momento para desearle buena suerte al polizón.

La tormenta se había ido hacia el este cuando el La Palma arribó en el muelle de Santa Cruz de Tenerife. Tom había descansado pese a su aventura porque le habían permitido pasar el resto de la noche en uno de los camarotes usados por la tripulación y disfrutó de un agradable desayuno a media mañana con el capitán.

Isidro, el chófer, lo estaba esperando en el muelle junto al viejo Humber negro y, justo cuando el automóvil se alejaba del barco, Tom vio un joven larguirucho que le saludaba desde detrás de un camión en el que estaban cargando cajas de madera. Era su amigo, el polizón.

"Para el coche, Isidro".

Tom se bajó del Humber y caminó por los adoquines hacia el chico. Éste miró a su alrededor, por si alguien le estaba observando, antes de acercarse al inglés y despojarse del impermeable londinense.

"No. Quédatelo. Ahora es tuyo. Por favor, insisto". Esa sonrisa de agradecimiento de nuevo dijo todo lo que había que decir.

"¿Cuál es su nombre, señor? Algún día vendré a verle". Sorprendido, Tom le dijo quién era a cambio del nombre del joven polizón.

"Me llamo Alonso Valcárcel, señor. Quiero ir a Venezuela".

De hecho, el chico fue uno de los miles de canarios que partieron a Venezuela y otros países de América Latina en busca de una vida mejor y Tom Reid, sin saberlo, le había ofrecido ayuda.

Alonso se había subido al La Palma con la ayuda de su primo, un miembro menor de la tripulación. Había fingido ser un estibador cargando el buque con plátanos y se había quedado a bordo. En Tenerife podría encontrar un trabajo en otro barco con destino al otro lado del Atlántico o en el mismo puerto hasta que hubiera ahorrado suficiente dinero para pagarse una travesía en uno de los muchos barcos privados que transportaban a isleños, de forma clandestina, hacia América a cambio de una suma considerable y en condiciones precarias. Como siempre, el chico supo encontrarse con la suerte. Utilizó sus encantos e iniciativa para encontrar muy pronto un trabajo como grumete, y cruzó el Atlántico en el Urania II, un viejo barco italiano.

Medio siglo después, Alonso Valcárcel volvió a las islas

con su familia, siendo ya un hombre muy rico. Lamentablemente, nunca más pudo reencontrarse con Tom Reid, pero estaba decidido a devolver el gesto de Tom en el correíllo de alguna manera.

Una consulta en las oficinas del Consulado Británico en la Plaza Weyler, seguida por una visita al *British Club* del Puerto de la Cruz, fue suficiente para ponerle en contacto con descendientes de Tom Reid. Cuando conoció a James y a su joven familia hubo una compenetración instantánea entre ellos.

"Aquí tengo algo para ti", sonrió Alonso al sacar un paquete del maletero de su coche después del almuerzo. "Pertenecía a un amigo. Ábrelo cuando llegues a casa".

El paquete de papel marrón contenía un impermeable londinense muy antiguo y de excelente calidad. En la solapa se podía distinguir claramente las letras del nombre *T.M. Reid* y en uno de los bolsillos había un par de guantes de militar inglés de cuero marrón. En otro había un sobre. En su interior James encontró algo que prometí nunca divulgar. Lo único que puedo decir es que fue la manera en que Alonso Valcárcel supo agradecer la amabilidad y el silencio de un extranjero que le había ayudado, hacía muchos años una noche fría y tormentosa cuando era un muchacho joven y desesperado, en el Correíllo La Palma.

EL PITANGUERO

A Alice nunca se le permitió poner un pie en el ático. Era territorio de sus hermanos y defendían su zona como si fueran caballeros en un castillo medieval.

El ático de *Brambles*, la casa familiar en Surrey, Inglaterra, era donde jugaban con sus trenes, sus soldados y, a medida que crecían, donde desarrollaban sus complots fuera del alcance de la hermana pequeña. También era el almacén para los baúles escolares cuando volvían para sus vacaciones, después de estar internados en sus colegios privados, y para los típicos trastos olvidados. Para ser justos, Alice nunca quiso interferir en los juegos de los niños. Su único deseo era tener la oportunidad de mirar dentro de uno de los baúles, el que nunca viajaba con ellos cada trimestre a sus colegios, el de cuero marrón en la esquina. Tenía las iniciales A.J.C., lo que significaba que debía haber pertenecido a su abuela.

Pero en 1990 Alice se salió con la suya. No solo le habían dado el nombre de su abuela, Alice. Heredó Brambles también y, con la casa, ese ático y el baúl marrón. Antes de que sus propios hijos se hicieran con el ático, consiguió que su marido rompiera el candado que había mantenido a salvo los misterios en el interior del baúl.

Al principio se quedó un poco decepcionada. El baúl marrón no estaba repleto de los tesoros ni de los secretos que tanto habían coqueteado con su imaginación cuando era niña. Lo que encontró en el interior fueron objetos normales como libros, una biblia, fotografías antiguas, un hermoso bolso de mano de los años veinte y un palo de *lacrosse*, ese juego tan popular en las escuelas de señoritas inglesas. También había una pequeña caja de caoba africana y unos diarios, el primero del año 1930. Su abuela, que murió repentinamente cuando Alice era demasiado joven para acordarse, debió tener quince años en 1930.

Alice dejó el baúl donde estaba, pero se quedó con el hermoso bolso y puso la caja de caoba en la repisa de su dormitorio.

Se preguntaba qué podía haber dentro de la caja pero no encontró rastro de una llave que sirviera para abrir la cerradura y pronto se olvidó de todo el asunto. Pero sí decidió investigar uno de los diarios. Había despertado su curiosidad porque era el único que estaba precintado con una cinta roja. El diario era de 1931.

Una noche, después de la cena, desató con cuidado la cinta y el diario se abrió en la página del 12 de abril porque era una fecha que su abuela había marcado con una rosa roja seca y por una hoja de papel doblada y suelta. El papel contenía una delicada acuarela de lo que parecía ser una cancha de tenis con unos escalones al fondo que ascendían pegados a un muro de piedra. En la parte superior de los escalones su abuela había pintado un árbol lleno de pequeñas hojas verdes y salpicadas de brillantes bayas rojas. Era un pitanguero. Escrito a lápiz y apenas visible su abuela había descrito que en realidad la cancha era de bádminton. Una flecha apuntaba a un punto por debajo del árbol. Junto a la flecha su abuela había escrito:

"Mi amor espera pacientemente detrás de la piedra negra debajo de las pitangas. Aquí se esconde el corazón que dejé en la isla atlántica".

El diario le contó a Alice que a principios de 1931 su abuela, que entonces tenía dieciséis años, había sido enviada para quedarse con su prima en las Islas Canarias para recuperarse de una neumonía y que el aire en el Puerto de la Cruz había sido milagroso. También le informó que su abuela había sido devuelta en un barco con rumbo a Inglaterra antes de lo previsto. El diario no ocultó las razones.

Después de unas fuertes tormentas en febrero, el volcán Teide brillaba con un manto blanco de nieve y dominaban unas cálidas brisas del sureste. Una primavera tempranera invitaba a las aves, a las plantas y a las flores del jardín de El Nido, la casa de su prima en una ladera del Valle de la Orotava, a florecer con un despliegue de espectaculares sonidos y colores. La isla ofrecía una promesa natural de encantos, femeninos y sensuales, y la joven inglesa se había sentido atraída por Imeldo, un joven isleño.

Fue bajo el pitanguero donde empezó todo. Dicen que la joven Alice era el arquetipo de belleza inglesa y que mientras paseaba por el jardín, acariciando los pétalos de diferentes flores, fue tentada por el árbol con las brillantes bayas rojas subiendo por los escalones que había detrás de la cancha de bádminton. Escondida por el muro de piedra volcánica descubrió una huerta de cebollino y agua que fluía hacia ella por una estrecha atarjea que corría a lo largo del muro y por debajo del árbol. También se encontró cara a cara con el chico más guapo que había visto nunca. El muchacho era alto, de piel ligeramente tostada por el sol invernal y con una melena negra como el azabache. Unos profundos ojos marrones al principio la inspeccionaron de arriba abajo con arrogancia y luego le ofrecieron una rica sonrisa que la atravesó hasta el fondo, haciéndola sentir un hormigueo por todo el cuerpo. El chico estaba recogiendo las bayas rojas del árbol mientras regaba el bancal de cebollino. Alice estaba a punto de darse la vuelta para bajar rápidamente por los escalones cuando el chico levantó una mano hacia el árbol, arrancó una de las frutas más maduras y se la ofreció, implorándola que la probara.

"¡Pitangas!, ¡Están sabrosas, son jugosas!", prometió antes de poner otra en su propia boca, girándola con su lengua y escupiendo una enorme pipa hacia donde un lagarto estaba tomando el Sol en la pared de piedra. Alice probó la fruta. Su aparente sorpresa por el sabor, la libertad del encuentro y unas risas espontáneas llevaron a reuniones diarias y furtivas bajo el pitanguero. Fueron suficientes unos pocos días para que el clima, tan suave y bochornoso, las divertidas comunicaciones por gestos y las miradas prohibidas entre Alice y el guapo Imeldo llegasen a un punto de no retorno. Señales de advertencia invadieron la casa conocida como El Nido a raíz de los síntomas que padecía la bella inglesa y se decidió que se había logrado una rápida recuperación de su neumonía. Alice debía volver a Inglaterra mucho antes de lo esperado para evitar así que cogiera otra enfermedad más complicada.

A la joven inglesa y al tinerfeño se les permitió una breve despedida y se encontraron por última vez debajo de su árbol con sus sabrosas y jugosas bayas. No fue un adiós triste. Al contrario, era casi como si un tipo de lógica hubiera superado sus sentimientos más profundos. Ambos parecían aceptar el final como si fuera tan natural como la primavera. Al igual que en su primer encuentro, Imeldo alargó una mano hacia el pitanguero, cogió una baya y se la ofreció con esos sonrientes ojos suyos. Luego, desde detrás del árbol, sacó una pequeña y sencilla caja elaborada con hoja de palma y se la dio. Evidentemente la había hecho él mismo y las tiras de hoja todavía estaban verdes. Alice se desabrochó el collar de perlas que adornaba su pálido cuello, le cogió una mano a Imeldo y la envolvió tiernamente alrededor de las perlas. Una lágrima apareció en las mejillas de ambos. Pero fue una lágrima de esperanza porque ambos decidieron poner el collar dentro de la cajita de pírgano y esconderla detrás de una piedra, una de un negro ligeramente más oscuro al resto que había en la pared por donde pasaba la atarjea de agua. Era su manera simple de decirse el uno al otro que quizás algún día se reunirían de nuevo debajo del pitanguero.

Poco después de leer el diario de su abuela, Alice convenció a su esposo de que deberían tomarse unas vacaciones en Tenerife y, en abril de 1991, llegaron todos para pasar las vacaciones de Semana Santa en el Miramar, un encantador hotel en el Puerto de la Cruz. Alice preguntó en la recepción acerca de una casa llamada El Nido. Era bien conocida y a solo quince minutos a pie del hotel. Después del desayuno, al día siguiente, Alice dejó a su esposo y a los niños en la piscina del hotel y se fue a encontrar la casa con un mapa callejero y la acuarela que había hecho su abuela.

El Nido era una casa con bastante encanto pero estaba muy deteriorada. En el lugar donde su abuela había descrito una cancha de croquet, con un césped perfectamente liso para el juego, había ahora un bungaló. El nuevo propietario tuvo la amabilidad de mostrarle los restos de la cancha de bádminton, lindando con su propiedad, y que ahora estaba llena de grietas, invadida por maleza y rodeada de zarzas. El jardín ya no tenía los encantadores colores de antaño. Los escalones detrás de la cancha de bádminton todavía estaban allí, pero la parte superior había sido bloqueada con otro muro, éste de cemento. Además, donde crecían los cebollinos hacía sesenta años ahora habían construido otra vivienda. ¡Cuánto habían cambiado las cosas! Sin embargo, asomando por encima del muro de piedra, en la parte superior de los escalones, había un árbol muy verde con lo que parecían ser docenas de bayas rojas. ¡Seguía allí! ¡El pitanguero de su abuela! Pero ahora estaba en el jardín de una casa que pertenecía a un tal John Livings.

Esa tarde, en el Hotel Miramar, la única señora que siempre parecía estar en la recepción dijo que conocía bien al señor Livings. Aparentemente era descendiente de una familia comerciante británica asentada en el Puerto desde mediados del siglo XIX, la misma que había construido El Nido, y la recepcionista se ofreció a telefonear para informar al señor Livings que el hotel tenía huéspedes que deseaban conocerle. El resultado fue que Alice y su familia recibieron una invitación para tomar té a la tarde siguiente.

"Creo que debemos ser primos lejanos", dijo Alice a su anfitrión nada más entrar por la puerta. "Mi abuela Alice Carter se hospedó en El Nido en 1931".

Mientras tomaban el té John Livings les enseñó un álbum de fotografías en blanco y negro y no tardaron en encontrar una foto de la abuela de Alice, sentada en un banco junto al césped, donde se practicaba el croquet.

No habían pasado muchos minutos cuando Alice no pudo aguantar más.

"¿Quién era Imeldo?", preguntó con expectación.

"Vaya por Dios, el viejo Imeldo era nuestro jardinero. Siento mucho decirte que murió el año pasado. Estuvo con la familia toda su vida. Pero….¿Por qué lo preguntas?".

Después de que Alice le contara, no sin cierta emoción, lo que encontró en el diario de su abuela, John Livings la llevó hacia un bonito rincón del jardín donde estaba el pitanguero dándole sombra a un antiguo banco verde. El árbol estaba lleno de frutas de color naranja, rojo y púrpura oscuro. John explicó que la pitanga tenía sus orígenes en las selvas subtropicales de Sudamérica y se le conocía también como el *cerezo del Surinam*. Era evidente que a John le encantaba su pitanguero y la naturaleza. Empezó a contarle que aunque lo más frecuente era comer la fruta directamente del árbol también se utilizaban las bayas para preparar mermeladas o jugos y que tenían un alto contenido en Vitamina A, fósforo, calcio y hierro.

Todo era muy interesante, por supuesto, pero lo que verdaderamente anhelaba Alice era saborear la fruta prohibida de su abuela. También necesitaba descubrir si el secreto todavía estaba escondido en el muro de piedra.

John intuyó lo que ansiaba su prima. Extendió una

mano, cogió un par de las bayas más maduras, de color púrpura oscuro, y disfrutó viendo cómo sus nuevos primos probaban la jugosa pulpa agridulce. Alice sonrió y pidió que le cogiera otra pitanga. Su marido no quiso otra.

A continuación buscaron detrás del árbol y por encima de la atarjea de agua, la cual parecía haber estado seca y en desuso durante muchos años. Cuando retiraron de la pared una piedra negra, ligeramente más oscura que el resto, descubrieron la cajita hecha de hoja de palmera. En la mano de Alice se deshizo por lo frágil y consumida en el tiempo que estaba. Pero en el interior estaba el collar de perlas. Junto a las perlas, y sujeta al hilo desgastado por los años, encontraron una pequeña y antigua llave. Pese a tener ésta una ligera cubierta de óxido, tanto la llave como las perlas estaban sorprendentemente bien conservadas.

"Esa debe haber sido la llave del joven corazón de tu abuela", dijo el marido de Alice, tratando de romper el hielo después de un largo silencio.

Ese comentario tan inocente fue el detonante de unos momentos tensos y llenos de emoción. Alice no pudo contener las lágrimas.

"No, cariño", respondió Alice, sin saber si seguir llorando o si reírse. "Es la llave que pertenece a la cajita de caoba de mi abuela que está en la repisa del dormitorio".

TÉ EN EL HOTEL

Las viejas costumbres y los buenos modales, o pintorescas muestras de excentricidad, a menudo se desprecian en este mundo moderno en el cual hay tanta prisa pero, a veces, pueden agregar un toque de refrescante encanto o incluso educar al corazón joven que lucha por soportar la embestida de lo que algunas personas llaman *el progreso*.

Sin embargo, otro tipo de progreso se echaba de menos en uno de los antiguos hoteles del Valle de La Orotava a principios del siglo XXI. De hecho, hasta que no escuché el cuento completo me sentí bastante avergonzado cuando me enteré de lo que le había ocurrido a Alec Frith, un jubilado inglés que había decidido seguir los pasos de su madre al visitar el Puerto de la Cruz hacía unos años.

Alec Frith había vivido con su madre en Londres, en el barrio privilegiado de Kensington. Era un tipo relativamente tranquilo y poco aventurero. Había sido bibliotecario toda su vida y nunca había abandonado el nido, por así decirlo. Su madre le había dejado una fortuna considerable y una educación victoriana que ni siquiera la televisión podría desintegrar. Ella siempre había hablado con gran afecto y anhelo de los encantos que encontró en el Valle de La Orotava y del colorido pueblo costero del Puerto de la Cruz. De joven, en la década de 1950, había sido, durante cinco años, la *nanny* de los hijos de un aristócrata tinerfeño. Después de volver a Inglaterra ella jamás regresó y no podía saber lo mucho que había cambiado todo en tan poco tiempo.

El autobús que llevó a Alec Frith desde el aeropuerto de Los Rodeos al Puerto de la Cruz lo dejó a él y a su maleta en la calle por fuera del hotel, teniendo que arrastrarla por los escalones hasta la recepción. No había botones como en los hoteles que conocía en Londres. La recepcionista miraba sin moverse la pantalla del ordenador, lo que desconcertó al huésped recién llegado porque la pantalla parecía estar en blanco también.

No era ni el Ritz de Londres ni una monstruosidad de lujo en el sur de la isla. De hecho, era justo lo que había pedido, un hotel tranquilo, lejos del centro de la ciudad y rodeado de exuberantes jardines.

Su habitación era pequeña pero adecuada y Alec Frith se quedó muy satisfecho con la vista desde su balcón y con lo limpio que estaba todo. También le sorprendió la variada selección del bufet cuando bajó a cenar. Nunca había viajado al extranjero por lo tanto no sabía qué esperar. Sin embargo, sí había esperado que por lo menos hubiera un botones.

Para ser justos, el hotel era razonablemente cómodo pero un poco desgastado. A la mañana siguiente disfrutó bastante sentado debajo de una pequeña palmera junto a la piscina leyendo uno de los libros que había hecho pesar tanto su maleta.

Pero su peculiar aventura en el hotel comenzó esa primera tarde cuando decidió tomar el té en el bar de la piscina. El té a media tarde, como entenderá cualquier inglés, sigue siendo absolutamente elemental. Esa, al menos, es una tradición que el progreso no ha logrado arrimar al pasado.

"¿Es posible tomar una taza de té, por favor?", preguntó cortésmente, quitándose el sombrero de paja que había adquirido recientemente.

"¿*For uan o for tú*?", respondió en su mejor inglés el pequeño hombre de fino bigote detrás de la barra.

"¿Perdón?".

"¿Quiere usted una tetera o una taza de té?".

"¡Ah! Una tetera, por favor. Muchas gracias", respondió el inglés, maldiciendo su propia estupidez.

Alec Frith, aún un poco desconcertado por la conversación, se sentó a una mesa bajo la sombra de una sombrilla. Cuando el camarero trajo la bandeja, se sirvió lo que parecía ser un té muy oscuro que fluyó desde una tetera de aluminio a una simple taza blanca de hotel. Luego fue a coger la otra jarra de aluminio, que contenía la leche, pero de inmediato retiró su mano escaldada. Lo hizo tan rápido, y tan bruscamente, que por poco tira todo al suelo. Golpeó el tubo de la sombrilla tan fuerte con el codo que la vieja sombrilla se cerró alrededor de su cabeza, ocultando la expresión de dolor en su rostro. Nunca habría imaginado que la leche en la jarra estuviese hirviendo y siendo un tipo educado no iba a llamarle la atención al camarero en voz alta. Sin embargo, fue hasta la barra del bar para hacerle la observación:

"La leche está caliente, *old boy*".

"¿Qué?", respondió el hombre, prefiriendo no tener que hacer mucho más esa tarde.

"La leche. Está caliente. Debería estar fría para el té".

Después de encogerse de hombros y con una expresión en el rostro insinuando que el inglés era, sin lugar a dudas, otro más de esos extranjeros cuyo único propósito era molestar, el camarero le entregó un recipiente más pequeño con leche fría. *Mister* Frith volvió a su mesa donde, una vez más, completó el procedimiento exacto de servirse una taza de té.

Para resumir, fue la taza de té más repugnante que jamás había probado y tomó solo un sorbo antes de ponerse su sombrero de Panamá y regresar, bastante molesto, a su libro debajo la palmera. No culpó al camarero por su ignorancia y asumió que debió ser el tipo de leche que usaban en la isla la que le había arruinado su taza de té.

A la mañana siguiente, Alec Frith encontró una pequeña tienda donde compró unas galletas, un cartón de leche y una botella de whisky en miniatura. Se los llevó a su habitación, fue directamente al baño y vació el whisky por la bañera. Luego enjuagó bien la botella de whisky en miniatura y la llenó con un poco de la leche recién comprada antes de ponerla en el minibar. Esa tarde, se llevó la botella de leche en miniatura y un par de galletas al bar de la piscina y pidió una taza de té.

"¿Leche fría?", preguntó el mismo camarero con una pícara sonrisa y con toda la intención de ser complaciente esta vez.

"No gracias. ¡Sin leche!".

El camarero en seguida perdió la sonrisa y se encogió de hombros. Luego observó a Alec Frith verter cuidadosamente el té en la taza, sacar la botella en miniatura de un bolsillo y agregar una gota de leche, antes de colocar dos galletas cuidadosamente en una servilleta de papel.

Al principio, el camarero estaba fascinado por la expresión de puro placer en la cara del inglés. Pero al instante casi se puso a cubierto, como si le dispararan miembros de una tribu bereber merodeando por las colonias españolas en el norte de África, donde había hecho el servicio militar.

Alec Frith casi escupió el té que había bebido. Primero miró la taza de té y luego al camarero. El inglés abrió la tapa de la tetera, sacó la bolsa de té y leyó la etiqueta con una expresión de tremendo disgusto en su rostro. El camarero salió corriendo hacia la piscina donde fingió que vaciaba los ceniceros mientras susurraba "¡Ay, Dios mío!, ¡Ay, mi madre!".

La etiqueta de la bolsa de té era de un color púrpura oscuro y en ella se leían las palabras "té de la mejor calidad" en la parte inferior. No era la leche. ¡Era el té!

A las cuatro y media de la siguiente tarde, Alec Frith entró en el bar de la piscina y miró desafiante al camarero.

"Por favor, escuche lo que le voy a decir con mucha atención", dijo. "Quiero una tetera llena de agua hirviendo para dos".

El hombre detrás de la barra sacó su labio inferior y se encogió de hombros como de costumbre. El gesto no solo implicaba que cumpliría con la orden, sino que no sería responsable de ningún otro problema que pudiera tener el inglés con el té.

Luego lo observó, con una expresión singular en su rostro, y asintió de manera comprensiva al ver a Alec Frith sacar dos bolsas de té amarillas que había encontrado en la misma tienda donde compró la leche, las galletas y el whisky. El turista puso las bolsas en la tetera y esperó unos minutos a que se hiciera su té. Finalmente, la cara del camarero se iluminó de placer y se adjudicó todo el crédito por el deleite que vio en la cara del inglés cuando disfrutó de una perfecta taza de té.

La misma rutina ocurrió en las siguientes dos tardes y tanto el camarero, quien amablemente se negó a cobrarle al inglés por sus teteras de agua para dos, como el invitado, parecían bastante satisfechos con el acuerdo.

Habían resuelto sus diferencias, tanto lingüísticas como culturales, y descubrieron que tenían algo en común. Ambos tenían un odio asesino hacia las moscas.

La relación se convirtió en una de coexistencia pacífica que resultó, por un lado, en un esfuerzo para ser más amable con los extranjeros y, por otro, a ser más comprensivo con los pobres y sufridos camareros.

Sin embargo, un par de días más tarde, Alec Frith estaba dormitando bajo la palmera, como a la mitad de sus vacaciones en el hotel, cuando el amable camarero se le acercó y le informó que su té de la tarde estaba preparado para ser servido en su mesa habitual.

Desconcertado y gratamente sorprendido, Frith siguió al mozo hasta el bar de la piscina, se quitó el sombrero y se sentó, esperando que le trajeran su tetera con agua hirviendo.

Sin embargo no fue así. Un caballero alto, delgado y elegante, de unos cincuenta años, apareció con una bandeja de caoba que colocó sobre la mesa delante del señor Alec Frith. El huésped del hotel se sorprendió al encontrar no solo un magnífico juego de té de plata, sino también un tazón con terrones de azúcar, una selección de galletas inglesas y dos tazas de té con sus platillos de porcelana.

"¿Puedo unirme a usted, señor Frith?", preguntó una señora de mediana edad unos momentos después, antes de pedirle al caballero alto que sirviera el té.

"Este hotel pertenece a mi familia y me ha llamado la atención su disgusto por nuestro té. Espero que acepte mis más sinceras disculpas, pero las cosas no son como eran antes".

La conversación fue muy agradable e interesante. Pero algo más que una profunda amistad se desarrolló la tarde siguiente. Su elegante dama española envió una nota por la mañana invitando a Alec Frith a su casa para tomar el té con ella. Le informó también que enviaría a Antonio, el mismo caballero alto, delgado y elegante que actuaba de chófer y mayordomo, a recogerlo a las cuatro.

Después de tomar el té en un espléndido salón y pasear por sus extensos jardines, sacó un álbum de fotografías antiguas en blanco y negro. Había una foto en particular que estaba ansiosa por que la viera el bibliotecario inglés. Era de unos niños y una atractiva joven sentada con ellos en un césped.

"Esa soy yo cuando era niña y esos son mis hermanos. Me temo que Alberto, el de la derecha, murió el año pasado. La señorita en el centro era Olivia, nuestra *nanny* inglesa. La queríamos mucho. Ella me enseñó a hacer una taza de té como debe ser y nos preparaba unos *scones* deliciosos. Le escribió a mi madre durante muchos años después de regresar a Inglaterra para casarse", explicó la dama española con una mirada llena de expectación.

"Lo sé", respondió Alec Frith.

Luego él se levantó y caminó lentamente hacia una gran ventana. La distinguida señora española le siguió y puso una mano suavemente sobre su hombro, consciente de que su huésped estaba evidentemente conteniéndose las lágrimas.

Después de un largo silencio Alec Firth se dio la vuelta y le cogió ambas manos.

"Ésta es una coincidencia increíble y le aseguro que es uno de los momentos más felices de mi vida. Muchas gracias, le estoy muy agradecido. Estoy seguro de que ya se imagina que su niñera, Olivia, era mi madre".

SINVERGÜENZA INOCENTE

Al subir por la pasarela, ambos miraron hacia atrás para ver de qué se trataba todo el alboroto. Los muelles en Victoria Docks en Londres eran todavía, en el año 1960, una colmena grasienta de actividad. Una mujer con voz estridente y que llevaba un sombrero de color rosa, debajo del cual no se le podía ver la cara desde arriba, le gritaba a un hombre larguirucho que la seguía con su equipaje. El estruendo mecánico de la industria naviera no podía competir con ella.

"¡Pobre hombre! Espero que su camarote no esté al lado del nuestro", dijo Janet Turnbull.

Ella y su marido, Edward, regresaban a las Islas Canarias después de un par de semanas intensas visitando a la familia y promocionando la isla de Tenerife como destino para jubilados. Ted, como todos lo conocían, se había ido a buscar una vida alternativa en Tenerife en 1957 después de vender su preciada granja en Sussex. Un accidente con un tractor lo dejó con una lesión en una pierna y, ya incapaz de disfrutar de la granja como lo había hecho desde que era un niño, se había retirado. Pero aún era joven. Tenía solo cuarenta y dos años y siempre estaba buscando oportunidades de negocio. Encontró una en Tenerife. Se dio cuenta pronto de que había potencial para vender propiedades a una nueva generación de viajeros británicos acaudalados y a propietarios que querían una segunda vivienda.

Janet, que tenía doce años menos que Ted, se había encariñado de los canarios con facilidad y ellos la adoraban. La forma de vida y el clima templado hacían de la isla un lugar idílico. Su hijo mayor ya estaba internado en una escuela privada en Inglaterra y su hermano pequeño, que aún tenía solo ocho años, pronto le seguiría.

Ted siempre se había sentido atraído por el Valle de la Orotava y por el Puerto de la Cruz. Muchos años antes de establecerse en Tenerife, un tío abuelo suyo había sido dueño de un establecimiento conocido como el Hotel Turnbull. Estaba situado justo subiendo por una calle empedrada desde el puerto pesquero y fue una de las primeras casas de huéspedes británicas que ofreció habitaciones a viajeros hacia finales del siglo XIX.

En esta ocasión los Turnbull habían reservado un camarote a bordo del Bruno, un barco frutero de la naviera noruega Fred Olsen. Botado en 1948, el Bruno fue construido específicamente para transportar plátanos y otras mercancías desde las Islas Canarias hasta Londres, donde la fruta terminaría en mercados como el de Covent Garden de Londres. Al igual que su barco gemelo, el Bencomo, se veía a menudo en los puertos de Santa Cruz y de La Luz en Gran Canaria. También eran utilizados para ofrecer un buen servicio transportando viajeros.

Solo habían pasado unos minutos cuando un vikingo tocó suavemente a la puerta de su camarote. Era una torre de hombre con pelo plateado y les preguntó si querían una taza de té mientras deshacían las maletas. Se llamaba Morten y era su camarero, el que sería el salvador de Janet en más de una ocasión a lo largo del viaje.

Les informó que la señora con el enorme sombrero rosa viajaría en un camarote individual a babor.

"Eso es una bendición. Me pregunto quién sería el pobre hombre que le llevaba el equipaje".

Por supuesto, Janet esperó a que el camarero saliera del camarote antes de hacer ese comentario y luego se asomó por el ojo de buey mirando hacia el otro lado del agua, hacia el distrito de Canning Town.

"¡Oh, Dios mío! Querido, creo que tengo que acostarme un ratito. Desharé las maletas más tarde. Creo que empiezo a sentirme mareada".

"Es imposible que ya estés mareada", gruñó Ted. "Seguimos atados al muelle y el barco no zarpa hasta dentro de una o dos horas. Venga, subamos a cubierta y veamos cómo cargan las bodegas".

Como todos saben, el comienzo de un viaje por mar puede implicar a veces un periodo de náuseas hasta que uno se acostumbra al movimiento del barco. Se puede entender pues cómo se sentía la Sra. Turnbull. Pero no era, por supuesto, el movimiento del barco sobre el oleaje lo que le producía esa sensación de náuseas en ese preciso momento. Tal y como su marido indicaba, el Bruno estaba firmemente atado a la orilla en lo que se podía describir como "un estanque de agua". Era más probable que la causa de sus náuseas fuera el olor aceitoso del puerto, el dialecto a gritos de los estibadores y, muy posiblemente, algo de imaginación.

Sin embargo, a Janet se le había secado la garganta y empezaba a sentir las manos húmedas de sudor. En un momento sentía calor y en otro frío. Mientras seguía a su marido por el pasillo y a la cubierta tuvo una sensación en el estómago que le recordaba a otros viajes.

"Ves, lo que yo te dije", le animó. "Seguimos pegados al muelle. Esto solo confirma lo que siempre he dicho. Cuando te da esa sensación de mareo es pura imaginación".

"Probablemente", contestó Janet sin ganas de discutir.

"Sí que lo es. Es pura imaginación. Te estás imaginando lo peor cuando el barco está inmóvil en un estanque para patos".

"No me lo estoy imaginando. Me lo estoy anticipando".

"Bueno, pues deja de anticiparte. ¡Venga! Caminemos hasta la proa y cojamos un poco de aire. Te sentirás mejor enseguida y pediremos champán mientras navegamos por el Támesis".

Su marido estaba siempre alegre. Él estaría jovial incluso si el Bruno se estuviera hundiendo, pero la idea del champán hizo que Janet sintiera cualquier cosa menos alegría en ese preciso instante. Sintió como si se estuviera volviendo verde y se desplomó en una tumbona.

"Déjame aquí. Tú ve y explora. Yo solo quiero sentarme aquí y morirme un rato".

Ted conocía los signos. Ya había estado allí antes. Su linda mujercita siempre fue muy divertida y la amaba más que a nada en el mundo, pero en el momento en que se subía a un barco se convertía en otra persona. Ted sabía que debería haber sido menos egoísta y haber conseguido un vuelo en uno de los nuevos aviones Viscount de la British United Airways. Se inclinó para besarle la mejilla y se marchó a explorar el Bruno. Janet cerró los ojos. ¡Por fin!

Ese momento de paz y autocompasión duró menos de lo que le llevó a su marido pasear a lo largo de la cubierta.

"Nos sentimos un poquitín mareadita, ¿verdad?" dijo una voz aguda como de una soprano de la ópera.

"¿Tan pronto, querida?", preguntó irritantemente.

Janet abrió los ojos. Lo que vio fue ese sombrero rosado. Más que un sombrero, era casi tan ancho como un parasol y tenía flores decorando el borde. Eran pequeños pensamientos de color púrpura. La cara que se asomaba por debajo del sombrero tendría unos cuarenta y pocos años y los ojos eran verdes y burlones. La verdad es que era bastante atractiva, y a Janet le recordaba a un personaje de una obra de teatro que habían ido a ver en el West End de Londres. Su primera impresión, sin embargo, fue que la cara pertenecía a una de esas criaturas con las que los hombres se encuentran enredados antes de darse cuenta de que han sido atrapados. Esta mujer era una devoradora de hombres.

"No, muchas gracias. Estoy bien".

"Se te ve espantosa, querida. ¡Tienes la cara verde!" dijo, sin piedad, la mujer del sombrero rosado.

"Estás mareada. Horrible, ¿verdad? Espero no marearme yo también".

Debió ser intimidante enfrentarse a ese asalto verbal tan de cerca, especialmente cuando lo único que necesitaba Janet era que la dejaran en paz. Pero hay que suponer que la nueva amiga solo trataba de ser amable.

"El mejor truco es tomarse un brandy con soda. Iré a buscarte uno. Enseguida te sentirás mucho mejor. ¡Ah, y haz lo que yo hago! Aprieta tu corsé. ¿Tienes un corsé?".

"¡No! Mire, estaré bien en un momento. Gracias. Es el olor del diésel mezclado con el agua salada. Siempre me hace sentir un poco extraña. ¡Ah, aquí está mi marido!" dijo Janet, de repente, sintiéndose muy aliviada.

Ted Turnbull caminaba, dando grandes zancadas, volviendo de inspeccionar la proa. Se puso rígido al ver a esa mujer de pie tan cerca de su amada mujercita.

La mujer del sombrero de color rosa tenía un nombre.

"Hola. Soy Amanda. Amanda Lovejoy", dijo con la mano extendida y los ojos verdes haciendo todo lo posible para deslumbrarle.

"Iré a por esos brandy con soda, cariño", añadió, devolviendo su atención a la inocente señora Turnbull.

"No. Está bien, gracias. Edward y yo íbamos a tomar una taza de té, ¿verdad, Edward? Yo también tengo que deshacer las maletas. Pero gracias. Muchísimas gracias", dijo Janet, poniéndose de pie y asegurándose educadamente de que la mujer entendiera que estaba siendo despedida.

"¡Pero prueba el brandy!" insistió. "Sé dónde estás. Estás en el camarote justo enfrente del mío. Me pasaré por allí más tarde".

No había ninguna posibilidad de que eso ocurriera, por supuesto, pensó Janet. Ted sospechaba instantáneamente de cualquier persona, especialmente de una mujer que mostraba signos de interferir en un asunto doméstico. Miró a la Sra. Lovejoy mientras ésta se alejaba dando pequeños brincos de alegría por la cubierta. No había ninguna duda. Por muy verdes e hipnotizantes que fueran sus ojos, Ted no era ese tipo de hombre. Su lenguaje corporal era como el de un perro que acababa de ver un gato al que detestaba más que a ninguno.

Janet Turnbull permaneció en su camarote durante tres días. De hecho, solo se sintió capaz de unirse al otro grupo de doce pasajeros a bordo del carguero, para participar en los entretenimientos y los juegos de una travesía por mar, después de que el Bruno hubiera dejado atrás el Golfo de Vizcaya.

Morten, el camarero, era muy amable, aunque el buen noruego no dejaba de decirle a Janet que debía comer todo lo que pudiera y le llevaba bandeja tras bandeja con sopas, galletas, tostadas y paté.

Curiosamente, y para disgusto de Ted Turnbull, fue precisamente la compañía de Amanda lo que Janet empezó a tolerar primero, mientras el barco agitaba su estómago hacia el sur. De hecho, Amanda aparecía constantemente por su camarote. Aunque Janet apenas notó su presencia durante los dos primeros días, cuando las cosas se pusieron feas incluso para los que tenían piernas de marinero, luego empezó a sentir cierto aprecio por esa mujer. Es algo que tal vez solo una mujer podía sentir.

Amanda Lovejoy estaba muy sola. Era viuda y, hasta que su marido murió, había disfrutado de unos años muy felices, sin hijos, en Little Marlow, un pueblo en el condado de Buckinghamshire. Al fallecer su marido se había mudado a Londres donde un primo le había encontrado un trabajo como editora en la BBC. Le pagaban bien y alquilaba un piso a orillas del río Támesis en Barnes.

Janet estaba muy consciente y era todo oídos cuando Amanda admitió haber tenido numerosas aventuras con diferentes caballeros.

"¡Pero los hombres son tan cobardes! Necesito alejarme de uno de ellos".

"¿A España? Las Islas Canarias son españolas, ¿sabes?", dijo Janet, con tono inocente pero sabiendo perfectamente lo que quería insinuar.

"Solo necesito un cambio de aires. Me han dicho que hay algunas playas deliciosas de arena negra y tengo la intención de pasar cada hora de sol quemándome".

"Bueno, sí. Por supuesto que sí. ¡Pero ten cuidado, Amanda!".

"Querida, ¿quieres ver la selección de cremas y aceites corporales que tengo? También alquilaré una sombrilla, así que no te preocupes. Quiero tener la piel tostada como una castaña, ¡no roja como una langosta!".

"Estoy segura de que te vas a poder relajar un montón".

Evidentemente Janet había tratado de ser sutil mientras se esforzaba por advertir a la mujer del sombrero rosado sobre otros peligros. Tanto si Amanda estaba también disimulando si verdaderamente entendía lo que insinuaba la señora Turnbull o no, Janet decidió no involucrarse más en los asuntos de la turista. Pero los hombres latinos, por muy elegantes y encantadores que fueran, tenían cierta reputación.

Una idea hizo sonreír a Janet por primera vez en el viaje y sintió que estaba casi preparada para levantarse de la cama y pasear por la cubierta. ¿Caería Amanda víctima de los ilimitados encantos de los hombres canarios o se los comería vivos ella? Si Amanda Lovejoy hablaba en serio sobre alejarse de los hombres, el Bruno viajaba en dirección opuesta.

Fue cuando Amanda se ofreció amablemente a cuidar de su marido que Janet encontró, de repente, sus piernas marinas. Como resultado, la Sra. Lovejoy dejó de ir a la cabina de los Turnbull y dirigió su atención a otras diversiones. No es de extrañar que fuesen de la variedad masculina. ¿Qué habrá sido de las consultas psiquiátricas con Janet Turnbull?

Entre los pasajeros había un encantador joven español, vecino de Santa Cruz, otra joven pareja de luna de miel que pasó todo el viaje cogidos de la mano y un coronel retirado que evidentemente había pasado gran parte de su carrera en la India. Junto con el señor y la señora Turnbull, todos ellos tuvieron el honor de sentarse en la mesa del capitán.

Como Janet pronto descubrió, todos habían empezado a referirse a Amanda Lovejoy como *"esa mujer"*.

Era de esperar. Amanda desesperó a la pareja en luna de miel solo con hacerles preguntas. Amanda descubrió que el joven de Santa Cruz tenía úlceras en el estómago y las empeoró persiguiéndole con diferentes remedios, incluyendo el brandy. Al tercer día del viaje, el coronel, que aparentemente había caído instantáneamente a merced de esos ojos verdes, se había convertido en un puro nervio y, resentido, se desquitó con el capitán noruego de habla suave porque la Sra. Lovejoy le había dirigido su atención tras descubrir que el pobre coronel era eso, pobre, sin un céntimo, excepto cuando pedía otro whisky.

Janet llegó a la conclusión de que el capitán pudo haber empezado a hablar en voz baja después de tener que compartir su mesa con *esa mujer*.

Sin embargo, Janet tenía, por naturaleza, la necesidad de ser amable y a menudo parecía tan inocente que hasta sentía pena por la mujer del sombrero rosado. Después de todo, su amiga de ojos verdes se había abierto a ella en el confesionario de su camarote. Esa mujer, aunque pesada y a veces grosera, necesitaba ser el centro de atención. Janet lo atribuyó todo a la soledad.

Pero la Sra. Lovejoy tenía la desconcertante costumbre de intentar provocar constantemente, intencionadamente o no.

"¿Por qué los noruegos siempre beben tanto?", le preguntó al capitán después de la cena de la cuarta noche, justo después de atravesar el Golfo de Vizcaya. Esa pregunta incluso dejó confundida a la amable Janet, especialmente porque el capitán del Bruno no bebía más que leche.

"No lo sé. ¿Lo hacemos?", respondió el capitán.

"Oh, sí. Siempre. Son muy diferentes a nuestros marineros británicos que se comportan tan bien y son tan respetados en todo el mundo. ¿No es así, coronel?".

Ted y Janet se miraron el uno al otro como no creyéndoselo, concretamente lo de la reputación de los marineros británicos, y el coronel le murmuró algo a Ted Turnbull. Era la pregunta equivocada para el hombre del ejército. El viejo coronel nunca había confiado en nadie de la Armada, especialmente después de que un equipo de marinos de una fragata británica, de visita a la India, venciera a su equipo de sijes en un partido de fútbol.

"Me dicen que los hombres latinos son increíblemente apasionados", dijo Amanda, dirigiendo su atención al joven español mientras Janet Turnbull casi se atragantaba con la sopa.

ooooooooo

Después de seis días en el mar, el Bruno fue empujado suavemente por dos remolcadores contra el muelle sur en Santa Cruz. El puerto rebosaba de actividad y barcos de todas las formas y tamaños estaban cargando y descargando. En el muelle se apilaban interminables cajas de plátanos de las Islas Canarias. Uno o dos taxis Peugeot y Mercedes negros, con sus familiares rayas rojas en los costados, merodeaban por allí a ver si pillaban algún cliente entre los camiones plataneros. Todo el mundo le gritaba a todo el mundo en un caos maravilloso.

"¡Qué bueno estar en casa, cariño!", dijo Janet Turnbull cuando caminaban hacia el Rover azul oscuro en donde Eusebio, el chófer, les estaba esperando. Mientras se alejaban por el muelle, vieron a la mujer del sombrero rosado. Estaba negociando, haciendo un increíble uso de gestos, con un taxista.

A Amanda Lovejoy no le gustó lo que vio durante el viaje en el taxi. Los neumáticos de los vehículos chirriaban por las curvas y el conductor tocaba la pita todo el tiempo. Además, su brazo izquierdo colgaba, como una pieza suelta, por la ventana mientras cambiaba de marcha y maniobraba el volante en la dirección correcta con el pulgar de la otra mano. Perros esqueléticos vagaban sin rumbo hacia su muerte al borde de la carretera y, más tarde, no podía soportar ver a tantos pajaritos aprisionados en jaulas diminutas delante de casitas que veían al pasar de camino hacia el Valle de la Orotava. Al llegar a la altura del aeropuerto había una especie de neblina y, luego, una densa nube se cernía sobre el Puerto de la Cruz. No había ni rastro del famoso volcán.

Su estómago se había encogido por lo deprimente que era todo lo que veía por el camino. Como tantos turistas, se había dejado llevar por su primera impresión y, decepcionada, no podía imaginar el significado de los pequeños campos verdes y marrones, de los muros de piedra volcánica, de los viñedos o de las terrazas en los bordes de profundos barrancos que habían sido esculpidos en la tierra durante miles de años por tormentas invernales. Las sombras bajo los pequeños puentes de piedra, los graneros, los carros de madera, las casas con techos de paja, los abrevaderos y las atarjeas no significaban mucho para una solterona inglesa que únicamente buscaba el sol. No sabía nada de la gente de la isla; de cuanto habían trabajado para hacer que el agua llegase desde las montañas a sus cultivos y para abastecer el ganado, ni cómo habían hecho milagros para sembrar en los bancales donde antes había solo desechos volcánicos. Aún no había sentido la cálida pasión isleña. De hecho, no se daba cuenta de que había llegado a una tierra bendecida por los dioses, a una de las islas afortunadas de la Macaronesia.

La primera impresión que tuvo Amanda Lovejoy del único centro turístico de la isla, a principios de los años sesenta, fue igualmente decepcionante. Había un par de playas de arena negra para asarse al sol, charcos de agua salada por el litoral volcánico y un colorido puerto pesquero con su bonita plaza. Pero no había ni casino ni bares abiertos toda la noche. Todo era demasiado tranquilo y silencioso para ella hasta que cambió de hotel, alojándose en una habitación del paseo marítimo. El hotel se llamaba Las Vegas y enfrente descubrió el Lido San Telmo. Las instalaciones incluían dos modernas piscinas y un bar que cerraba a medianoche. Este rincón era donde cualquiera que fuera alguien, o que quisiera ser alguien, iba después de la puesta del sol.

Fue en el Lido San Telmo donde Amanda encontró un amigo. La expresión *ligue* podría sonar un poco grosera pero probablemente sería exactamente lo que fue. Sin embargo, quién ligó a quién sería una cuestión de interpretación, ya que el caballero en cuestión era un hombre llamado *Inocente*.

Era uno de esos *autónomos* que uno podía ver todos los días y en cada esquina, fumando un cigarrillo en el bar de la plaza o, más recientemente, merodeando por el bar Lido San Telmo con la esperanza de poder aceptar una invitación de alguna extranjera para convertirse en un guapo acompañante.

Su ocupación favorita durante el día era peinar la arena de las playas e ir por la nueva avenida marítima en busca de una extranjera solitaria, a menudo una mujer ligeramente desorientada y que invariablemente caería presa de su irresistible encanto español.

Eso podría sugerir que Inocente era un canalla gandul. Pero en verdad era cualquier cosa menos gandul. No tenía dinero y vivía día a día de las propinas y las recompensas. Se ganaba la vida haciendo de todo; desde hacer un recado hasta pintar una casa o jugar con niños mientras una madre hacía la compra o iba a la peluquería.

□□□□□□□□□

"Mamá, ¿Aquel no es Inocente?".

Era Jeremy, el hijo menor de Janet y señalaba con un dedo hacia el otro extremo de la arena, el lado donde el acantilado se unía a la playa de Martiánez.

¡Por supuesto que era él! Es más, estaba masajeando con aceite los hombros y la espalda de una mujer extranjera.

"No se señala con el dedo, cariño. ¡Es de mala

educación!", respondió su madre.

"¿Por qué no vas a ver si Cándido quiere jugar contigo?".

Cándido era un golfillo encantador, el hijo de un pescador. Él y Jeremy, o *Yeremi* como lo conocían los lugareños, pasaban horas investigando el mundo submarino dentro de los charcos volcánicos.

Pero Jeremy acababa de arruinar uno de los pocos momentos de paz que tenía su madre, quien disfrutaba leyendo una revista en la playa antes de que se llenara de gente. No tanto porque la hubiera interrumpido o porque Inocente estuviera en la playa aceitando a una extranjera. Ya estaba bastante acostumbrada a eso.

¡No! Era por el sombrero color rosado. ¡Inocente estaba masajeando con aceite el cuerpo de *esa mujer*! Peor todavía, a Janet la habían sorprendido espiando. En un abrir y cerrar de ojos, Amanda había apartado a Inocente y puesto de pie, saludando a Janet agitando el sombrero rosado. Janet no tuvo más remedio que reconocer el saludo.

A Amanda se le veía sumamente feliz al acercarse. Iba arrastrando a Inocente detrás de ella y el traje de baño que lucía era tan alegre como el enorme sombrero rosado. Se podría describir como una ensalada de frutas. El aspecto de *esa mujer*, la Lovejoy, era como ninguna mujer cree que es. O sea, abominable.

"¡*Mi amooooor*! ¡Es absolutamente delicioso encontrarte de nuevo!", gritó.

"Buenas días, Amanda". En comparación con la forma de ser habitual y generosa que se esperaba de Janet, la suya no fue una respuesta muy entusiasta, que digamos.

"¡Buenos días, Inocente!", continuó, lanzándole una mirada desafiante al español.

"Señora", respondió él, mirando hacia otro lado como lo haría un niño cogido con las manos en la masa.

"Oh, ¿conoces a Pepe? Es divino, ¿verdad?", preguntó Amanda, radiante.

Amanda se puso a parlotear sin parar mientras que la Sra. Turnbull volvía a lanzarle otra mirada desafiante al no tan inocente. Pepe era el nombre que utilizaba como merodeador profesional de la playa y, como era su costumbre, lo había adoptado para la ocasión.

"¡Pepe es un cielo! Nos conocimos anoche por fuera del Lido y esta mañana temprano me enseñó la finca de su familia mientras hicimos un tour del valle con un coche que he alquilado. ¡Todas esas plataneras!".

Janet volvió a mirar desafiante a Inocente. ¿Cómo se las arreglaba para ser tan culpable y rebosar de tanto encanto al mismo tiempo? El Pepe de Amanda no era el dueño de una plantación de plataneras. Todo lo contrario. De hecho, provenía de una familia muy pobre y la casa donde vivía constaba solamente de una habitación dividida por una cortina.

"Pepe se ha ofrecido a ser mi guía durante todo el tiempo que yo quiera. ¿No es eso maravilloso, cariño?".

Janet sintió que le empezaba a hervir la sangre y estuvo tentada de interrogar a Inocente delante de esa insensata e irritante mujer inglesa. Pensó advertir a Amanda pero luego se recordó a sí misma que las mujeres rara vez aceptan la opinión de otra mujer sobre un hombre.

Entonces, con cierto alivio, la sangre se le enfrió cuando recordó la primera impresión que tuvo de Amanda Lovejoy a bordo del Bruno. Ella era, después de todo, una devoradora de hombres. Tal vez Inocente era un poquito ingenuo y simplemente se estaba dejando llevar por la no tan inocente turista.

La temporada de invierno en la isla de Tenerife durante la década de los 60 había empezado a traer barcos y aviones cargados de turistas. Ya en el siglo XIX el Puerto de la Cruz se había convertido en un balneario como resultado de tantos viajeros europeos, artistas, geólogos y médicos, ricos y aventureros que encontraron en el Valle de la Orotava un templado paraíso. Ahora era el destino para los modernos viajeros tentados por los primeros paquetes turísticos.

Aunque los residentes, especialmente los extranjeros establecidos en el valle desde hacía mucho tiempo y los británicos de glorioso sentimiento victoriano, lamentaban la llegada de gente nueva y, concretamente, de aquellos a los que muchos empezaron a referirse como la clase *nouveau riche*, el ir y venir de una nueva raza de viajeros trajo sus beneficios.

Las tiendas zumbaban con un nuevo optimismo, vendiendo desde bordados, cestería y abanicos hasta artículos de última moda. La profesión de taxista se convirtió, de repente, en una más importante que la del empleado de banca que nunca sonreía y las peluquerías estaban floreciendo con la joven y hermosa élite, todas queriendo parecerse a Natalie Wood. Incluso esos pilares victorianos de la comunidad británica; la iglesia de Todos los Santos, el club y la biblioteca inglesa, volvían a la vida por la invasión de las masas. Fueron días de abundancia.

ooooooooo

Era a finales de octubre y ese día de playa fue el último durante casi dos semanas porque, como suele ser costumbre

257

en esa época del año, las primeras lluvias de otoño llegaron con fuerza a las Islas Canarias y Janet perdió todo contacto con Amanda Lovejoy.

La lluvia mantuvo a todo el mundo encerrado. Los isleños se refugiaron o bien en grandes casas llenas del confort de muebles franceses e ingleses, o bien en sus húmedas casas terreras con aroma a pobre. La lluvia espantó a los vagos y no tan vagos que tenían la costumbre de observar a los turistas extranjeros desde las esquinas y desde la puerta del bar. También sorprendió al turista, al que creyó lo que los folletos prometían, una eterna primavera. Pero la lluvia no se quedó por mucho tiempo.

De hecho, las tormentas con lluvias torrenciales dieron paso a esa tierra de la eterna primavera, como anunciaba la publicidad, y el sol comenzó a picar las pálidas pieles europeas una vez más. El Teide se vistió con una tempranera capa de nieve y durante un par de días el agua marrón alrededor de la costa era la única prueba de los torrentes que habían corrido por los profundos barrancos desde las montañas. Muy pronto la playa comenzó a llenarse de nuevo con sombrillas y turistas ansiosos por llevarse a casa un glorioso bronceado.

Janet Turnbull llevó a Jeremy a los charcos que había por los riscos debajo de la capilla de San Telmo. Las olas eran todavía demasiado fuertes para que un niño estuviera sin vigilar en la playa de Martiánez y el chico pronto estaba cazando cangrejos y sumergiéndose con Cándido, persiguiendo crías de lisa, en las transparentes aguas del charco grande.

Janet puso una toalla sobre el banco de piedra y cemento que hay al final del pequeño embarcadero y se sentó a disfrutar de su libro. Un viejo pescador lanzó el sedal para alcanzar las aguas más profundas a su izquierda mientras que los turistas se mezclaban entre la gente del pueblo y con las señoras que vendían bordados y estrelicias, las flores del paraíso, arriba en el paseo marítimo de San Telmo.

Tenerife era, sin lugar a dudas, una de las islas afortunadas y el Puerto de la Cruz era un rincón en el paraíso. Las olas de marea baja que invadían los charcos para rellenarlos y el zumbido distante de la calle se combinaban para producir un efecto hipnótico. La sensación de paz y satisfacción hizo que Janet cerrara los ojos y disfrutara del picor del sol en su cara cuando éste volvía a asomarse entre las nubes.

"*¡Mi amoooor!*".

Era esa voz de nuevo y penetró en el profundo sentimiento de paz que sentía Janet como si una ola gigante se hubiera estrellado contra las rocas volcánicas y sobrepasado el muelle, arrancando todo lo que encontraba en su camino. ¡Un susto espantoso!

"¡Joder, maldita sea!".

Janet se había olvidado por completo de la mujer del sombrero rosado durante las últimas dos semanas lluviosas y, de repente, tener esa voz de cantante de ópera en su oído le asustó hasta tal punto que perdió sus buenos modales habituales.

La esposa del respetable Edward Turnbull miró a su alrededor a ver si alguien la había escuchado porque no había usado ese tipo de lenguaje tan feo desde que jugaba al hockey en el colegio y rezó para que Jeremy no estuviera lo suficientemente cerca para oír lo que le salió del alma. No, el chico no había oído nada. De todas maneras, no se habría dado cuenta porque él y su amiguito estaban mucho más interesados en el trabajo científico que les tenía ocupados en ese momento. Estaban diseccionando minuciosamente a un equinodermo, en este caso en concreto, un erizo de mar.

Janet inclinó su cabeza alrededor del sombrero de Amanda Lovejoy para asegurarse de que lo único que le importaba al viejo pescador era la boya que usaba para pescar aún más peces de los que ya había capturado y que llenaban aquel cubo que tenía a los pies, un surtido de sargos y palometas.

Solo cuando estuvo absolutamente segura de que nadie le había oído, Janet se levantó y consiguió ofrecerle una sonrisa a *esa mujer*. Se sintió casi tan ridícula como la excéntrica turista inglesa que posaba como una extraña especie de alga delante de ella en el pequeño muelle.

"¡Oh, querida! Te hice saltar, ¿no?".

Esa voz resonó una vez más a través del agua hasta el muro del paseo y volvió.

"Cariño, lo siento mucho, pero te vi desde allí arriba y no podía irme sin despedirme", explicó Amanda, señalando el paseo marítimo.

"Verás, es que mi barco zarpa esta noche y tú has sido tan atenta conmigo…".

"No, en absoluto. Es muy amable de tu parte. Ven y siéntate aquí", dijo Janet con un sentimiento de culpabilidad y dando palmaditas en el banco de piedra.

"No puedo quedarme cariño, gracias. Me voy al puerto en una hora para coger el barco y tengo que encontrar a Pepe antes de marcharme. Es muy, muy importante".

"¡Ah!, ¿sí?".

Sabiendo muy bien que Amanda se refería a Inocente, Janet no ofreció muchos signos de querer ayudarla.

"Podría estar en cualquier lugar. ¿Has probado a mirar en el Dinámico, en la plaza?".

"No, pero tengo que explicarle algo. No puedo irme de Tenerife sin aclarar un asunto. Ha sucedido algo horrible, querida".

Janet bajó su mirada hacia las palmas de sus manos, dejando que su intuición femenina se responsabilizara de sus pensamientos.

"¡Ah!, ¿sí?".

"Pepe me llevó a un lugar que llamó *Los Cristianos*, o algo así. Aquí estaba lloviendo a cántaros y prometió que al otro lado de las montañas estaría soleado".

"Sí, eso sucede a menudo. El tiempo puede estar horrible por este lado de la isla y con un sol espléndido en el sur", dijo Janet, casi defendiendo al sinvergüenza.

"Pepe dijo que había un sitio donde nos podíamos quedar".

"¿Entonces?", Janet la animó a que continuara con la explicación y al mismo tiempo intentaba que su imaginación no llegara demasiado lejos ante la idea de que ésta, no tan inocente mujer inglesa, se dejara llevar por un sinvergüenza al que ella insistía en llamar *Pepe*.

En los años 60 Los Cristianos era un pueblo pesquero muy tranquilo y tenía además un embarcadero para productos de la zona, como tomates. La playa de arena fina y amarilla estaba empezando a atraer a las familias más pudientes del norte de la isla. Luego, a finales de los años 70, se convirtió rápidamente en el primer gran centro turístico de la isla que un día sería el destino favorito de millones de europeos buscando sol y playa.

Si las lluvias venían del norte, el sur de Tenerife estaría

despejado, un fenómeno que solo las altas montañas y los geógrafos comprendían.

"Fue maravilloso, querida. Desafortunadamente, sucedió algo simplemente horrendo".

Los pensamientos de Janet se volvieron más y más alocados dejando que su no tan inocente imaginación conjurara todo tipo de formas inauditas de hacer el amor en los áridos paisajes del sur o entre las suaves olas de Los Cristianos.

"Solo estuvimos allí dos días. Deberías ir. Hay una playa muy bonita y se podría pintar una acuarela perfecta de las lanchas de pesca que están amarradas en la bahía. Ojalá hubiera tenido conmigo un cuaderno para dibujarlas".

"Sí, supongo que sí. Hay una casa de huéspedes en Los Cristianos. ¿Te quedaste allí?" Janet sugirió con menos imaginación.

"No. Pasamos la noche en una pequeña casa junto a la playa. Pepe me dijo que pertenecía a un empleado suyo. Era muy pintoresco, pero debo decir que demasiado simple. ¿Sabes? Empiezo a pensar que Pepe no es tan rico como dice".

"¿De verdad?".

"De todas formas, cariño, he cometido un terrible error".

"¡Ah!, ¿sí?", respondió la Sra. Turnbull, estudiando una vez más las palmas de sus manos.

"Pepe no estaba en ningún sitio cuando me desperté por la mañana, así que empecé a recoger mis cosas para meterlas en un bolso. Todavía no había terminado de meter las dos o tres cosas que había llevado, además de una toalla, cuando regresó y empecé a gritarle".

"¿Por qué? ¿Qué demonios te hizo?" preguntó Janet, cuya

creatividad mental se había sumergido de nuevo mucho más
allá de pensamientos meramente inocentes.

"¡Mi collar! Mi hermoso collar de perlas. No pude
encontrarlo y le acusé de haberlo robado. Cuando me llevó a
comer pescado la noche anterior me había preguntado si el
collar valía mucho dinero. ¿Qué más podía pensar?".

"Ya veo. Te entiendo perfectamente", dijo Janet,
empezando a sospechar que esta vez ese Inocente había
llegado demasiado lejos.

"También me dio mucho vino para beber. Apenas
recordaba dónde estaba por la mañana y cómo había llegado
a la casita. Pero de una cosa estoy segura, nadie más se acercó
a mí esa noche. Bueno, excepto un amigo suyo. Hablaron
durante horas, fumando sus cigarrillos por fuera, en la puerta,
durante la noche. No tengo ni idea de que pueden hablar los
hombres durante tanto tiempo en medio de la noche".

"¡Al menos tuvo la decencia de traerme de vuelta a
Puerto!".

"¿Quieres que te lleve al consulado para informar del
robo?", preguntó Janet solemnemente, sin atreverse a
informar a Amanda Lovejoy que el culpable en realidad se
llamaba *Inocente*.

"¡Oh no, no, no, no!", gritó Amanda.

"¡Es que no fue así! Pepe no había robado mi collar en
absoluto. Aquí está", dijo, sacando de su bolso lo que parecía
una joya de mucho valor.

"¡Oh, Dios mío!, ¡Pobre Inocente!".

De repente, Janet Turnbull se compadeció del hombre al
que estaba a punto de denunciar.

"Había metido el collar dentro de una de mis medias en
el fondo del bolso. No fue hasta anoche, cuando empecé a

preparar mi equipaje, que lo descubrí".

"He cometido un error terrible" , chilló Amanda, medio sollozando.

"Creo que debería regalarle el collar a Pepe. Es lo menos que puedo hacer, ¿no crees?".

"No estoy segura de que sea una buena idea, Amanda", advirtió Janet. "Después de todo, solo lo vendería y el dinero se lo gastaría en bebida y cigarrillos".

Amanda por fin pensó que podía hablar del hombre como era, solo un pobre e inocente sinvergüenza.

"Pero tengo que decirle lo mucho que lo siento. Tengo que disculparme. Debo hacerlo. ¿Se lo dices tú si no lo veo? Y dile de mi parte que es una persona maravillosa", suplicó.

"Mira, Amanda. Creo que es mejor que lo sepas. Pepe no es…".

Antes de que Janet pudiera decir más, Jeremy se interpuso entre ellas con una criatura que había capturado en las profundidades de los charcos.

"Mira mamá. ¡Mira lo que he cogido!".

Extendió sus manos para enseñar un pulpo, y los tentáculos le colgaban entre los dedos. Por la mirada de horror en el rostro de Amanda Lovejoy se podía adivinar que la turista inglesa jamás había estado tan cerca de una criatura del mar. Probablemente tampoco había estado tan cerca de un niño aventurero. Pero Jeremy había introducido a una escena muy problemática un elemento de la naturaleza y, por una vez en su vida, Janet no regañó a su hijo por interrumpir una conversación entre adultos.

"¡Maravilloso!, ¡Bien hecho, Jeremy! ¿Lo vas a llevar a casa para que Carmen lo cocine o vas a devolverlo al charco?".

"¡Mamá!".

¡Qué cosa había sugerido! Era típico de su madre, tan poco observadora. Ella nunca se había interesado seriamente por la vida que hay en los charcos. Jeremy era un naturalista prometedor y nunca le haría ningún daño a una joven criatura.

El pulpo se despertó de repente y, como si de una lucha se tratara, sus tentáculos rápidamente hicieron todo lo posible por enredar una de las manos y el brazo del pequeño explorador. Quizás era una hembra. Jeremy comenzó a brincar de vuelta a los charcos y, antes de volver al agua, gritó por encima de su hombro.

"¡Mira, mamá!, ¡Ahí viene Inocente!".

En efecto, era él y estaba caminando hacia las dos mujeres por el pequeño embarcadero.

"Amanda, puedes decírselo tú misma. Aquí viene tu Pepe".

El inocente sinvergüenza le ofreció a Janet una pícara sonrisa de dientes blancos y se quitó su pequeño sombrero de paja para saludar a la amiga inglesa.

"Hola Amanda", dijo jovialmente. "Te estaba buscando".

"Lo siento mucho. Te lo ruego, por favor, discúlpame. De verdad, lo siento de todo corazón", dijo Amanda.

"¡No, qué va! ¡Lo siento yo! Perdiste las perlas. Volví a Los Cristianos otra vez. No encontré nada. Lo siento mucho, amor mío".

Janet Turnbull comenzó a recoger sus cosas. No quería involucrarse. De hecho, se sentía muy confundida porque no era la trama que ella había anticipado. ¿Era ésta realmente aquella misma irritante mujer, devoradora de hombres, que había conocido en el Bruno? ¿Pudo haber descubierto algo realmente adorable en este depredador de la playa? ¿Era posible que Inocente sintiera algo por la mujer del sombrero rosado? ¿Era emoción genuina la que detectaba en su voz o lo que estaba presenciando era solo otra interpretación estelar de un magnífico actor, siendo tan encantadoramente astuto como siempre?

Pero se quedó para el acto final. Janet no podía abandonar ahora, no siendo mujer, no después de que Inocente sacara un pequeño paquete de papel marrón de detrás de su espalda.

"Es para ti, mi amorcito", dijo entregándole el paquete a Amanda.

"No es nada. Poco dinero. Te gusta, ¿verdad?".

Amanda miró de reojo a Janet, cogió el paquete en sus manos y empezó a desatar la cuerda que había alrededor del papel. Dentro había un pañuelo de caballero, doblado y ligeramente manchado. Amanda parecía mirarle al fondo de esos ojos negros que tenía Inocente y de donde una pequeña lágrima empezaba a brotar como la punta de una ola. Él le hizo señas con las manos para que abriera el pañuelo del todo.

Desenredó el pañuelo lentamente para revelar un collar de perlas. ¡Un collar! Perlas falsas, por supuesto. Janet se dio cuenta inmediatamente. Poco dinero, como había dicho Inocente. Si uno quisiera ser cruel, no eran más que perlas de plástico barnizadas, pero era un collar y dinero que no podía permitirse.

Por un instante Janet esperó a que su nueva amiga inglesa fuese cruel y se riera en la cara del español. Pero Amanda parecía haber perdido esa penetrante voz suya y temblaba muy débilmente.

"Gracias", dijo. "No sé quién eres, Pepe, pero gracias. Atesoraré esto por el resto de mi vida".

Janet se giró para irse, pero la mujer del sombrero rosado
extendió una mano y le cogió del brazo. Había una mezcla
de pena, culpa y autocompasión en esos ojos verdes suyos,
los que devoraban a los hombres con una sola mirada.

"Gracias por ser tan amable conmigo, Janet. Lo siento
mucho, querida. Espero que me perdones algún día. Adiós a
ti y a esta preciosa isla".

ACERCA DEL AUTOR

John Reid Young nació en Londres en 1957. Ha vivido la mayor parte de su vida en la Isla Canaria de Tenerife, donde sus ancestros escoceses llegaron a mediados del siglo XIX. Se educó en colegios privados de Inglaterra y Escocia. Estuvo en la Royal Navy durante un corto período de tiempo antes de ir a la Universidad donde estudió Derecho, Ciencias Políticas y Diplomacia. Realizó un Máster en la Universidad de Keele. Está casado y tiene dos hijos. En Tenerife es guía oficial de turismo y fundador de Tenerife Private Tours. Es apasionado de la historia de las Islas Canarias y lo que más le gusta es enseñar a los visitantes que en Canarias hay mucho más que sol y playa. El autor ha escrito numerosos artículos, tiene un blog, *Travel Stories in Tenerife and the Canary Islands* y ha publicado dos colecciones de relatos cortos en inglés.

http://reidten.blogspot.com/

Este libro, *El Hombre de La Guancha y otras historias* incluye adaptaciones y traducciones de sus relatos ya publicados en inglés.

Nota del autor: Si quiere ponerse en contacto conmigo, por favor envíe su mensaje a reidten@gmail.com

Me encantaría recibir sus noticias. Escribiendo bajo un aguacatero y hablando con lagartos y abubillas a veces se me olvida que existe un mundo real.